AF124854

Jule Sommer

Tomatensalat

Roman

BoD – Books on Demand, Norderstedt

Bibliografische Information der Deutschen Nationalbibliothek:
Die Deutsche Nationalbibliothek verzeichnet diese Publikation in der
Deutschen Nationalbibliografie; detaillierte bibliografische Daten sind
im Internet über http://dnb.dnb.de abrufbar.

© 2014 Jule Sommer
Herstellung und Verlag:
BoD – Books on Demand, Norderstedt

ISBN: 978-3-735-75073-0

Man oh Mann….

»Brrrrr, ist das kalt draußen« kam es von Nele, als sie Karo ihre eisige Wange entgegen hielt, um ihr zur Begrüßung ein Küsschen aufzudrücken.

»Geh schnell rein ins Warme, Pia ist schon da«, antwortete Karo und verstaute schnell Mantel, Schal und Stiefel der Freundin, bevor sie den beiden folgte.

Die drei Freundinnen saßen auf weißen Holzstühlen an Karos großem Küchentisch und plauderten über alt vergangene Zeiten. Seit ihrer Grundschulzeit waren sie unzertrennlich. Obwohl die Freundinnen vom Charakter als auch von ihrem Erscheinungsbild her sehr unterschiedlich waren, Pia mit ihrem schwarzen, pfiffigen Kurzhaarschnitt, Nele mit ihrem blonden Pagenkopf und Karo mit ihren weit über die Schulter reichenden rotblonden Naturlocken, waren sie seit vielen Jahren ein unschlagbares Trio. Nicht nur einmal hatte sich Pia, die bereits als Kind praktisch veranlagt war und vor niemandem und nichts Angst auf der Welt hatte, sich schützend vor ihre beiden Freundinnen gestellt, wenn größere Jungs aus einer höheren Schulklasse Ärger auf dem Schulhof suchten. Nele war die Zurückhaltendste von den dreien. Bevor sie ihr

Urteil zu einer Sache abgab, hörte sie sich gerne vorher beide Parteien an und äußerte sich dann sachlich. Karo hingegen war temperamentvoll und handelte oftmals aus dem Bauch heraus.

Der in Pink gestrichene, große Küchentisch war übersät mit aufgebrochenen Keksschachteln, Kaffeetassen, Sektgläsern und Kuchenkrümeln. Die drei trafen sich so oft es ihnen zeitlich möglich war zu einem Plausch.

Karo schenkte ihren Freundinnen gerade Kaffee nach, als das Telefon klingelte. »Wer ist das denn jetzt?« entfuhr es Karo. Ein kurzer Blick auf das Display: »Oh, es ist Marc. Mädels, ich gehe kurz dran.« Karo hob den Hörer ab. »Hi Marc, mein Schatz, wie geht es dir?«

»Hi Süße, ich stehe gerade vor der Bäckerei Eifeld. Hast du spontan Lust auf Kaffee und Kuchen bei dir?«

Karo biss sich auf die Unterlippe. Sie hätte Marc sehr gerne getroffen, denn die beiden hatten sich seit drei Wochen nicht mehr gesehen, was für sie sehr untypisch war. Seit Jahren war es zu einem festen Ritual geworden, dass sie sich jeden Montagabend trafen.

»Schade Marc, Nele und Pia sind gerade bei mir. Ein Platz am Tisch ist frei, aber ich glaube nicht, dass du dich in der Mädelsrunde einreihen willst.«

Marc stimmte Karo sofort zu. »Ne, lass mal, Karo. Wir treffen uns dann nächste Woche. Es klappt doch nächsten Montag bei dir?«

»Am kommenden Montag kommt definitiv nichts zwischen unser Treffen! Ich freue mich auf Dich!«

»Dito« kam noch kurz von Marc.

Karo hatte noch nicht richtig aufgelegt, als Nele und Pia anfingen, auf ihre Freundin einzureden.

»Meine Güte Karo, während du gerade mit Marc telefoniert hast, haben wir uns gerade darüber unterhalten, warum aus Marc und dir nicht endlich ein Paar wird. Es kann doch nicht sein, dass du immer noch Single bist. Das geht jetzt schon eine halbe Ewigkeit so! Und du und Marc passt so gut zusammen!«

Wie immer verdrehte Karo bei diesem Thema die Augen: »Jetzt fangt doch nicht schon wieder damit an! Marc ist mein bester Freund und das seit vielen Jahren, und mehr wird es nicht werden!«

»Wir meinen es doch nur gut mit dir«, kam es parallel aus beiden Kehlen der Freundinnen.

»So kann das mit dir einfach nicht weiter gehen. Du bist attraktiv, jung, naja gerade noch« sagte Nele »und immer noch solo. Such dir doch endlich einen Mann!«

Das musste gerade von Nele kommen, dachte Karo im Stillen, verkniff sich jedoch eine spitze Bemerkung. Seit Jahren hatte Nele keinen festen Freund, sondern führte eine Affäre mit einem verheirateten Italiener. Aber gut, jedem das Seine, sie war glücklich mit ihrer Lebensart und ließ auch keinen Widerspruch hiergegen gelten. Sie fühle sich auf diese Weise frei und die Liebe würde nie erlöschen, weil man sich nur die schönen Zeiten im Leben teilte. Keine Verpflichtungen, keine Sorgen.

Lange musste Karo auch nicht auf stachelige Kommentare von Pia warten. Pia, eine Frau, die im Leben nicht oft, eigentlich nie, alleine war. Ihr Lebensmotto war: Warum nicht an der Seite des »falschen Mannes« nach dem Richtigen suchen!? Ihr Umfeld hatte sich mit den Jahren daran gewöhnt und damit arrangiert, dass Pia alle paar Monate einen neuen Partner an ihrer Seite präsentierte.

Karo war da anders, drei Jahre war sie mit Sebastian, ihrer großen Liebe liiert gewesen, und so ganz abgeschlossen war das ganze für sie noch nicht.

Es war eine so genannte Fernbeziehung, er kam aus München, Karo wohnte in Frankfurt am Main. Die beiden hatten sich auf eine außergewöhnliche Art und Weise kennen gelernt. Karo befand sich in Wien auf Abschlussfahrt ihrer Berufsausbildung zur Friseurin, und Sebastian war auf einer Kulturreise im gleichen Jugendhotel, wie sie abgestiegen. Als Karo damals ihr Hotelzimmer bezog und erst einmal das große Fenster öffnete, um das Zimmer ordentlich durchzulüften, lehnte sie sich auf das Fensterbrett und genoss neben der frischen Luft den Ausblick über die schöne Stadt. Unterbrochen wurde sie in ihrer Träumerei, als ihr kleine, merkwürdige Dinge von oben auf den Kopf fielen. Nach genauerer Untersuchung stellte sich heraus, dass es sich um die Überreste von abgefutterten Erdbeeren handelte. Karo schaute erbost nach oben und guckte direkt in das grinsende Gesicht von

Sebastian, welcher über ihrem Zimmer wohnte und genüsslich Erdbeeren aß, um die Stängel achtlos herunter zu schmeißen. Karo schimpfte damals vor sich hin und rief nach oben: »So eine Sauerei! Kannst du nicht wenigstens etwas Gescheites herunter werfen, wenn du schon das Fenster, und nicht einen Abfalleimer benutzt?«

Ein lautes »Moment« war von oben zu hören, und wenige Minuten später kam Schnürsenkel an Schnürsenkel gebunden eine kleine Tüte mit Süßigkeiten an Karos Fenster an. Karo musste darüber sehr lachen und die Erdbeerstängel auf ihrem Kopf waren schnell verziehen. Die beiden unterhielten sich von unten nach oben und von oben nach unten über die Hotelfenster weiter, bis sie sich abends im Aufenthaltsraum des Hotels trafen. Sie mochten sich, und nach wenigen Stunden Plauderei fragte Sebastian: »Wollen wir Adressen austauschen und in Kontakt bleiben?«

Dass sie sich so schnell nicht wieder sehen würden war beiden von Anfang an klar, dazu wohnten sie zu weit auseinander.

Ab diesem Kennenlernen entstand zwischen den beiden eine rege Brieffreundschaft. Anfänglich fand Karo es etwas altmodisch und befremdlich, mit Füller und Papier an einem Tisch zu sitzen und einen Brief zu schreiben, während doch Telefonieren so viel einfacher war. Doch bereits nach kürzester Zeit freute sie sich immer sehr auf neue Post von Sebastian und so wurden die beiden immer vertrauter miteinander, schrieben sich immer persönlichere Dinge von sich, so dass sie mit der Zeit sehr viel über den anderen wussten, ohne ihn persönlich zu erleben. Erst nach sechs Jahren hatten die beiden ein Wiedersehen in Angriff genommen und als sie sich nach all den Jahren und nach all den vielen, intensiven Briefen gegenüber standen, hatte bei beiden sofort der Blitz der Liebe eingeschlagen und ab da waren sie ein Paar.

Sebastian steckte mitten in seinem Studium zum Maschinenbau, Karo mitten im anstrengenden Arbeitsleben. Die 400 Kilometer Entfernung, die zwischen ihnen lagen, machten die Beziehung nicht einfach! Trotzdem schafften es die beiden, die Partnerschaft drei Jahre aufrecht zu erhalten. Es war, abgesehen von kurzen, günstigen Kurzurlauben, eine ausschließliche Wochenendbeziehung und beiderseits wurde sich bemüht, unter finanziellen sowie auch zeitlichen Schwierigkeiten, kein Wochenende auszulassen, an dem man sich traf. Leider hatten sie es in der ganzen Zeit nicht geschafft, einmal einen längeren Urlaub oder eine längere Zeit miteinander zu verbringen. Irgendetwas kam immer dazwischen. Unmerklich nahm der Stress und die Anspannung die Überhand in der Liebe ein, immer häufiger stritten sie sich über belangloses Zeug. Irgendwann war die Luft raus und Sebastian war der Meinung, es wäre besser, einen Schlussstrich unter die Beziehung zu setzen.

»Das Fass zum Überlaufen« brachte für ihn Karos »große Missetat«, als sie an einem Freitag nach über hundert Kilometern Stau auf der Autobahn bei ihm

Sturm klingelte, und sich erdreistete, mit Straßenschuhen an ihm vorbei zu stürmen und durch seine Wohnung zur Toilette zu laufen. Sebastian verstand Spaß im Leben. Allerdings endete sein Verständnis für alles, wenn es um seinen geliebten, taubengrauen Veloursteppich ging. Obwohl der Teppich schon seit zwei Jahren verlegt war, sah er aus wie neu! Nicht das kleinste Fleckchen war zu finden. Sebastian schonte- und schütze ihn wie nichts anderes auf der Welt. Trotz dem Karo an diesem Tag weiße Riemchensandaletten und keine mit Lehm verschmierten Bauarbeiterschuhe trug, und entsprechend keine Spuren auf Sebastians Heiligtum hinterließ, war er so wütend, dass Karo drei Stunden später nach einem kräftezehrenden Streit tränenüberströmt in ihrem Auto saß und zurück nach Hause fuhr. Sebastian zog die Trennung nun konsequent durch und nach nur drei Monaten kam Karo zu Ohren, dass Sebastian eine neue Freundin hatte. Ab diesem Zeitpunkt unterließ sie es, ihn ab und an anzurufen, um sich zu erkundigen, wie es ihm ging, und um einfach den Kontakt mit ihm nicht zu verlieren! Sebastian hatte sich bei ihr nach der Trennung nicht ein einziges Mal mehr gemeldet. Karo hätte hingegen die Beziehung niemals aufgeben wollen, lieber hätte sie sich noch jahrelang mit ihm weiter streiten wollen, als ohne ihn zu sein. Sie liebte ihn von Kopf bis Fuß, warum wusste sie, wenn sie ganz ehrlich zu sich war, selber nicht so genau. Es bestand einfach dieses unerklärliche, starke Gefühl ihm gegenüber.

»Jetzt sag nicht, du denkst gerade wieder an Sebastian?« wurde sie von Pias Einwurf aus ihren Gedanken herausgerissen.

»Mein Gott, das mit ihm ist Jahre her, vergiss ihn endlich und schwing die Hufe. Karo, du bist 34 Jahre alt, zu jung um alleine zu sein, und zu alt, um die Zeit mit Vergangenem zu verschwenden! Aber so wie ich dich kenne, schaffst du nie den Absprung und trauerst Sebastian im Rentenalter noch nach!«

»Mache ich gar nicht, ich habe ihn schon lange lange vergessen«, versuchte Karo sich zu verteidigen, als Nele vorlaut dazwischen rief: »Nie im Leben hast du das! Ich gehe jede Wette ein, dass du noch an ihm hängst, ansonsten hättest du dich schon allemal auf einen neuen Mann eingelassen!«

»Apropos Wette«, mischte sich Pia ein. »Das ist eine geniale Idee. Nele und ich wetten mit dir, dass du es nicht schaffst, innerhalb, nun, sind wir großzügig, sagen wir also, innerhalb der nächsten drei Monate einen Freund zu finden. Nicht irgendeinen, nein, natürlich einen festen Freund.«

»Ja, das ist ein guter Einfall« meldete sich Nele wieder zu Wort, und wurde bei der Vorstellung ganz hippelig. »Die Wette ist eine tolle Idee! Dann kannst du uns ja beweisen, dass du nicht mehr an Sebastian denkst.«

»Ihr seid kindisch« entgegnete Karo. »Ich will meine Freiheit nicht aufgeben, das hat überhaupt nichts mit Sebastian zu tun!«

Zum Glück konnten die beiden Freundinnen Karos momentane Gedanken nicht lesen, natürlich hatte es auch mit Sebastian zu tun. Auch, nicht nur.

Zwei mal hatte sie sich nach Sebastian auf einen Mann eingelassen. Doch das Glück hielt nur kurz, wenn man es überhaupt als Glück bezeichnen konnte. Der eine Mann hatte so unkontrollierte und unangemessene Wutausbrüche, dass Karo nach dem ersten miterlebten Ausraster umgehend das Weite suchte.

Mit dem anderen war kein Blumentopf zu gewinnen! Am liebsten lag er auf der Couch und guckte Fernsehen oder spielte Playstation. Zu anderen Aktivitäten war er kaum – bis gar nicht – zu bewegen. Nach den drei langweiligsten Wochen ihres Lebens hatte Karo den Typ verlassen. Sie war sich im Nachhinein nicht einmal sicher, ob er ihr Gehen bemerkt hatte. Nach diesen Reinfällen hatte sie erst einmal genug von den Männern! Und so war sie nun wieder Single. Nicht unglücklich dabei, obwohl sie sich natürlich wie jeder Mensch nach Geborgenheit und einer funktionierenden Partnerschaft sehnte.

Karo wollte einen Mann fürs Herz, in den sie sich wirklich verlieben konnte, nichts für eine Nacht. Sie wünschte sich einen Mann, mit dem sie den Rest ihres Lebens verbringen konnte. Auch wenn sich das altmodisch anhörte, sie sehnte sich nach Treue, Ehrlichkeit, Familie, Kindern, einfach nach dem perfekten Partnerglück.

Nur war dieser Mann dafür ihrer Meinung nach eine Rarität auf dieser Welt und ihren Freundinnen ihren konservativen Wunschtraum zu erzählen, hätte sie sich nicht getraut. Sie hätten sie garantiert missverstanden und sie zur nächsten Partnervermittlungsagentur geschleppt. Ein Mann, zwanzig Jahre älter als sie, Bierbauch, Schnurrbart, Pkw, Reihenhaus würde sich bestimmt schnell für sie finden, und ihr Traum könnte wahr werden.

Aber so einfach war es nun mal nicht, Karo suchte scheinbar das Unmögliche. Ihr Mann fürs Leben sollte in etwa ihrem Alter entsprechen, natürlich auch sehr intelligent sein, und nicht zuletzt attraktiv aussehen. Und charmant, ehrlich, treu, kinder- und tierlieb, gepflegt, niveauvoll dürfte er auch gerne sein.

»Gehst du auf unsere Wette jetzt ein oder nicht?« Nele ließ nicht locker.

»Du kannst auch den Wetteinsatz bestimmen« fiel ihr Pia ins Wort, während sie Karo mit ihren grün funkelnden Augen ansah.

»Ich habe euch schon mal gesagt, ihr seid kindisch! Wenn ich wollte, hätte ich schon in drei Tagen einen festen Freund. Aber ich sagte euch doch, ich will meine Freiheit nicht aufgeben!«

»Wuhw« kam es von Pia. »In drei Tagen! Okay, die Wette wäre also angenommen« strahlte sie über das ganze Gesicht. »Aber wir sind ja keine Unmenschen und bleiben bei unseren drei Monaten!«

Karo wurde flau im Magen und überlegte krampfhaft, wie sie aus dieser Wettgeschichte schnellstmöglich heraus kommen konnte: »Hey Mädels, wartet mal...«

In diesem Moment vernahm sie ein lautes Plopp, Nele hatte eine Sektflasche geöffnet, und füllte gerade drei Sektgläser, um auf die Wette anzustoßen. Na ganz toll, dachte Karo bei sich, wenn die beiden es nicht anders wollten, so würde sie sich auf diese mehr als merkwürdige Wette wohl einlassen müssen.

»Nun gut, sei es wie ihr es wollt! Die Wette läuft! Als Wetteinsatz wünsche ich mir eine Reise für zwei Personen, also natürlich für mich und meinen neuen festen Freund!« sprudelte es spontan und unüberlegt aus ihr heraus. »Eine Woche Strandurlaub, gutes Hotel versteht sich von selbst. Sollte ich, was ich jedoch im Vorfeld bereits ausschließen möchte, die Wette verlieren, so spendiere ich euch beiden eine Woche Strandurlaub und hoffe, ihr lasst dann für die Zukunft solch blöde Wettideen für immer am Urlaubsort zurück!«

»Okay«, stimmten die Freundinnen einstimmig zu.

»Hol mal ein Blatt Papier«, forderte Nele Karo auf.

»Wozu?«

»Frag nicht, hol schon!« diktierte Nele ihrer Freundin.

Als Karo mit dem Blatt zurück in die Küche kam, traute sie ihren Augen nicht: »Ihr spinnt doch! Das ist jetzt nicht euer ernst!?«

Pia und Nele ignorierten den Einwurf von Karo und kritzelten unbehelligt und mit großem Eifer Wett-Kriterien auf das Papier.

»So eine Wette muss Hand und Fuß haben!« kam es von Nele, während sie mit leuchtendem Rotstift den 15. April als Stichtag fixierte. Karo schüttelte den Kopf und sah ihren Freundinnen sprachlos zu. Nach einer gefühlten Ewigkeit legten sie endlich die Stifte zur Seite.

»Also, ich lese noch einmal vor«, schmetterte Pia los, während sie keine Notiz von der fassungslosen Karo nahm: »Die drei Freundinnen Nele Degenfeld, Pia Woll und Karo Sommer schließen folgende Wette: Karo muss ihren zwei oben genannten Freundinnen in einem bestimmten Zeitraum einen festen Freund präsentieren! Damit sicher gestellt werden kann, dass es sich um einen wirklichen Partner handelt, und nicht um einen Mann, der die Rolle des neuen Lebensgefährten nur für den Moment vorspielt, wird vereinbart, dass Karo mindestens zwei Wochen mit diesem Mann fest liiert sein muss. In diesen zwei Wochen ist Karo verpflichtet, ihren beiden Freundinnen mindestens an zwei Abenden in der Woche, sowie an den Wochenenden ihren neuen Freund vorzustellen, beziehungsweise mit ihnen zusammen etwas zu unternehmen, damit die Echtheit der Beziehung überprüft und festgestellt werden kann. Insgesamt wurde sich auf eine dreimonatige Frist verständigt, jedoch gehen die geforderten zwei Wochen des Kennenlernens von dieser Zeit ab, so dass sich als Stichtag der 15. April errechnet. Der Wetteinsatz...«

»Schon gut, schon gut!« unterbrach Karo ihre Freundin in scharfem Ton. »Muss ich das ganze

16

noch irgendwo unterschreiben?« fragte sie voll strotzender Ironie.

»Na klar, wir alle drei müssen das!« bekräftigte Nele.

»Ihr habt echt ein Schräubchen locker!« fauchte Karo, und unterschrieb das Papier. Nele und Pia taten es ihr gleich, und Pia rief: »Hast du eine Kerze? Ich will noch ein Siegel darunter setzen!«

»Jetzt reicht es! Langsam finde ich es nicht mehr lustig!« kam es von Karo.

»Wir schon«, grinste Nele. »Aber komm Pia, auf das Siegel können wir verzichten...«

Na super, auf was hatte sich Karo da bloß eingelassen?

Karo zog sich die Mütze tiefer ins Gesicht und vergrub ihre Hände in ihren Manteltaschen. Trotz der Kälte hatte sie das große Bedürfnis, durch die Luft zu laufen und ihren Kopf frei zu bekommen. Sie bummelte durch die Innenstadt und schaute sich die Auslagen der Geschäfte an, während sie wieder und wieder über die zuvor abgeschlossene Wette nachdachte. Im Gedränge der Menschen schlenderte sie verträumt durch die Fußgängerzone, als sie abrupt von der Melodie eines Orgelspielers aus ihren Gedanken gerissen wurde. Sie stand vor einem höchstens 1,60m kleinen, schmalen, grauhaarigen Mann, der ein Stoffäffchen auf seiner Heimorgel sitzen hatte, und einen großmaschigen, abgewetzten Schal um seinen Hals gebunden trug, und wie besessen die Melodie in seine Tasten haute. Es war

Karos und Sebastians Lied. Fast jedes Liebespaar hatte »sein Lied«, welches sie zu bestimmten Anlässen gemeinsam hörten, oder welches sie an bestimmte zusammen erlebte Situationen erinnerte. Und genau dieses Lied dröhnte nun durch die kalte Winterluft mitten in Karos Herz.

»Verdammt noch mal, warum kann ich Sebastian nicht einfach vergessen?« ging es ihr durch den Kopf. Ihre Freundinnen hatten Recht, sie konnte es nicht leugnen. Oder zumindest konnte sie es nicht vor sich selber leugnen. Sebastian nahm noch immer einen viel zu großen Raum in ihrem Leben ein. Immer und immer wieder dachte sie an ihn und vermissen tat sie ihn auch.

Konzentriert starrte Karo mit weit geöffneten Augen in ihren großen Badezimmerspiegel und bemühte sich, ihre Wimpern sorgfältig tiefschwarz zu tuschen, als ein lautes krachendes Geräusch die Stille zerstörte. »Oh nein, nicht schon wieder«, durchfuhr es Karo, ließ die Wimperntusche ins Waschbecken fallen und hetzte ins Wohnzimmer. Entsetzt starrte Karo auf den braunen Fleck auf ihrem weißen Wohnzimmerteppich. »Casimir!« entfuhr es Karo und schaute sich suchend in der Wohnung um. Es dauerte nicht lange, bis sie ein ängstlich drein blickendes blaues Katzenbabyaugenpaar hinter der Couch hervorblicken sah. Verdammt, der Blumentopf war ein Geschenk von Pia. Ein großes Blatt der in der Ecke stehenden grünen Palme war auch noch abgebrochen, weiter befanden sich erdfarbene Pfötchenspuren auf dem Boden. Trotz ihrem Ärger nahm Karo liebevoll ihr auf zehn Wochen alt geschätztes Kätzchen auf den Arm. »Ach Casimir, du Schlingel. Kannst du nicht einmal nichts anstellen?«

Vor wenigen Tagen hatte Karo das Tier in der Mülltonne vor ihrer Wohnung gefunden, abgemagert und mit tränenden Augen. Bei dem Anblick taten ihre Augen das gleiche. Obwohl Karo aufgrund ihrer ausgeprägten Ordnungsliebe nie ein eigenes Haustier haben wollte, hatte sie in diesem Augenblick keine andere Wahl, als dem Kätzchen ein liebevolles Zuhause zu geben. Dieses fühlte sich in nur kurzer Zeit sichtbar wohl. Die moderne 80qm große Zwei-Zimmer-Wohnung bot ihm ein gemütliches Daheim. Die weiß-grau gestreiften Gardinen im Schlafzimmer waren für herrliche Schwingflüge prädestiniert, der weiße Küchenschrank diente hervorragend zum Krallenwetzen, das nussbaumfarbene, große Bett bot einen herrlichen Schlafplatz, und die verlorenen rot-weiß- braunen Katzenhaare setzten sich farblich prima vom weißen Teppichboden ab. Was konnte einem Kätzchen besseres passieren?

Karo eilte zurück ins Badezimmer und stellte sich der erneuten Kampfaufnahme mit der Wimperntusche, brachte mit dem Haarspray, welches bei jedem Wetter hält, ihre langen, lockigen

Haare in Form und tauschte ihre Jogginghose gegen enge, hell verwaschene Jeans. Ein Blick auf die Uhr trieb sie zur Eile an, in 25 Minuten hatte sie eine Verabredung mit Johannes. Dieser Mann faszinierte sie ab dem Moment, als sie ihm zum ersten Mal tief in die Augen gesehen hatte. Die Begegnung mit Johannes kam Karo wie gerufen. Einen festen Partner innerhalb von drei Monaten zu finden gestaltete sich im realen Leben bei weitem schwieriger, als es Karo großspurig bei der vereinbarten Wette mit Pia und Nele angekündigt hatte. Aber vielleicht meinte es das Schicksal gut mit ihr und Johannes war der Mann, den sie ihren Freundinnen schon bald stolz an ihrer Seite präsentieren konnte.

Karo zählte sich zu der Kategorie Frau, für die Liebe auf den ersten Blick durchaus im Bereich des Möglichen lag. Vielen Frauen war die Liebe auf den ersten Blick ein völliges Absurdum, Karo hatte dieses jedoch bereits erlebt. Völlig unerwartet, in einer meist abstrusen Situation, steht ein männliches Geschöpf vor einem, und schon nach wenigen Sekunden hat man das Gefühl, als würden hunderte von Schmetterlingen im Bauch ihre Runden fliegen. Oftmals stellten die Schmetterlinge nach näherem Kennenlernen des Mannes ihre Flüge ziemlich schnell wieder ein, aber das war ein anderes Thema. Jetzt ging es einfach darum, diese elendige Wette zu gewinnen, und wenn das Glück auf Karos Seite war, dann konnte sie einen Gewinn schneller für sich verbuchen, als ihre Freundinnen gucken konnten.

Karo hatte sich mit Johannes im Eissalon Italia verabredet, an der Ecke Bergerstraße. Ein weiterer Blick auf die Uhr zeigte ihr, dass sie sich nun wirklich beeilen musste, wenn sie pünktlich zu ihrem Date erscheinen wollte. Blitzschnell lief sie zum Einbauschrank, zerrte den froschgrünen super-turbo-starken Staubsauger aus seinem Verließ und begann hastig, die Blumenerde vom Wohnzimmerteppich aufzusaugen.

»Casimir, du brauchst keine Angst haben, mein kleiner Schatz!« rief Karo ihrer Katze zu, die vom Staubsaugerlärm aufgeschreckt unter das Sofa geflüchtet war. Auf allen Vieren lockte sie das verängstigte Tier hervor und beruhigte es mit Streicheleinheiten. »Und jetzt bist du ganz brav, mein Liebling, okay? Ich bin jetzt mit Johannes verabredet und lasse dich ein Weilchen alleine. Stellst du bitte mal nichts an, in dieser Zeit?« fragte sie Casimir zärtlich und setzte ihn auf den Boden. Sie verstaute schnell den Staubsauger im Schrank, warf die Scherben und die abgebrochene Palme in den Müll, Jacke an, Tür zu und los, zum Eissalon Italia.

Etwas abgehetzt aber pünktlich traf Karo am verabredeten Treffpunkt ein. Sie merkte, wie sich ihre Nervosität in ihrem Körper ausbreitete, ließ suchend einen Blick durch das kleine Eiscafe schweifen und stellte fest, dass alle Tische besetzt waren.

Johannes war noch nicht in Sicht. Auch das noch, dachte Karo, der es bei weitem lieber gewesen wäre, wenn der Mann auf sie gewartet hätte und nicht umgekehrt. Sie war sowieso schon aufgeregt genug wegen dem Date, nun aber auch noch alleine in einem Eiscafe zu warten, machte die Lage nicht einfacher. Sie hängte ihre Jacke an einen Haken und setzte sich an einen Minitisch für zwei Personen, der zum Glück gerade frei geworden war. Ein dunkelhaariger, attraktiver Kellner ließ nicht lange auf sich warten: »Was darf es sein, junge Frau?« fragte er sie charmant und flirtete ohne Hemmungen mit ihr. Karo merkte, wie sie leicht rot wurde und bestellte sich eine Cola light. Der bewundernde Blick des Kellners bestätigte ihr, dass sie trotz der vorherigen Hetze und Eile ganz passabel aussehen musste. »Bitte sehr, die Cola light, schöne Frau«, eilte der Kellner nur nach wenigen Augenblicken zurück zu ihr. Von junger Frau ein nahtloser Übergang zu schöner Frau, registrierte Karo! So konnte es weiter gehen, dachte sie sich geschmeichelt. Trotz der Aufmerksamkeit des Kellners fühlte sie sich jedoch immer noch unwohl, alleine am Tisch zu sitzen. Sie nippte leicht verlegen an ihrem Getränk, überflog erneut alle Tische, aber Johannes war noch nicht da, was ihr überhaupt nicht gefiel! Sie konnte sich nicht erinnern, jemals alleine in einem Eiscafe eingekehrt zu sein und kam sich ziemlich verloren vor. Ihre Gedanken drifteten langsam ab, sie dachte plötzlich an morgen, wenn sie wieder um 7.30 Uhr im Haarsalon Titania stehen- und den Kunden Lockenwickler eindrehen und Strähnchen färben würde. Ihr machte der Friseurberuf großen Spaß, doch haderte sie schon lange mit dem eher geringen Verdienst, der ihrer Meinung nach nicht im Verhältnis zu der vielen und anstrengenden Arbeit stand. Den ganzen Tag stehend zu verbringen, in einem von Haarspray, Haarlack, Färbemitteln, Föhngeräuschen und Geschnatter der Kunden erfüllten Raum, brachte einen oft an seine Grenze. Nicht selten kam Karo abends völlig erschöpft nach Hause und war nur noch in der Lage, sich auf ihrem Sofa vor dem Fernseher auszuruhen. Sie ging selten während der Woche aus, was natürlich auch bedeutete, keinen Mann kennen lernen zu können. Aber nach der Arbeit war sie oft zu müde und kaputt, um noch einmal weg zu gehen. Da war sie meist froh, wenn sie auf der Couch sitzen- und die Füße hochlegen konnte!

Karo konnte ein Schmunzeln nicht vermeiden, als sie sich daran erinnerte, wie am letzten Freitag der neue Auszubildende Frau Neureich die Augenbrauen zupfte, dabei immer großzügiger wurde, bis Frau Neureich plötzlich laut durch den Salon brüllte, und den Chef androhte, ihn zu verklagen.

Durch eine sympathische Stimme wurde Karo aus ihrem Alltagstraum herausgerissen. Johannes? Nein, sie blickte in die dunkel brauen, feurig funkelnden Augen des Kellners.

»Darf es noch etwas für dich sein?« wollte er wissen. Karo nahm zur Kenntnis, dass er sie geduzt hatte, doch es störte sie nicht!

»Ich hätte gerne noch einen heißen Kakao und die Waffeln mit den Kirschen!«

»Sehr gerne«, nickte er ihr lächelnd zu und verschwand in der Küche.

Inzwischen war eine knappe Stunde vergangen, und sie saß noch immer alleine an diesem Minitischchen. Sich im Eiscafe umblickend stellte sie fest, dass alle Tische von Pärchen oder größeren Freundesgruppen besetzt waren und sie die einzige ohne Begleitung war, was ihr inneres Unbehagen weiter wachsen ließ. Inzwischen war sie glücklich, dass sie an so einem kleinen Tisch saß. Es wäre ihr bei weitem noch peinlicher gewesen, wenn sie alleine einen großen Tisch für sich in Anspruch genommen hätte. Sie fand die Situation schrecklich! Wo Johannes nur blieb? Sie schielte immer wieder auf ihr Handy, ob ein Anruf oder eine Nachricht eingegangen war. Doch das Display blieb leer.

Beladen mit dem Kakao und den Waffeln kam der Kellner zu Karo, und schenkte ihr einen verführerischen Blick.

»Wie heißt du?« wollte er wissen.

»Karo!«

»Schöner Name. Ich bin Hansi!« stellte er sich ungefragt vor. »Darf ich deine Telefonnummer haben?«

Die Frage kam für Karo sehr direkt und unvorbereitet. Während sie noch darüber nachdachte, fügte er hinzu: »Du bist eine sehr schöne Frau! Ich würde gerne einmal mit dir ausgehen, wenn du das auch möchtest!? Wir könnten ins Kino gehen, oder etwas essen, oder tanzen gehen...«

Karo lächelte und unterbrach ihn: »Warum nicht?« und schrieb ihre Nummer auf eine rosa farbene Serviette. Was hatte sie zu verlieren? Der Mann sah gut aus, schien – im Gegensatz zu Johannes – ernsthaft an ihr interessiert, und außerdem gab es eine Wette zu gewinnen! Als Karo ihm die Serviette und gleichzeitig das Geld für ihre Rechnung in die Hand drückte, guckte Hansi ihr tief in die Augen und hielt ihre Hand einen Moment zu lange fest, wie es eigentlich normal gewesen wäre. Ein merkwürdiges Kribbeln machte sich in ihrem Bauch breit, es fühlte sich wie ein kleiner Stromschlag an.

»Ich rufe dich morgen Abend an, Karo! Bist du da zu Hause?«

»Ab 21.30 Uhr müsste ich erreichbar sein!«

»Fein, ich freue mich!«

Er gab ihr links und rechts einen Kuss auf die Wange und widmete sich danach den anderen Gästen. Karo entschied, dass ihre Toleranzwartegrenze bei weitem überschritten war und holte ihre Jacke. Sich ein letztes Mal im Eiscafe nach Johannes umsehend, trat sie auf die Straße.

»Wie blöd bin ich denn, dass ich eben noch einmal nach Johannes Ausschau gehalten habe?« fragte sie sich selbst und machte sich auf den Nachhauseweg. »Wenn er vor einer Stunde nicht gekommen ist, dann wird er jetzt erst recht nicht mehr an einem Tisch sitzen!« ärgerte sie sich weiter und fragte sich, warum er sie wohl versetzt hatte.

Karo schloss ihre Wohnungstür auf und Casimir schlich ihr sofort schnurrend um die Beine. Kein Wunder, in all der Hektik hatte sie ganz vergessen, ihm etwas zu fressen zu geben. »Mein armer Liebling, hast du Hunger?«
Schnell holte sie das Katzenfutter aus dem Einbauschrank. Casimir blickte wie ein kleines Häufchen Elend mit großen Augen vom Küchenboden aus zu ihr hoch, mit lautem Miauen wurde Karo angefeuert, sich mit dem Futter zu beeilen. Der Geruch von Thunfisch stieg ihr aus der geöffneten Dose in die Nase: »Bah, pfui, riecht das unangenehm!« entfuhr es Karo. Casimir schien das ganz anders zu sehen und konnte das Futter gar nicht so schnell schlucken, wie sein kleines Mäulchen es zuließ. Auch ohne Petersilie am Tellerrand, wie es in der Werbung immer angepriesen wird, schmeckte es ihm ausgezeichnet.
Karo nahm sich fest vor, demnächst endlich mit Casimir zum Tierarzt zu gehen. Sie wollte längst schon beim Tierarzt gewesen sein, doch nachdem sie nun bereits vier Jahre alleine in ihrer Wohnung lebte, musste sie sich mit einem Untermieter erst näher auseinander setzen und sich an den Gedanken

gewöhnen, dass jemand von ihrer Hilfe und Zuwendung abhängig war. Von Katzenbedürfnissen, ausgenommen dem leiblichen Wohl, angefangen mit Impfungen bis hin zur Geschlechtsbestimmung, hatte sie keine Ahnung. Es stand also noch gar nicht fest, ob es sich bei Casimir nicht vielleicht um eine Casimilie handelte.

Karo zog sich ihre bequeme Jogginghose an und schaltete den Fernseher ein. Ihre immer wieder abschweifenden Gedanken ließen es nicht zu, sich auf den Fernsehfilm zu konzentrieren. Ihre Gedanken kreisten permanent mit der Frage in ihrem Kopf, warum Johannes nicht zu ihrer Verabredung erschienen war.

Karo wurde vom Klingeln ihres Telefons aus ihrer Gedankenwelt gerissen. Marc rief sie an, ihr bester Freund, der ihr aus der Kindergartenzeit geblieben war. Und jeder der behauptete, dass es keine echte Freundschaft zwischen Mann und Frau geben kann, wurde hier eines besseren belehrt. Karo und Marc verstanden sich seit eh und je auf rein platonischer Ebene, keiner von beiden hatte jemals den Versuch gestartet, die Freundschaft intimer werden zu lassen. Karo hegte für Marc eher brüderliche Gefühle, auch von Marc kam in all den Jahren keine körperliche Annäherung Karo gegenüber.

»Hallo Karo, du bist die erste, die ich an meinem Glück teilhaben lassen möchte« sprudelte Marc mit spürbar guter Laune aus sich heraus.

»Ich hatte dir doch erzählt, dass wir in unserer Firma eine neue Kollegin haben. Sie entspricht genau dem Typ Frau, den ich mir immer gewünscht habe. Lange blonde Haare, Bikinifigur, große blaue Augen, lange Wimpern, dazu ist sie sehr intelligent und ist im höheren Management eingestellt worden. Ich konnte gar nicht anders, als sie anzusprechen und als ich gemerkt habe, dass sie mir gegenüber nicht abgeneigt war, habe ich meinen ganzen Mut zusammen genommen und habe sie zum Essen eingeladen. Und was soll ich dir sagen? Wir sind nun ganz offizielles ein Paar. Karo, ich könnte die ganze Welt umarmen, ich bin so sehr verliebt in diese Frau, du weißt ja, damals die Geschichte mit Barbara, ja ich habe sie sehr geliebt und bei unserer Trennung sehr gelitten, aber das ist alles vergessen, ich habe nur noch Augen für Claire. Ich träume nachts von ihr, ich träume tagsüber im Büro von ihr und wenn wir abends zusammen sind, träume ich von ihr, obwohl ich neben ihr sitze.«

Karo unterbrach Marc in seinem Redeschwall und freute sich mit ihm und seinem neuen Glück.

»Ich wünsche dir, dass sie die Richtige für dich ist und dass es mit euch beiden etwas richtig Festes wird.«

»Das wird es auf jeden Fall, das spüre ich! Sie ist meine absolute Traumfrau, man bin ich verliebt.«

Die beiden plauderten noch ein Weilchen weiter, wobei Karo erfuhr, dass Marcs neue Errungenschaft Holländerin war und zu Marcs großem Bedauern jedes Wochenende in die Niederlande fahren würde.

Somit konnten sie sich nur in der Firma und unter der Woche treffen. Aber für ihn sei das kein Problem, er hatte Verständnis dafür, dass sie am Wochenende zu ihrer Familie fahren müsse, ihre Eltern wären nicht mehr die jüngsten und brauchten die Unterstützung ihrer Tochter.

»Weißt du, Karo, welche Frau fährt schon jedes Wochenende zu ihren alten Eltern und kümmert sich um sie? Ich kenne außer Claire keine! Und das heißt für mich, dass sie einen ganz lieben Kern haben muss! Ich finde es so toll, dass sie ihre Eltern nicht einfach abschiebt, wie es die meisten heutzutage machen! Ach, Claire ist einfach die beste!«

»Ich freue mich so sehr für dich«, bekräftigte Karo immer wieder. »Hast du Montag eigentlich Zeit für mich, oder bist du verplant?« fragte sie mit leichtem Grinsen.

»Äh, ja, lass uns noch mal vorher telefonieren, Karo! Es kann sein, dass es Montag wirklich nicht klappt. Ich muss das mit Claire absprechen. Wir haben uns ja dann das ganze Wochenende nicht gesehen, und klar, dass ich Montag gerne bei ihr wäre!«

»Kein Problem, Marc! Genieß die Zeit des großen Verliebtseins! Ich gönne es dir von Herzen, und bin dir nicht böse, wenn wir uns Montag nicht sehen. Wenn es deine Zeit mit Claire zulässt, können wir uns auch Mittwoch oder Donnerstagabend treffen!«

»Du bist ein Engel!« bedankte sich Marc und nach einer weiteren halben Stunde beendeten sie das Telefonat.

Unmittelbar nach dem Auflegen war Karo mit ihren Gedanken wieder bei Johannes.

Ein negatives Gefühl schlich sich in ihre Magengegend. Ob er vielleicht nicht zur Verabredung erschienen war, weil ihm etwas passiert war? Ob sie bei ihm zu Hause anrufen sollte? Johannes hatte sie heute bereits zum zweiten Mal versetzt. Bereits letzten Montag hatte er sie zum Abendessen eingeladen, doch auch da wartete sie umsonst auf ihn. Glücklicher Weise wollte er sie von zu Hause abholen, so dass sie wenigstens in ihrer Wohnung vergebens auf ihn wartete, und nicht der Schmach ausgesetzt war, im Restaurant für alle Augen der anderen Gäste sichtbar, versetzt zu werden.

Eigentlich war sich Karo selber nicht im Klaren darüber, warum sie sich auf eine erneute Verabredung mit ihm eingelassen hatte. Immerhin hatte sie ihn erst vor wenigen Wochen in einer Kneipe kennen gelernt. Klar, der erste Eindruck war natürlich ausschlaggebend, dunkle Locken, super Figur, coole Tattoos, sportlich gekleidet mit enger schwarzer Lederhose und engem weißen T-Shirt, welches seinen muskulösen Oberkörper betonte. Dazu noch ein markant geschnittenes Gesicht mit einem sympathischen Lächeln und einem betörenden Aftershave. Welche Frau hätte sich da nicht auf eine Verabredung eingelassen? Nach dem ersten geplatzten Treffen hatte sie beschlossen, dass ihr so etwas nicht noch einmal passieren würde. Doch Johannes hatte sich aufrichtig bei ihr entschuldigt, ihr mehr als einmal bekundet, wie leid es ihm tat, dass er nicht zu der Verabredung erschienen war. Er wollte es durch die Einladung in das Eiscafe wieder gut machen. Rückblickend wurde Karo bewusst, dass Johannes sich zwar für sein Fehlen entschuldigt- und ihr auch ausreichend nahe gebracht hatte, wie leid es ihm tat, ihr aber keine wirkliche Begründung für sein Wegbleiben geliefert hatte. In der letzten Woche rief er sie fast täglich an, manchmal sogar zweimal. Naja, so war das eben mit Männern, man konnte sie einfach nicht durchschauen. Und was nützte alle Frauenlogik, wenn das Herz anders wollte als der Kopf?

»Verdammt, was bin ich nur für eine blöde Kuh« schoss es Karo verärgert durch den Kopf. Erneut fragte sie sich, warum sie überhaupt ins Eiscafe Italia gegangen war! Zur Abwechslung wäre es doch ganz angebracht gewesen, wenn Johannes mal auf sie hätte warten müssen. Aber dann fiel ihr ein, dass sie dann gar nicht den Kellner Hansi kennen gelernt hätte, und erschwerend kam noch hinzu, dass Johannes gar nicht auf sie gewartet hätte, weil er ja gar nicht zu der Verabredung erschienen war. Karo beschloss es positiv zu sehen, dass sie trotzdem in dem Eissalon war. Was nützte es jetzt noch, sich zu ärgern? Es können ja schließlich nicht alle Männer so unzuverlässig sein wie Johannes, und Hansi war ein ganz anderer Typ von Mann. Außerdem galt es eine Wette zu gewinnen. Karo träumte vor sich hin und sah die Augen des Kellners vor sich, wie sie vielversprechend funkelten.

Um 23.00 Uhr machte Karo den Fernseher aus und ging ins Bett.

Johannes hatte sich nicht mehr gemeldet. Als Casimir sich schnurrend neben ihrem Kopfkissen zusammenrollte, überfiel sie ein glückliches und zufriedenes Gefühl. Das ganze Land war voller Männer, sie würde ihr Glück nicht von Johannes abhängig machen. Und Hansi hatte ihr gezeigt, wie attraktiv sie auf Männer wirkte. Und morgen Abend will er anrufen.

Nur noch die Beine hoch legen, war ihr einziger Wunsch, als Karo am nächsten Abend die Eingangstür ihrer Wohnung hinter sich zu machte. Durch die kundenfreundlichen Ladenöffnungszeiten nahm ihr Beruf als Friseurin sie noch mehr in Anspruch, da ihre Arbeitszeit in verschiedene Schichten eingeteilt war. Es wird ihr immer unerklärlich bleiben, dass es Leute gab, die um 15 Minuten vor 21.00 Uhr mit unschuldiger Miene im Friseursalon auftauchten und fragten, ob noch Zeit für eine Dauerwelle sei. Einfach unfassbar! Heute war wieder einer dieser Tage, an denen so ziemlich alles schief gelaufen war, was nur schief laufen konnte. Und dann stand auch noch ihr Chef vor ihr und sagte:

«Frau Sommer, kommen Sie doch bitte mal nach hinten, wir haben etwas zu besprechen.»

Obwohl sie sehr viel von ihrem Chef hielt, ärgerte Karo sich über seine Wortwahl, denn dass »wir«

etwas zu besprechen hatten, war ihr nicht bekannt. Vielmehr wollte doch er mit ihr reden. Kurz darauf erfuhr sie, was »wir« zu bereden hatten. Der Chef, Eigentümer des Salons, orderte ihr die Obhut des Auszubildenden Sven an.

»Frau Sommer, ich möchte Ihnen ab sofort unseren Sven anvertrauen. Bitte nehmen Sie ihn an Ihre Seite und kümmern sich darum, dass er ausreichend praktisch geschult wird! Planen Sie entsprechende Zeiten ein, in denen er Ihnen bei Ihrer Arbeit über die Schulter guckt und nehmen Sie sich bitte entsprechend Zeit, das selbige bei ihm zu tun, wenn er an Kunden arbeitet.« Ihr Chef strahlte sie mit leuchtenden Augen an, als hätte er ihr gerade mitgeteilt, dass sie den ersten Preis in einer Tombola gewonnen hat.

Karo war von dieser ihr auferlegten Arbeit nicht sonderlich angetan. Und »Zeit nehmen« war in diesem Salon ein Ding der Unmöglichkeit. Wie sollte sie sich entspannt neben den Auszubildenden stellen, wenn im Vorraum die Kunden kaum noch freie Sitzplätze bekamen? Warum wurde gerade sie für Sven verantwortlich gemacht? Gerne hätte sie das ihren Chef gefragt, doch dazu fehlte ihr der Mut. Vielmehr antwortete sie ihm untergeben mit einem Augenzwinkern: »Geht klar, Chef. Sie sind aber hoffentlich gut versichert!?«

Mit großen Augen guckte der Chef sie an, um dann lächelnd ihre Schulter zu berühren: »Frau Sommer, auf wen wenn nicht auf Sie, könnte ich mich so gut verlassen?« und damit ging er zurück in sein Büro.

Casimir zog genüsslich Fäden aus dem weißen, flauschigen Wohnzimmerteppich und Karo warf die Fernsehzeitschrift nach ihm. Nachdem sie lethargisch alle 30 Programme ihres Fernsehers durchgezappt hatte, kein ansprechendes Fernsehprogramm fand, stand sie gequält auf, um die Zeitschrift wieder aufzuheben, an welcher Casimir gerade genüsslich die Ecken ankaute. Als sie die Zeitung aufhob, fauchte Casimir und guckte sie aus babyhaften blauen Augen doof an. Karo konnte nicht anders, als eine Schmuserunde mit ihm einzulegen.

Karo schlug die Programmseite des heutigen Tages auf. Fehlanzeige. 30 Programme, und die Auswahl beschränkte sich auf Heimatfilm, Neues aus der Tierwelt oder anderes nicht gerade Spannungsversprechendes. Sie griff zum Telefon und rief Pia an, auch Fehlanzeige. Nach einem lustigen Ansagespruch und einem ewig blechernden Piepston hinterließ sie ihr eine Nachricht auf dem Anrufbeantworter. Wenn sie schon keine Nachricht auf ihrem Anrufbeantworter vorfand, wenn sie nach Hause kam, so sollte es ihrer Freundin wenigstens besser gehen.

»Hallo Pia, wo steckst du? Schade, dass du nicht zu Hause bist! Ich hätte gerne mit dir ein wenig geredet. Naja, du kannst mich ja zurück rufen, wenn du wieder auftauchst.«

Kurz überlegte Karo, Marc anzurufen und ihm ihren Ärger über Johannes- und über ihre Begegnung mit Hansi zu berichten. Doch irgendwie fand sie Marc als nicht den passenden Ansprechpartner. Auch wenn die beiden seit Jahren befreundet waren, blieben sie immer noch Weibchen und Männchen. Und es gab im Leben einfach Dinge, die Frau am liebsten mit einer Frau besprach! Typische Weibergeschichten nun mal!

Karo wählte Neles Nummer, aber bei ihr ging niemand ans Telefon. Nicht einmal ein Anrufbeantworter schaltete sich ein. Karo dachte wieder an Hansi. Leicht enttäuscht war sie schon, dass sie der süße Kellner noch nicht angerufen hatte. Dabei sagte er doch, dass er sich gestern bei ihr melden wollte, oder hatte sie ihn vielleicht missverstanden, ging Karo mit sich selbst ins Gespräch. Männer, mal wieder die Männer. Wann begriff sie endlich, dass Zuverlässigkeit ein Fremdwort für diese zu sein schien? Oder lag es vielleicht an ihr, und sie suchte sich immer die falschen Männer aus? Aber warum war das so? Es konnte doch nicht sein, dass alle um sie herum glückliche Pärchen waren, nur sie die einzige war, die keinen zu ihr passenden Mann fand. Was stimmte nicht mit ihr? Erschrocken von ihren eigenen Gedanken riss Karo sich aus ihrer Gefühlslage heraus. Oh nein, jetzt bitte keine Selbstzweifel. So schnell würde sie nicht aufgeben und auch nicht die Schuld bei sich suchen! Gut Ding braucht Weile, hieß es doch so schön!

Obwohl es mittlerweile schon so spät war, dass Karos gute Erziehung ihr sagte, dass man nicht mehr bei jemandem anrufen sollte, tat sie es trotzdem. Ihre Finger wählten, ganz ohne sie zu fragen, die Telefonnummer von Johannes. 44422. Sie war so einfach zu merken, dass man keine Schonfrist zum Nachdenken hatte, ob es gut war anzurufen, während man noch den Zettel suchte, auf welchem die Nummer vermerkt war. Man wählte sie einfach. Schon nach zwei Freitönen meldete sich Johannes mit verschlafener Stimme. »Oh, habe ich dich geweckt?« stammelte Karo.

»Ja«, kam es schläfrig vom anderen Ende.

»Ich wollte nur mal fragen, wie es dir geht« antwortete sie und bereute bereits, überhaupt angerufen zu haben.

»Gut, und dir?«

Jetzt war der Höhepunkt der Peinlichkeit erreicht.

»Bestens« flötete Karo ihm entgegen. »Waren wir Sonntag nicht verabredet?« rutsche es ihr mit leicht zynischem Unterton über die Lippen.

»Oh, Mist, waren wir wirklich? Habe ich total vergessen. Ach süße kleine Karo, das tut mir leid. Hast du Freitagabend Zeit? Ich komme um Acht Uhr zu dir, okay? Du, ich muss morgen sehr früh raus und möchte gerne weiterschlafen. Sei mir bitte nicht böse, Süße, okay?«

Karo war unschlüssig, ob sie sich über dieses doch relativ kurze Gespräch freuen sollte, oder vielmehr ärgern. Einfach vergessen hatte Johannes ihr Treffen.

Aber er hatte Interesse gezeigt, sie wieder zu sehen. Sie konnte nicht leugnen, dass sie sich auf ein Wiedersehen mit ihm freute, wunderte sich jedoch über sich selbst, dass Johannes nur wenige liebevolle Worte an sie richten musste, und schon war sie versöhnt und zu einem erneuten Date bereit. Als Alibi für ihr Verhalten kam ihr sogleich die anstehende Wette in den Sinn. Außerdem war sie der Meinung, dass man Männern die Zeit geben sollte, sich an die Ansprüche einer Frau zu gewöhnen. Und wenn es sich wirklich lohnte, konnte es doch nicht so schwer sein, einem Mann von 35 Jahren noch Zuverlässigkeit beizubringen, oder?

Erst jetzt wurde ihr bewusst, dass Johannes zu ihr nach Hause kam was bedeutete, dass sie die Wohnung aufräumen musste, und zu Essen sollte Karo wohl auch etwas vorbereiten. Aber was? Karo ging in die Küche und guckte im Schrank nach, ob etwas Brauchbares vorhanden war und ihr Anreiz zum Kochen gab. Außer einer riesigen Anzahl von Katzenfutterdosen in allen Variationen war nicht viel vorhanden. Im Kühlschrank begegnete ihr ebenfalls eine gähnende Leere. Obwohl ihr mittlerweile fast die Augen vor Müdigkeit zufielen, setzte Karo sich an den Küchentisch und studierte das neue Kochbuch, welches sie von ihrer Mutter zu Weihnachten geschenkt bekommen hatte. Karo hatte sich nicht besonders über das Kochbuch gefreut, denn Fertigprodukte von denen sie sich in der Regel ernährte, brauchten keine Literaturhilfestellung. Den guten Erbanlagen sei dank, dass sie sich um ihre Figur keine allzu großen Sorgen zu machen brauchte. Bei ihrer Größe von 165cm hatte sie eine schlanke, sportliche Figur mit welcher sie rund um zufrieden sein konnte. Klar hatte sie mal Phasen, in denen sie ein paar Kilos zunahm. Die bekam sie mit ein wenig Disziplin aber schnell wieder weg! Jetzt freute sie sich allerdings umso mehr über das Buch. Nach einer Ewigkeit entschied sie, einen Makkaronieauflauf zu machen, denn das Kochbuch versprach leichte Handhabung, dazu Rotwein und gut war es. Karo zweifelte an sich selbst, als sie den Einkaufszettel fertig hatte, mit all den Sachen, die sie besorgen musste.

»Wofür gebe ich mir soviel Mühe?« schoss es durch ihren Kopf.

»Am Ende versetzt mich Johannes tatsächlich ein drittes Mal.   Und dann? Oder bei meinem Glück mag er keine Nudeln, oder er hat eine Rotweinallergie?   Irgendetwas läuft bestimmt schief!« Karo schob ihre negativen Gedanken zur Seite. Das sollte jetzt alles unwichtig sein! Wenn das Schicksal ihr einen Mann über den Weg schickte, der ihr zum Verlieben gefiel, dann musste man oder Frau nun einmal gewisse Opfer bringen und ein Risiko eingehen.

Am Freitagnachmittag stand Karo mit ihrem Einkaufswagen in einer nicht enden wollenden Einkaufsschlange im ortsansässigen Supermarkt. Karo empfand es als eine Unmöglichkeit, dass um drei Uhr mittags nur eine Kasse besetzt war, dazu noch mit einer Kassiererin, die die Waren über den Scanner zog, als wären sie hochexplosiv und würden den ganzen Einkaufsladen in die Luft sprengen, sobald sie falsch angefasst würden. In Zeitlupentempo griff die Verkäuferin nach den Lebensmitteln, das Förderband bewegte sich Millimeter um Millimeter. Karo zwang sich zur Ruhe, nur nicht ausrasten, es hieß Nerven bewahren, alle anderen Kunden konnten sich schließlich auch beherrschen! Nicht mehr weit vom Ladenschluss entfernt, verließ sie endlich den Supermarkt. Ihre Einkaufstaschen waren so schwer, dass Karo dachte, ihre Arme verlängerten sich sekündlich um einen halben Meter! Sie war aber selber schuld. Katzenstreu war gerade im Angebot, da konnte sie nicht widerstehen und nahm gleich zwei Säcke mit.

Karo musste insgesamt dreimal vom Auto zu ihrer Wohnung laufen, bis alle Einkäufe endlich im Flur lagen. Mittlerweile war es bereits halb sechs. Die Wohnung sah aus, als hätte sich in ihr ein Katzenbaby ungeniert die Zeit vertrieben. Ein flüchtiger Blick im Flurspiegel machte ihr dazu noch bewusst, dass sie bis um acht Uhr nicht nur die Wohnung in Ordnung bringen musste. Zuerst bekam Casimir zu essen, heute gab es Geflügel. Merkwürdig fand Karo, dass sich der Doseninhalt nicht wesentlich vom Geruch der Thunfischsorte unterschied. Nachdem das Kätzchen versorgt war, machte sie sich an die Zubereitung des Makkaronieauflaufs. Während die Nudeln vor sich hinkochten, entfernte sie die größte Unordnung im Wohnzimmer. Karo deckte den Tisch, wollte ihn mit Kerzen dekorieren, die nahm sie dann doch lieber wieder herunter, es sah zu sehr nach Rendezvous aus und sie war sich nicht sicher, ob es sich mit Johannes um ein Rendezvous handelte. Sie war sich ja nicht einmal sicher, ob Johannes überhaupt kommen würde.

Kurz vor Acht Uhr betrachtete Karo stolz durch die Scheibe des Backofens ihr Machwerk. Geschafft, der Auflauf fing an, eine goldbraune Farbe anzunehmen. Karo ging noch einmal durch die Wohnung, es schien alles perfekt. Sie setzte sich an den gedeckten Wohnzimmertisch und probierte beide Stühle aus. Nervös griff sie zur Fernbedienung und schaltete den Fernseher ein, schaltete ihn wieder aus und ging zum Fenster. »Karo, du bist doch nicht etwa aufgeregt?«

Sie schaltete den Fernseher wieder ein. Inzwischen war es fünf nach Acht. Karo lief zum Backofen und stellte diesen auf 50 Grad herunter. Los Türklingel, gib endlich Laut! Acht nach Acht. Sie ging zurück ins Wohnzimmer, als das Telefon schrillte. Als sie zum Hörer griff sah sie sich in Gedanken schon alleine den Auflauf essen, doch es war Pia und nicht ein ihr absagender Johannes.

»Hallo Pia, schön dass du dich meldest.«

In aller Kürze teilte sie ihrer Freundin mit, dass sie in Warteposition saß und so verabredeten sie sich nur schnell für den nächsten Abend. Dreizehn nach

Acht. Karo nahm Casimir auf den Arm und kraulte ihm den Rücken und er bedankte sich mit friedlichem lauten Schnurren. Kein Wunder, er hatte ja auch keine Verabredung, die ihn irgendwie beunruhigen konnte: »Sag Casimir, was mache ich hier? Bin ich wirklich so ein dummes Huhn, das sich dreimal von ein und demselben Mann veräppeln lässt?« Casimir guckte sie groß an und strampelte sich von ihrem Arm. Karo seufzte laut auf. Dreiundzwanzig nach Acht, jetzt reichte es ihr! Karo hasste Unpünktlichkeit. Selbst geboren unter dem Tierkreiszeichen des soliden Stieres war Pünktlichkeit eine ihrer wichtigsten Lebensregeln. Sie machte den Backofen aus und konzentrierte sich wieder auf den Fernseher. Vielmehr versuchte sie, sich auf das Programm zu konzentrieren, denn ihre aufsteigende Wut machte ihr einen Strich durch die Rechnung! Mittlerweile war es neun Uhr und der aufgekommene Ärger war grenzenlos! Karo hatte sich abgehetzt, wie damals bei der Verabredung im Eiscafe. Und wofür das ganze? Gerade wollten ihr die Tränen der Enttäuschung und Wut in die Augen schießen, als es an der Tür klingelte. Ihr erster Gedanke war: Zu spät Johannes, bleib wo der Pfeffer wächst. Wer eine ganze Stunde zu spät kommt, der muss leider draußen bleiben! Doch dann hatte ihre Hand schon auf den Türöffner gedrückt, einfach so, genau wie vor ein paar Tagen beim Wählen seiner Telefonnummer. Ganz von alleine, ohne ihr Dazutun.

»Hallo Süße, entschuldige bitte, bin ein bisschen spät dran. Bin aus Versehen vor dem Fernseher eingeschlafen. Was ein Glück bin ich nicht erst morgen früh wieder aufgewacht«, waren seine Worte, während er über das ganze Gesicht strahlte und sich rechts und links neben seinem Mund niedliche Lachfältchen bildeten. Karo wollte es nicht glauben! Eingeschlafen vor dem Fernseher, während sie sich abgerackert hatte. Das durfte doch nicht wahr sein! Sollte sie ihm die Tür vor der Nase zuschlagen? Verdammter Mist, warum konnte sie es nicht?

Johannes hatte seine rechte Hand leicht hinter seinem Rücken versteckt. Jetzt nahm er seinen Arm nach vorne und hielt Karo eine blutrote, langstielige Rose direkt unter ihre Nase! »Riech mal, für dich, Süße!«

Karo musste gegen all ihren inneren Widerstand lächeln, trat zur Seite und bat ihn herein.

Es wurde ein netter Abend! Johannes mochte Nudeln. Den Rotwein auch. Die beiden redeten und redeten, spielten eine Partie Schach und anschließend Monopoly. Sie stritten um die Schlossallee. Nachdem Karo drei Hotels darauf gesetzt hatte, war Johannes irgendwann pleite. Sie hatten gar nicht bemerkt, dass es schon so spät geworden war, Mitternacht war längst vorbei. Johannes fing an zu gähnen, Casimir schlief friedlich zusammengerollt auf dem in der Ecke stehenden Schaukelstuhl.

»Ich bin genauso müde wie der kleine Stinker« sagte Johannes mit einem Blick in Richtung Katze.

»Ich bin auch müde! Von mir aus kannst Du heute Nacht bei mir schlafen, wenn du nicht mehr Auto fahren möchtest, immerhin haben wir nicht gerade wenig Wein getrunken.«

»Das wäre echt cool, wenn ich hier bleiben dürfte! Der Abend mit dir war so schön Süße, das ich gar nicht auf die Uhr geschaut habe. Und daran, dass ich noch Auto fahren muss, habe ich auch nicht gedacht!«

Karo suchte Johannes eine neue Zahnbürste aus dem Badezimmerschrank und legte ihm eines ihrer größten T-Shirts hin, welches sie in ihrem Schrank finden konnte. Als Johannes aus dem Bad kam, grinste er wie so oft sein mitreißendes, verführerisches Lausbubenlächeln. Johannes trug eine schwarze Boxershorts und darüber ein T-Shirt, das über seinem Bauchnabel endete und den Anschein machte, jede Sekunde in tausend Einzelteile zu zerspringen.

»Ich glaube, dein T-Shirt ist ein klitze kleines bisschen zu eng!« Lachend ging Karo auf Johannes zu und zog ihm wie selbstverständlich ihr Shirt über den Kopf. Sie standen sich so eng gegenüber, dass Karo den männlich nach Seife riechenden Körpergeruch von Johannes in ihre Nase bekam. Johannes warf das T-Shirt achtlos auf den Boden, nahm Karos Gesicht in seine Hände und küsste sie zärtlich. Mit einem Ruck, der Karo das Gefühl gab, ein Fliegengewicht zu sein, nahm er sie auf seine

Arme und trug sie ins Schlafzimmer. Das Licht wurde in dieser Nacht erst sehr spät gelöscht, und Schlaf haben die beiden in dieser Nacht auch nicht viel bekommen.

Das laute Schnurren an Karos Ohr weckte sie aus ihren Träumen. Ein Blick auf den Radiowecker sagte ihr, dass es schon halb elf war. Langsam kamen die gestrigen Bilder vor ihr müdes, geistiges Auge. Johannes! Mit einem Schlag war Karos Müdigkeit verschwunden. Sie fühlte mit ihrem Arm auf die ansonsten leere Bettseite, doch diese war auch jetzt nicht besetzt. Außer einem zerwühlten Kopfkissen und einer ebenso zerknautschten Bettdecke war nichts vorzufinden. Karo stand auf um nachzusehen, ob sich Johannes noch in ihrer Wohnung befand. Auf dem Küchentisch lag eine auf die gestrige Tageszeitung geschriebene kurze Nachricht: »Guten Morgen, süßes Karochen, musste schon weg, melde mich später, Kuss Jo.«
Ein leichtes Kribbeln durchfloss ihren Körper, wer hätte das gedacht? Seine Qualitäten als Liebhaber ließen keinen Tadel zu, es war eine wunderschöne, leidenschaftliche Nacht gewesen. Karo fühlte sich ungewohnt leicht, fast schwebend. Auch wenn sie es selbst noch nicht begreifen konnte wie das so schnell hatte passieren können, musste sie sich eingestehen, dass sie bis über beide Ohren in Johannes verliebt war.

»Na mein kleiner Schatz, wie wäre es heute mit Kalbfleisch?« fragte Karo Casimir, der hungrig auf dem Küchenboden bereits auf sie wartete. »Hast du heute Morgen einen Mann hier herum laufen sehen?« fragte sie das Kätzchen weiter, während sie das Schüsselchen füllte. »Ein süßer Mann ist das, nicht wahr?« Diese Frage ging unbeachtet in lautem, zufriedenen Schmatzen unter.

Gutgelaunt ging Karo ins Badezimmer. Nachdem sie ausgiebig geduscht hatte, machte sie sich daran, die Spuren des gestrigen Abends zu beseitigen. Ein riesiger Berg an dreckigem Geschirr stapelte sich auf der Küchenspüle. Der Wohnzimmertisch stand voll mit Gläsern, Weinflaschen und leeren Chipstüten. Auf dem Teppich befanden sich viele undefinierbare Krümel und leider auch Rotweinflecke. Karo krempelte sich die Pulloverärmel hoch und machte sich fröhlich trällernd an die Arbeit.

Musik, lautes Stimmengewirr und eine dicke Qualmwolke schlugen Karo entgegen, als sie die Tür zu ihrer Stammkneipe »Olivias Bauchladen« öffnete. Pia saß bereits an der Theke.

»Hallo, wartest du schon lange?« begrüßte sie ihre Freundin. »Und wo ist Nele?« fügte sie sich umblickend hinzu.

»Nele hat abgesagt, und die beiden hier haben mir die Zeit vertrieben« antwortete Pia mit einem kecken Blick zu den beiden Männern neben ihr. Arne und Michael stellten sich kurz vor, und schon waren die vier in eine lustige Unterhaltung vertieft. Karos Laune konnte gar nicht besser sein, denn ihr Herz war voll mit Gedanken an Johannes. Sie schwebte buchstäblich auf der berühmten Wolke Sieben und hätte die ganze Welt umarmen können. Ihre gute Stimmung schien nicht unbemerkt für ihr Umfeld zu bleiben, denn Arne, Michael und Pia ließen sich von ihrer euphorisch glücklichen Laune anstecken, nach Karos Geschmack sogar ein bisschen zu viel. Sie hatte das Gefühl, dass Arne sie besonders interessiert und aufmerksam musterte. Er war ein sympathischer Typ, mittelgroß, strahlende Augen, weiche, liebe Gesichtszüge, ein paar Pfund vielleicht zu viel auf den Rippen, was sie aber nicht störend sondern eher gemütlich und kuschelig fand. Eigentlich wäre er ein guter Kandidat gewesen, um ihre Wette zu gewinnen! Vom ersten Eindruck her, wäre er es wert gewesen, ihn genauer unter die Lupe zu nehmen. Aber darüber brauchte Karo nicht mehr nachzudenken. Sie war seit gestern wieder in festen Händen und der Gedanke daran ließ sie erneut über das ganze Gesicht strahlen. Das Leben konnte so schön sein. Es hatte sich also doch gelohnt, dass sie die Flinte nicht gleich nach dem ersten verpatzten Treffen, nun gut, nach dem zweiten verpatzten Treffen mit Johannes ins Korn geworfen hatte. Aller Anfang ist bekanntlich schwer.

Die beiden Thekenbekanntschaften waren wirklich nett und unterhaltsam, doch eigentlich wäre Karo fast geplatzt, Pia endlich vom gestrigen Abend erzählen zu können. Ihr blieb nichts anderes übrig, als sich dem Gegebenen anzupassen, denn so wie die Situation aussah, hatten die beiden Herren nicht im Geringsten die Absicht, Pia und sie alsbald alleine zu lassen. Arne wechselte seinen Platz unauffällig nach einem Toilettenbesuch an Karos Seite.

»Du Karo, ich muss dir eine Geschichte erzählen, die meinem Kumpel letzte Woche passiert ist«, eröffnete Arne das Gespräch mit ihr.

»Na, dann schieß mal los« antwortete Karo.

»Pass auf, vor ein paar Tagen hat sich ein guter Kumpel von mir mit seinem Freund, den ich persönlich nicht kenne, einen faulen Fernsehabend bei ihm zu Hause gemacht. Dabei haben sie das ein und das andere Bier gezischt. Irgendwann waren sie der Meinung, dass sie ein wenig mehr Spaß vertragen könnten und haben einen Joint geraucht. Danach wollten sie ein wenig mit dem Auto in der Gegend herumfahren, weil ihnen total langweilig war. Sie kurvten also ohne Ziel durch die City und langweilten sich immer noch. Irgendwann fuhren sie durch einen kleinen Kreisverkehr und der Freund von meinem Kumpel kam in seinem leicht zugedröhnten Kopf auf die Idee, dass er einige Runden am Stück durch den Kreisel fahren sollte, was mein Freund dann auch tat. Sie drehten eine Runde nach der anderen, bis auch das zu langweilig wurde. Dann kamen die beiden auf die irrwitzige und natürlich nicht ungefährliche Idee, rückwärts durch den Kreisel zu fahren.«

Karo lauschte mit entsetztem Gesichtsausdruck den Worten von Arne und war neugierig, wie die Geschichte wohl weiter ging. »Ja, und so fuhren die beiden nun also rückwärts durch den Kreisel! Dass das nicht lange gut gehen konnte, war absehbar. Es gab einen heftigen Knall, und die beiden stießen mit einem anderen Autofahrer zusammen, der in den Kreisel eingebogen war. Der Kofferraum vom Auto meines Kumpels war total eingedrückt, die Front des anderen Autos sah nicht besser aus. Die beiden blieben vor Schreck erst einmal im Auto sitzen, als der Fahrer des anderen Wagens auf sie zugestürmt kam und wütend und hysterisch herumschrie. Der Mann zückte sofort sein Handy und rief die Polizei. Die beiden Freunde waren voller Panik, weil sie ja zuvor das Bier getrunken- und den Joint geraucht hatten. Das konnte nicht gut gehen. Kurz darauf traf die Polizei ein, die sich den Schaden kurz ansah und sich erst einmal um den immer noch lauthals herumschreienden Fahrer des anderen Autos kümmerte. Mein Freund wollte gerade mit klopfendem Herzen und kreidebleich aus seinem Wagen aussteigen, als ein Polizist auf sein Auto zukam und den beiden mitteilte, dass die ganze Sache sich noch ein wenig verzögern würde. Der herum kreischende Fahrer mache einen stark alkoholisierten Eindruck und müsse erst einmal zum Alkoholtest mit auf die Wache. Und soeben hätte er auch noch behauptet, dass sie beide rückwärts durch den Kreisel gefahren wären. Der Polizist lachte dabei laut auf und wollte nur einen Personalausweis von meinem Freund, um sich die Personalien zu notieren und teilte dann meinem Freund mit, dass er sich morgen wegen dem Unfallschaden an seinem Auto bei der ortsansässigen Polizeistation melden sollte. Der Polizist meinte, er müsse sich nun weiter um den alkoholisierten Fahrer kümmern und wünschte den beiden noch einen schönen Abend.«

Karo lachte beherzt über diese Geschichte, doch insgeheim war sie sich nicht sicher, ob sich Arne das ganze nur zur Belustigung ausgedacht hatte, oder ob das wirklich passiert war. Arne hingegen behauptete steif und fest, dass das alles wahr wäre und sein Kumpel mehr Glück als Verstand gehabt hatte.

Als kurz vor Mitternacht Pia immer noch mit Michael im Gespräch vertieft war, gab sie die Hoffnung auf, dass sie ihre Freundin heute noch ein Weilchen für sich alleine haben würde. Arne und Michael machten noch immer keine Anstalten aufzubrechen. Dafür Karo, sie war müde, immerhin hatte sie die letzte Nacht kaum geschlafen.

»Hey ihr Lieben, ich mache mich jetzt auf! Mein Bett ruft schon die ganze Zeit laut nach mir! Ich wünsche euch noch einen schönen restlichen Abend!«

Sie verabschiedete sich von den Dreien, sagte Pia, dass sie sie morgen anrufen würde und verließ die Kneipe.

Als Karo die Wohnungstür aufschloss, erhöhte sich ihr Pulsschlag merklich, sie kam sich vor wie ein Teenager, und das in ihrem Alter. Immerhin wurde sie im April 35! Casimir schlich ihr sofort um die

Beine und guckte ganz verdutzt, weil er nicht wie sonst üblich beachtet wurde. Die ganze Aufmerksamkeit galt dem Anrufbeantworter. Karo fühlte sich in ihre Kindheit zurückversetzt, wie sie am Nikolausmorgen mit Spannung erfüllt zu ihrem Stiefel lief um nachzusehen, ob der Nikolaus ihr auch wirklich etwas in den Schuh gelegt, und sie auch nicht vergessen hatte. Mit genau diesem Gefühl lief sie nun zum Anrufbeantworter. Karo starrte auf das Feld, das je nach dem wie viele Anrufe eingingen, kurz hintereinander aufblinkte. Sie wollte mitzählen, ihre Augen fingen zu starren an. Das änderte jedoch nichts an der Tatsache, dass das Lichtfeld nicht blinkte. Die Enttäuschung konnte sie nur schlecht verbergen, sie hatte fest damit gerechnet, dass Johannes angerufen hatte, doch leider Fehlanzeige.

»So ein Mistkerl« entfuhr es Karo lauthals. Sie konnte nicht glauben, dass Johannes sich tatsächlich nicht bei ihr gemeldet hatte. Was war das jetzt schon wieder? Lebte sie im falschen Film, gar auf dem falschen Planeten oder erwartete sie einfach zuviel, oder waren alle Männer untreue, unzuverlässige Idioten? Karo lief in die Küche und las sich zur Erinnerung Johannes morgendliche Nachricht durch: Ich melde mich später bei dir. Warum zum Kuckuck tat er es dann nicht?

Und wieder einer dieser stressigen Tage an denen sich Dauerwelle, Strähnen färben, Fönfrisur und

Spitzenschneiden ohne Verschnaufpause aneinander reihten. Karo fragte sich: »Wozu habe ich mich eigentlich durch die Meisterschule gequält, wenn ich seit Jahren Tag ein, Tag aus, in diesem Salon arbeite?«

Ihre Gedanken gingen weit in die Vergangenheit zurück, und sie erinnerte sich, wie sie damals unsicher im weißen Baumwollkittel, als junges Lehrmädchen, in der Ecke stand, und eine gewisse Zeit vergehen musste, bis sie ohne ein Zittern in ihrer Stimme- und in ihren Knien auf die Kundschaft zugehen konnte.

»Meine Güte« dachte Karo, als ihr die grün-orangenen Spiegelrahmen und der orangefarbene Linoleumboden einfielen. Drei Jahre lief sie so gut wie täglich auf diesem abgelaufenen Boden hin und her, sah sich permanent in den vielen Spiegeln und hörte plötzlich, als würde es tatsächlich geschehen, die schrille Türglocke, sobald ein Kunde den Laden betrat oder wieder verließ.

Sie mochte den kleinen Laden von ganzem Herzen, welcher inzwischen ein modernes Kleid angezogen bekommen hatte. Ein grau-schwarzer Bodenbelag mit glitzernden Elementen, weiße, große Spiegel und die modernsten Waschbecken und Stühle schmückten das Titania. Doch sollte das bereits der Karrierehöhepunkt ihrer beruflichen Laufbahn sein?

Karo bat ihren Chef zwei Stunden vor Ladenschluss gehen zu dürfen und angesichts ihrer kaum noch zählbaren Überstunden willigte er großzügig ein.

Überrascht über sein gutes Auffassen wagte sie sich, noch eine Forderung darauf zusetzen und fragte vorsichtig an, ob sie den morgigen Tag auf Überstundenbasis frei bekommen könnte.

Karo hätte ihren Chef knutschen können und hatte nicht im Geringsten damit gerechnet, dass ihr so schnell und problemlos frei gegeben wurde. Ein langes Wochenende lag vor ihr. Welch ein Genuss! Karo spürte ihre Freude von den Füßen aus durch ihren ganzen Körper strömen.

Auf dem Heimweg bekam Karo plötzlich riesigen Appetit auf Pizza Mozzarella, ein nur zu selten vorkommendes verlängertes freies Wochenende sollte ihrer Meinung nach gebührend eingeläutet werden! So wurde kurzerhand ein Abstecher ins Eiscafe Italia vorgenommen, denn nicht nur das Eis war hier eine Köstlichkeit, auch die italienischen Spezialitäten waren eine Sünde wert.

Schon von der gegenüberliegenden Straßenseite aus konnte man durch die große Fensterfront Hansi in seiner langen, weinroten Schürze die Kunden bedienen sehen. Karo setzte sich an den selben kleinen Tisch wie vor ein paar Tagen, als sie vergeblich auf Johannes gewartet hatte. Als Hansi sie entdeckte, kam er sofort zu ihr herüber.

»Hallo Karo, schön dich wiederzusehen.«

»Hallo Hansi, ich hätte gerne eine Pizza Mozzarella.«

»Kommt sofort, gnädiges Fräulein.«

Mit einem charmanten Lächeln war er im Küchenbereich verschwunden. Dong, dong, dong.

Es war nicht zu leugnen, ihr Herzschlag hatte sich erheblich verstärkt, seit sie in Hansis Nähe war. Als er mit der dampfenden Pizza auf sie zukam, fragte Karo: »Warum hast du nicht bei mir angerufen?«

Sie befürchtete, Hansi könnte ihren Herzschlag hören! Sie war stolz auf sich, den Mut aufgebracht zu haben, ihn direkt zu fragen. An ihrem dreißigsten Geburtstag hatte sie sich als Vorsatz genommen, sich vom Leben das zu nehmen, was sie wollte, ganz egal was es auch war und ganz egal, ob es gegen irgendwelche Gesellschaftsnormen verstoßen würde. Es war Karo sehr bewusst, dass ihre Frage, warum er sich nicht bei ihr gemeldet hatte, eine Art des Nachlaufens war. Einerseits kam sich Karo ziemlich blöd vor, als sie die Frage stellte, andererseits war nun Hansi an der Reihe, ihr hierauf eine Antwort geben zu müssen und sie war darauf sehr gespannt.

»Ich glaube, meine Freundin hätte etwas dagegen, wenn ich bei dir angerufen hätte« bekam Karo unerwartet und nach ihrem Geschmack ein wenig zu direkt von ihm als Antwort. Bemüht, dass Hansi nicht bemerkte, dass sie von seiner Antwort ein wenig geschockt war, erwiderte sie so belanglos, wie es ihr in diesem Moment möglich war:

»Aha, wenn man eine Freundin hat, bedeutet das also, dass man nicht mal mehr mit anderen Frauen reden darf?«

Hansi guckte verunsichert und gleichzeitig wie ein treuer Dackel. Er musste an den Nachbartisch, weil die Gäste zahlen wollten und es machte nicht den

Eindruck, dass ihm das ungelegen kam. Die Pizza still vor sich hin kauend gingen ihr die Worte von Hansi durch den Kopf. Ich hab eine Freundin. Ja warum zum Teufel hatte er dann überhaupt mit ihr geflirtet? Sie fühlte sich unwohl, beeilte sich mit dem Essen und winkte ihm zu, weil sie bezahlen wollte.

»Tschüss Hansi« kam kurz von ihr, als sie aufstand und Anstalten machte, das Lokal zu verlassen.

»Karo, ich ruf dich an, heute Abend nach Feierabend!«

Verdutzt sah sie ihn an. Was war das jetzt? Karo verstand nur »Bahnhof«, beschloss aber, sich darüber im Moment keine weiteren Gedanken zu machen, sie würde es heute Abend am Telefon erfahren, wenn er sich denn tatsächlich melden würde. Insgeheim war Karo bewusst, dass sie auf diesen Anruf vergeblich warten würde. Hansi konnte sie damit wohl streichen, nicht nur aus ihren Flirtgedanken, sondern auch aus der Liste der in Frage kommenden Exemplare, die sie ihre Wette gewinnen lassen könnten. Ein Mann, der vergeben war, fiel bei ihr sowieso gleich durchs Raster!

Als das Telefon klingelte, war Karos erster Gedanke, dass sie nicht wirklich damit gerechnet hatte, dass Hansi sie anrufen würde. Sie hatte sich nicht geirrt, am anderen Ende der Leitung war Marc. Obwohl Karo nur seinen Atem und seine Stimme hörte, war ihr sofort klar, dass etwas passiert sein musste.

»Marc, was ist los mit dir?« fragte sie bereits nach seiner kurzen Begrüßung. Seine Stimme war leise, dünn, er hörte sich den Tränen nahe an. »Karo, du kannst dir nicht vorstellen, was ich heute erlebt habe«, kam es gequält durch die Leitung. »Meine Traumfrau Claire ist eine Albtraumfrau! Du kannst dir nicht vorstellen, was ich heute erfahren habe!«

Erzähle es mir, dann kann ich es mir vorstellen.«

»Sitzt du, Karo? Wenn nicht, setz dich bitte hin, ich möchte nicht, dass du nach dieser Hiobsbotschaft umfällst.«

»Schieß los, Marc, du machst mir langsam Angst!« forderte Karo ihren Freund auf und lehnte sich auf ihrer Couch zurück.

»Also, ich hatte dir doch erzählt, dass Claire jedes Wochenende zu ihrer Familie nach Holland fährt. Ich konnte von Anfang an damit umgehen, dass wir uns dadurch am Wochenende nicht sehen können, das hatte ich dir damals ja erzählt. Aber irgendwie war es natürlich auch schade, dass wir die Wochenenden nie gemeinsam miteinander verbringen konnten, und deshalb habe ich sie heute in der Bürokantine gefragt, ob ich nicht am kommenden Wochenende einmal mit zu ihrer Familie nach Holland fahren könnte. Weißt du, was sie darauf geantwortet hat, Karo? Weißt du das?«

»Nein Marc, weiß ich nicht, erzähle es mir! Mach es bitte nicht so spannend Marc, ich werde ganz kribbelig!«

»Das wirst du auch ganz zu recht Karo! Claire hat mich allen ernstes gefragt, was sie ihrem Mann erzählen soll! Kannst du dir das vorstellen? Was sie ihrem Mann erzählen soll! Sie hat sich nicht um ihre alten Eltern gekümmert, sondern Claire ist verheiratet! Sie meinte mit ihrer Familie ihren Ehemann. Kannst du dir das vorstellen? Karo, wenn ich nicht am Mittagstisch gesessen hätte, wäre ich stumpf umgekippt! Meine Beine waren nach Clairs Antwort wie Pudding, ich hatte keine Kraft mehr, ich war im Schockzustand. Selbst die Gabel ist mir aus der Hand gefallen. Die Krönung ist noch, dass sie mich mit ihren großen blauen Augen unschuldig angesehen- und mich allen ernstes gefragt hat, ob es für mich mit ihr etwas ernstes gewesen sei, für sie war es von Anfang an nur eine Affäre und sie wäre davon ausgegangen, dass ich das genauso sehe! Karo, wir hatten eine so tolle Zeit miteinander, wie kann Claire so etwas tun?«

Auch Karo wurden beim Zuhören ein wenig die Beine schwach. Es war doch ganz gut, dass sie auf ihrem Sofa saß. »Das ist wirklich eine unglaubliche Geschichte, Marc! Und es tut mir unsagbar leid für dich, ich hatte dir dein Glück so sehr gegönnt! Was ist diese Claire denn für ein Mensch? Die spinnt doch total! Wie kann die so etwas tun?« entfuhr es Karo empört.

»Tja, ich weiß es nicht. Ich fand diese Frau so toll! Ich kann mir das auch alles nicht erklären! Nie im Leben hätte ich ihr so etwas zugetraut. Wie sagt man so schön? Liebe macht blind! Ich muss wohl wahnsinnig blind gewesen sein!« kam es traurig von Marc, der ein aufkommendes Schluchzen krampfhaft unterdrückte.

»Komm doch zu mir, Marc! Oder morgen Abend, ganz wie du magst! Und dann trinken wir ein Glas Wein zusammen und reden noch einmal ganz in Ruhe über alles«, bot Karo ihrem Freund Unterstützung an.

»Danke Karo, aber im Moment möchte ich alleine sein. Das ganze ist für mich eine so schwere Kost, an der werde ich ein Weilchen zu knabbern haben. Und viel zu reden gibt es auch nicht mehr, ich weiß ja nun, wo ich dran bin. Und bitte Karo, sei mir nicht böse, aber am Montag komme ich nicht zu dir. Ich muss wirklich erst mal alleine sein und mit der Sache klar kommen.«

»Ach Marc, mein Schatz. Denk bitte noch mal darüber nach! Ich finde es gar nicht gut, wenn du dich jetzt einigelst! Und du weißt, dass du immer zu jeder Tag- und Nachtzeit zu mir kommen kannst!«

»Ich danke dir, meine Süße«, kam es traurig von Marc.

Nach dem Telefonat fühlte Karo sich schwer und kraftlos. Anscheinend fehlte nicht nur ihr das nötige Glück in Liebesdingen.

Auf dem Nachhauseweg vom Friseursalon stand Karo an einer roten Ampel und hing ihren Gedanken nach. Verträumt guckte sie aus dem Fenster und nahm in neonfarbener Schrift die Werbung eines Internetcafes wahr. Da sie selbst der Technik nicht besonders zugetan war, besaß Karo keinen eigenen Computer, doch oft hatte sie schon gehört, dass sich Paare über das Internet kennen gelernt haben sollen. Kurz entschlossen suchte sie sich den nächsten freien Parkplatz und betrat zum ersten Mal in ihrem Leben ein Internetcafe, in dem eine merkwürdige Stimmung herrschte. Karo fragte sich, was diese Location mit einem Cafe zu tun hatte. Das Internetcafe verdiente Karos Meinung nach nicht seinen Namen. Eine Atmosphäre von einem Cafe war nicht vorhanden, vielmehr standen mit weiß-grauen abgenutzten, zerkratzten Trennwänden versehen, viele kleine Computertische mit Bildschirmen aneinander gereiht in dem kargen Raum. Karo zählte auf die Schnelle fünfzehn Tische, wovon nur drei besetzt waren. Sie sah sich hilfesuchend um, doch der junge, hagere Mann hinter dem Verkaufstresen, war über eine Zeitschrift gebeugt und nahm keine Notiz von ihr. Karo suchte sich den letzten Tisch in der Reihe aus, die angrenzende Wand gab ihr Schutz und Sicherheit. Da sie im Büro des Friseursalons Buchführungsarbeiten erledigen musste, war sie mit Computer-Grundkenntnissen ausgestattet, geflirtet hatte sie jedoch noch nie über das Internet. Doch Karo ging optimistisch an die Sache heran und war überzeugt, dass flirten nicht schwerer sein konnte, als die Büroarbeit im Friseursalon. Den Suchmaschinen sei Dank wurde Karo nach kürzester Zeit auf die beliebtesten und bekanntesten Flirtportale aufmerksam gemacht und überflog die Startseiten von zwei Anbietern, entschied sich kurzerhand für eine Plattform und hangelte sich mit

Hilfe von Vorgaben Schritt für Schritt durch das Einrichten eines eigenen Profils, was sich leichter gestaltete, als Karo anfänglich befürchtet hatte. Karo war erstaunt, wie viele Männer sich hier mit Fotos von sich darstellten, und die Angaben über ihr Aussehen, ihre Vorstellungen, ihre Interessen, ihren Beruf, ihre Wünsche über die gesuchte Partnerin, Angaben über ihren Familienstand und vieles mehr, gaben ihr das Gefühl, sie befände sich in einem Supermarkt, in welchem nur Männer angeboten wurden. Karo ging eine Seite nach der anderen durch und war begeistert. »Warum bin ich nie zuvor auf die Idee gekommen, mich im Internet auf einer Singleseite anzumelden? Es ist das reinste Paradies«, schoss es ihr durch den Kopf. Während sie sich weiter die Profile ansah, erhielt sie eine Nachricht in ihrem persönlichen Mailfach. »Das ging ja schnell!« freute sie sich. Neugierig las sie von Schneekönig69, der leider über fünfhundert Kilometer von ihr weg wohnte, dass er es sehr schade fand, dass sie kein Foto von sich eingestellt hatte. Nachdem Karo den Button zum Antworten gefunden hatte, gab sie Schneekönig69 Recht und bedauerte die große Entfernung zwischen ihnen beiden. Dann widmete sie sich wieder intensiv dem Durchstöbern der Männerseiten. Sie entdeckte die Möglichkeit, unter den Suchkriterien einen Entfernungsradius einstellen zu können, jetzt wurden ihr nur noch Männer in einem Umkreis von 40 Kilometern angezeigt. Für ihr Vorhaben, schnellstmöglich einen festen Freund vorweisen zu können, war eine weitere Distanz nicht förderlich, doch musste Karo schnell feststellen, dass die Auswahl an Traummännern durch die Eingabe der Kilometerangabe drastisch kleiner wurde. Wieder erhielt Karo eine Nachricht, dieses mal von RhettButler71, und Karo war in Gedanken sofort bei Scarlett O'Hara. Ein Rhett Butler würde ihr wohl gefallen dachte sie, als sie in dessen Profil lesen konnte, dass er verheiratet war und drei Kinder hatte. Karo war ein wenig enttäuscht, dass auch vergebene Männer auf dieser Partnersuchseite angemeldet waren, ignorierte die Anfrage von diesem Rhett und guckte sich weiter Profile an. Bei Casanova110 blieb Karo hängen, alle Angaben hörten sich gut an, die Fotos von Casanova110 sagten ihr zu, er wohnte nicht allzu weit von ihr entfernt, das Alter passte, er war kinderlos. Ein wenig schreckte sie sein Profilname ab, aber das hinderte sie nicht daran, den Menüpunkt zu drücken, der Casanova110 zu ihrer Favoritenliste hinzufügte. Auch das Profil von Seelenflüsterer gefiel ihr gut und auch ihn speicherte sie ab, damit sie das Profil wiederfinden konnte. Die Zeit vor dem Computer verging wie im Flug. Karo schaute sich noch endlos viele weitere Profilseiten an, doch so richtig sagte ihr kein weiterer Mann mehr zu. Nach einem Blick auf die Uhr und ein laut vernehmliches Knurren ihres Magens, notierte sie sich schnell ihre Zugangsdaten und fuhr den Computer herunter. Beim Bezahlen der Internetgebühr war der junge Mann hinter dem Verkaufstresen kurz bereit, seine

Zeitung zur Seite zu legen, um mechanisch und emotionslos das Geld von Karo zu kassieren. Mit dem Ansatz eines kleinen Gähners wünschte er ihr noch einen schönen Tag und widmete sich wieder seiner Zeitschrift. Karo schüttelte innerlich den Kopf über diesen schlaksigen Typen, dachte sich aber, dass es ihr bei weitem lieber war, dass sie nicht beachtet wurde, als wenn sie von neugierigen Blicken über ihr Tun beobachtet worden wäre.

Eine ganze Woche hatte sie nun von Johannes nichts mehr gehört und verstand es nicht, dass er sich nicht bei ihr gemeldet hatte, doch sie war stolz auf ihren Stolz, ihn nicht angerufen zu haben. Solche Männer brauchte sie nicht, die nach einer schönen gemeinsamen Nacht nichts mehr von sich hören ließen! Karo dachte, zu weit gegangen zu sein. Frauen, die zu schnell zu haben waren, sind für Männer nicht lange interessant. Da war es wieder, das alt Hergebrachte, Männer waren Jäger und werden immer Jäger bleiben, leicht zu erledigende Beute war keine interessante Beute!

Irgendwie hatte Karo heute keinen guten Tag. Und wenn sie ehrlich zu sich selbst war, musste sie sich eingestehen, dass ein Stückchen ihres Herzens traurig war. Ziemlich traurig sogar! Sie fragte sich, ob sie aus der Sache mit Johannes wenigstens etwas gelernt hatte. Doch so richtig wollte sich ihr der Sinn nicht erschließen.

»Wer kann mir eine Antwort geben?« rief Karo in die Stille ihres Wohnzimmers. Sie blickte zur Zimmerdecke und grübelte. Die Nacht mit Johannes war wunderschön. Sie bereute diese Nacht mit ihm nicht. Trotzdem konnte sie sich in keiner Weise erklären, warum Johannes sich überhaupt gar nicht mehr bei ihr meldete. Sie hatte nicht den Eindruck, dass er keine Sympathien für sie übrig hatte. Er sollte sie ja nicht gleich heiraten, oder doch? Eigentlich fand sie sich im perfekten Alter zum Heiraten! Vielleicht spürten die Männer den unausgesprochenen Wunsch und flüchteten deshalb, ohne der Beziehung überhaupt eine Chance zu geben. Mal wieder stellte der Mensch Mann ein großes Rätsel dar! Oder war es einfach nur typisch Frau, sich überhaupt so viele Gedanken um einen Mann zu machen?! Wie viele Stunden ihres Lebens hatte sie schon mit Freundinnen über Männersorgen geredet? Unzählige! Im kleinsten Detail wurde analysiert wann, warum, wieso, weshalb und was er gesagt hatte, und ewig darüber diskutiert, was er damit gemeint haben könnte. Warum waren wir Frauen so? Männer haben sich solche Gedanken unter Garantie noch nie über uns Frauen gemacht. Und wenn sie etwas beschäftigte, dann fragten sie uns einfach, und gut war es!

Aber nein, sie würde Johannes nicht anrufen! Niemals! Lieber wollte sie sich noch weitere Stunden mit ihren Gedanken alleine weiter quälen. Schließlich war sie eine Frau!

Karo hörte bereits im Treppenhaus das Telefon läuten.

»Sommer«, ging Karo gehetzt an den Apparat.

»Hallo schöne Frau, Hansi hier!«

»Oh hallo! Mit dir habe ich gar nicht mehr gerechnet!« entfuhr es Karo ganz direkt.

»Wieso? Ich habe dir doch gesagt, dass ich dich anrufe!« kam es überzeugend von Hansi.

Sehr witzig, dachte sich Karo im Stillen. Dass es aber so lange dauern würde, bis sie etwas von ihm hörte, hatte er nicht gesagt!

»Schön!« presste sie heraus.

»Wann kommst du mal wieder ins Eiscafe?« wollte Hansi wissen.

»Keine Ahnung, das mache ich immer ganz spontan!«erklärte sie wahrheitsgemäß.

»Schade, ich würde mich freuen, dich wieder zu sehen, Karo!« kam es sanft von Hansi.

»Ich guck mal, wie ich es zeitlich schaffe!« antwortete sie versöhnlich.

»Okay, ich warte auf dich! Machs gut, Karo!«

Damit legte Hansi auf. Was war das jetzt? Fassungslos guckte Karo auf den Hörer in ihrer Hand. »Ist der nicht ganz gescheit?« fragte sie sich laut. Was war das denn für ein merkwürdiges Gespräch? Und mit welchem Recht beendete er es so abrupt? Vielleicht hatte er vom Eissalon aus angerufen und konnte nur kurz telefonieren – nein, dafür waren keine Hintergrundgeräusche zu hören! Vielleicht kam seine Freundin unerwartet nach

Hause? Ja, so wird es gewesen sein, philosophierte Karo weiter.

»Was mache ich denn hier?« unterbrach sie ihre Gedanken. Wieder einmal zermarterte sie sich den Kopf über das Verhalten von einem Mann! Das musste sie wirklich in den Griff kriegen, sonst würde sie irgendwann noch durchdrehen! Außerdem war es vergeudete Lebenszeit!

Nachdem Karo mit Pia eine geschlagene Stunde telefoniert hatte und Karo ihr alles über Johannes und Hansi erzählte, fasste Pia ganz nüchtern zusammen: »Karo, die meisten Männer haben es nur auf das Eine abgesehen! Sei nicht so naiv! Wenn du mich fragst, solltest du diesen Johannes so schnell wie möglich vergessen! Und diesen Kellner am besten gleich dazu! Es ist doch jetzt schon klar, dass diese beiden Männer nichts für dich sind! Der eine versetzt dich ständig und scheint kein wirkliches Interesse an dir zu haben, denn sonst würde er sich dir gegenüber anders verhalten! Glaub mir!« kam es mit Nachdruck von Pia. »Und dieser Kellner – wie heißt er noch gleich? Hansi? Also der geht doch auch überhaupt nicht! Hat eine Freundin und baggert dich an... naja, was will man erwarten, wenn ein Mann wie ein Wellensittich heißt?«

»Jetzt sei nicht unfair, Pia!«

»Ja, das mit dem Wellensittich nehme ich zurück. Aber bei dem Rest bleibe ich! Die sind beide doof!« brachte Pia unverblümt die Sache auf den Punkt. »Man Karo, solche Typen hast du nicht nötig! Der

Richtige läuft irgendwo draußen herum und wartet auf dich!« kamen tröstliche Worte von der Freundin.

Das Telefonat hatte Karo nicht gerade aufgebaut, obwohl sie Pia insgeheim Recht geben musste, was Johannes und Hansi betraf. Ja, irgendwo lief der Mann auf Erden herum, der nur für sie geschaffen war, der zu ihr passte. Da konnte sie ja ganz beruhigt sein, dachte sie sarkastisch. Die Erde ist riesig! Woher wusste sie, dass der Mann, der zu ihr gehörte, und dazu auch noch glücklicher Weise an ihr selbst interessiert war, nicht vielleicht in Asien, Afrika oder Australien lebte? Wenn er denn überhaupt lebte!

Karo sah vor ihrem geistigen Auge ihre beiden Freundinnen die Wette gewinnen und barfuss am weißen Sandstrand spazieren gehen. »Nix da!« schoss es aus ihr heraus. »So schnell gebe ich nicht auf! Das wäre doch gelacht! Nele und Pia auf ihre Kosten am Strand unter Palmen, von wegen!« In Karo stieg eine neue Energie auf! Es konnte doch nicht so schwer sein, einen Partner zu finden! Ihr Ehrgeiz, die Wette zu gewinnen, war plötzlich so groß wie zu keinem Zeitpunkt zuvor. Karo setzte sich im Wohnzimmer auf ihren Schaukelstuhl, nahm Casimir auf den Schoß und fing an, sich eine Taktik in punkto Männersuche zu überlegen. Johannes war gestrichen, sein Interesse an ihr, also im Umkehrschluss gesehen sein Desinteresse, lag auf der Hand. Hansi konnte sie ebenfalls vergessen. Er gefiel ihr, aber er war vergeben. Es war schon schwer genug, einem Mann, in den man sich verlieben konnte, überhaupt im Leben zu begegnen. Aber zusätzlich auch noch eine feste Freundin aus dem Rennen zu werfen, das erschien, vom moralischen Aspekt einmal abgesehen, schier unmöglich. Männer gaben bekanntlich nicht vorschnell ihr bequemes Nest auf, und einen bettwarmen Mann wollte sie sowieso nicht haben!

Die Dreimonatsfrist lief gnadenlos! Jetzt ging es darum, neue und erschwerender Weise auch passende Männer zu finden. Es musste eine andere Männerquelle aufgetan werden. Aber wo nur?

Am nächsten Tag ging Karo wieder in das Internetcafe. Nach ihren ersten Erfahrungen mit Singleseiten bestand für sie eine reelle Möglichkeit, einen Mann hierüber für sich zu finden. Wieder lehnte der junge Mann in eine Zeitschrift vertieft hinter dem Tresen und nahm kaum Notiz von ihrem Eintreten. Das Internetcafe war wie bei ihrem letzten Besuch fast leer. Dieses Mal saß eine Frau mit Kopfhörern an einem Computertisch und schien sehr beschäftigt zu sein, alle anderen Tische waren leer. Karo schlenderte auf dem abgetretenen, beigen Linoleumboden zu dem Computertisch, an dem sie bereits schon einmal gesessen hatte und meldete sich auf ihrem Profil an. Sie hatte eine neue Nachricht in ihrem Posteingang. Es war eine Nachricht von Casanova110, der sie aufforderte, ein bisschen von sich zu erzählen und ihr ein Foto von ihr zu schicken. Weiter hatte er ihr seine Telefonnummer hinterlassen, die sich Karo notierte. Sie freute sich sehr über die Nachricht von Casanova110 und wunderte sich, wie einfach es war, einen potentiellen Partner über das Internet zu finden und bedauerte, nicht bereits früher auf die Idee gekommen zu sein, online nach einem Mann zu suchen.

Die Nachricht von Casanova110 gab ihr so viel Aufschwung, dass sie kurzerhand ihre Favoritenliste öffnete und das Profil von Seelenflüsterer aufrief. Noch einmal guckte sie sich seine Fotos an, dann schrieb sie ihm eine nette Nachricht und überlegte hin und her, ob sie ihm ihre Telefonnummer hinterlassen sollte. Eigentlich gab Karo ihre Nummer ungern einem ihr völlig Unbekannten, aber Casanova110 hatte ihr seine Nummer auch gegeben, und irgendwie war das die einfachste Möglichkeit um Kontakt aufzubauen ohne ständig in dieses Internetcafe gehen zu müssen. Karo tippte ihre Telefonnummer in die Tastatur und drückte dann den Button, um die Nachricht an Seelenflüsterer zu versenden, was auch umgehend geschah. Zu spät, dachte Karo, jetzt ist es passiert und er hat die Nummer. Sie tröstete sich mit dem Gedanken, dass schon alles gut gehen würde und dass sie Opfer bringen und auch Wagnisse eingehen musste, wenn sie die Wette gewinnen wollte.

Als Karo ihre Benutzergebühr bezahlte, lächelte der junge Mann sie für einen weniger als aberwinzigen Augenblick an, während er ihr das Restgeld zurückgab. Karo dachte, der junge Mann hat heute wohl einen guten Tag und verließ lächelnd den Laden.

Auch das noch! Nicht, dass Karo die Verantwortung für Sven übernehmen musste, lag jetzt auch noch ihr Chef mit einer dicken Erkältung im Bett. Für Karo bedeutete das wieder einmal Überstunden ohne Ende zu machen. Das passte ihr momentan gar nicht, ihre Zeit lief, und wenn sie die Wette gewinnen wollte, dann musste sie sich dringend etwas einfallen lassen und ihre Energien restlos in die Suche nach ihrem Traummann stecken. Die Arbeit im Friseursalon ließ ihr jedoch keine einzige Minute Freiraum, um sich auch nur im Ansatz irgendwelche produktiven Gedanken um ihre Misere machen zu können. Nach einem für sie nicht enden wollenden Arbeitstag schloss sie endlich die Ladentür des Friseursalons ab. »Puh, geschafft, Sven, bist du so nett und kehrst noch schnell durch? Ich kümmere mich inzwischen um die Abrechnung.«

Karo ging in das kleine Büroräumchen und machte sich an das Zählen der Tageseinnahmen. Nebenan hörte sie das vertraute raschelnde Geräusch, welches durch das Fegen verursacht wurde. Die Geldscheine vor sich hin stapelnd und die Münzen zählend fiel ein Schatten über den Tisch. Ohne mit dem Zählen aufzuhören blickte Karo hoch, und sah Sven an den Türrahmen gelehnt. »Achtundneunzig, neunundneunzig, hundert... Was gibt es?«

Sven schaute mit engelsgleichem Gesichtsausdruck. »Du, Karo, es ist mir ein bisschen peinlich, weil heute so ein stressiger Tag war, aber ich habe doch morgen Berufsschule und wir schreiben eine Klausur in Handelskunde. Ich habe da echt nicht so den Durchblick. Könntest Du mir vielleicht Nachhilfe geben?«

Vor Karos geistigem Auge verabschiedete sich ihr wohlverdienter Feierabend, verabschiedete sich die in Gedanken schon im Ofen befindende Tiefkühlpizza und es verabschiedete sich ihr Vorhaben, einen Plan zu erstellen, mit welchem sie die systematische Vorgehensweise zur Erfüllung ihrer Wette erreichen konnte.

»Ach Svenni, kann man dir etwas abschlagen? Nein, also her mit den Schulunterlagen. Wäre doch gelacht, wenn wir das nicht hin bekommen.«

Und schon drehte sich Sven auf dem Absatz um, um seine Schulbücher zu holen.

Inzwischen war es der 05. Februar, wenn Karo nicht bald in die Gänge kommen würde, dann wäre es aus und vorbei, keine gewonnene Reise, dafür eine gesalzene Rechnung für den Urlaub von Pia und Nele. Aber das war nicht das Hauptproblem! Vielmehr machte es Karo traurig, immer noch alleine zu sein. Ihr Traum vom Familienglück wollte sich einfach nicht erfüllen. Warum? Warum war es in der heutigen Zeit nur so verdammt schwer, einen passenden Partner zu finden? »Ach Töchterchen«, musste sie sich ständig von ihrer Mutter anhören, »mich wundert überhaupt nicht, dass dich kein

Mann haben will, du mit deinen viel zu hohen Ansprüchen. Er muss gut aussehen, er muss gut riechen, er muss beruflich gut dar stehen, er soll kinderlos sein und so weiter und so weiter. Sieh dir doch nur mich und deinen Vater an. Meinst du, mir hat an Papa alles gefallen? Nein, mein Kind, das hat es nicht! Und trotzdem haben wir geheiratet! Wir hatten damals nicht so hohe Ansprüche wie ihr heutzutage. In der Not haben wir geheiratet, und nun feiern wir bald goldene Hochzeit. Also, Töchterchen, komm von deinen Idealen herunter, such dir einen lieben, netten, fürsorglichen Mann. Wie zum Beispiel der Klaus, vom Nachbarhaus, ihr würdet so ein schönes Paar sein!«

Karo wusste nicht, wie oft sie sich das von ihrer Mutter schon hatte anhören müssen! Klaus, schon alleine bei dem Namen grummelte es in ihrem Magen! Karo hatte sich oft gefragt, ob ihre Mutter das wirklich ernst meinte, oder ob sie einfach nur wollte, dass ihre Tochter nicht weiter alleine durchs Leben lief, und ihre ach so ersehnten Enkelkinder bald das Licht der Welt erblicken konnten.

Klaus, Klaus war ungefähr fünfundvierzig und lebte immer noch bei seiner Mutter. Auch hierfür, ganz im Gegenteil zu Karo, hatte ihre Mutter vollstes Verständnis. »Der Klaus weiß was sich gehört, der lässt seine Mutter nicht alleine.«

Karo verstand die Welt nicht mehr, oder vielleicht nur nicht ihre Mutter? Wünschte sie sich etwa, dass sie noch zu hause bei ihr wohnte? Es stimmte, dass sich ihre Mutter oft darüber beklagte, dass Karo sie viel zu selten besuchte und viel zu wenig Zeit für ihre Eltern hätte. Doch sie konnte doch nicht ernsthaft wollen, dass ihre Tochter mit über dreißig Jahren noch bei ihr wohnte? Für sie ein unvorstellbarer Zustand, im Gegensatz zu Klaus! Mal ganz abgesehen von dem äußeren Erscheinungsbild von ihm. Bierbauch, Oberlippenbart, karierte Hemden, verwaschene, viel zu lange Jeans - das kam daher, weil die Hose unter dem Bierbauch hing, so schliffen die Hosenbeine nun mal auf dem Boden- einfach entsetzlich! Und beruflich brachte er es auch zu nichts, ihres Wissens war er seit Jahren arbeitslos. Doch das schien hier für niemanden von Bedeutung zu sein.

Zum Glück war wenigstens ihr Vater auf Karos Seite! Wann immer die Verkuppelungsversuche starteten, mischte er sich ein, um seine Frau zu stoppen: »Unsere Tochter kann sich selbst einen Mann suchen, Ingrid!« kam es tadelnd von ihm. »Und sehr überzeugt bin ich von Klaus auch nicht!« fügte er ernst und sachlich hinzu. Karo sah ihn in solchen Momenten voller Dankbarkeit an und bekam ein Augenzwinkern von ihrem Vater zurück.

Aber nun Klaus hin und Klaus her. Sie brauchte einen Mann. Ihre Zeit lief erbarmungslos ab!

Karo drehte das Radio in ihrem Auto auf höchste Stufe und genoss eines ihrer Lieblingslieder, forever young von Alphaville aus den 80ern, welches der Radiosender gerade spielte. Dieses Lied hatte sie lange Zeit nicht mehr gehört und war erstaunt darüber, dass sie noch immer den Text kannte und entsprechend mitsingen konnte. Zuerst ärgerte sie sich darüber, dass das Lied nicht bis zum letzten Ton ausgespielt wurde, sondern wie leider viel zu oft eine freundlich attraktive Radiomoderatorenstimme in die letzten Töne des Liedes hinein quatschte. Da Karo das Radio nicht schnell genug leiser gestellt bekam, dröhnte die männliche Stimme komplett durch das Innere ihres Autos. Der Moderator berichtete von der seit einem Monat neu eröffneten Tanzbar in dem Nachbarort. Karo drehte ihn leiser und spitzte die Ohren, was der Moderator alles zu berichten hatte. Freundlich familiäre Atmosphäre, frisch gezapftes Fassbier und unterhaltsame Tanzmusik von Abba bis Zappa wurde versprochen, des weiteren war jeden Freitag Ladies Night was bedeutete, dass die Damen ohne Eintritt und mit einem Glas Sekt zur Begrüßung den Tanzladen besuchen durften. Karo war sofort bewusst, dass diese Tanzbar eine sehr gute Möglichkeit für sie bot, einen netten Mann kennen zu lernen. Auf der anderen Seite bekam sie sofort ein mulmiges Gefühl in der Magengegend. Vor ihrem geistigen Auge sah sie sich am Abend auf dem Parkplatz der Tanzbar in ihrem Auto sitzen, nicht den Mut aufbringend, alleine die Eingangstür zu durchschreiten. Warum zum Teufel war es nur so verdammt schwer, alleine irgendwo hinzugehen? Warum fühlte man sich nur wohl und sicher, wenn man in Begleitung war? War man nicht trotz einer

Freundin an seiner Seite alleine? Woran das lag, konnte Karo sich nicht erklären. Diese Angst wollte und musste sie dringend überwinden, gerade in Bezug auf die bestehende Wette. Und so saß Karo einige Stunden später tatsächlich in ihrem Auto auf dem Parkplatz, starrte abwechselnd auf die Leuchtreklame über der Eingangstür und auf ihr Lenkrad, und hatte Angst auszusteigen. »Man oh man, was soll mir schon groß passieren? Wenn ich jetzt unverrichteter Dinge nach Hause fahre, habe ich mir den ganzen schönen Freitagabend verdorben. Und umsonst hierher gefahren bin ich auch noch, mal ganz abgesehen von der ganzen vergeudeten Zeit, in der ich mich herausgeputzt habe! Wenn ich jetzt kneife, bin ich echt ein größerer Angsthase, als ich wusste! Ich muss mich jetzt einfach zusammen reißen! Was kann schon schlimmes geschehen? Außerdem ist das heute eine gute Möglichkeit, einen netten Mann kennen zu lernen, um diese blöde Wette zu gewinnen«, sprach sie sich selbst Mut zu.

Ohne jegliches weitere Nachdenken sprang Karo aus ihrem Auto heraus, schloss die Wagentür ab und stolzierte todesmutig mit weichen Knien auf die Eingangstür zu.

Das Glück war auf Karos Seite. Vor ihr standen drei Frauen in ungefähr ihrem Alter an der Kasse, und da sie diesen dicht folgte, konnte ein Außenstehender auf den ersten Blick nicht erkennen, dass sie zu dieser Frauengruppe nicht dazu gehörte. Ein netter Herr mit grau melierten Haaren, in einem schwarzen Smoking, überreichte den vier Frauen ein Glas Sekt und wünschte ihnen einen schönen Abend. Ohne Karos Anwesenheit wirklich zu bemerken, setzten sie sich an die Bar, und Karo hockte sich unauffällig daneben. Der Anfang wäre geschafft, das hatte besser geklappt, als Karo sich je erträumt hätte. Karo verschaffte sich einen ersten Überblick und guckte sich um, sie nahm eine relativ kleine Tanzfläche wahr, die sie sich größer vorgestellt hatte. Die Einrichtung war urig gemütlich gehalten. Die weißen Decken waren mit schwarzen Holzpfosten durchzogen, und überall an den Wänden hingen lustige Utensilien, die den Anschein machten, aus aller Welt über viele Jahre gesammelt worden zu sein. Oben rechts in der Ecke erspähte Karo ein antik aussehendes Spinnrad, an einem Teil der Decke war ein Fischernetz angebracht. Zig alte Reklameschilder aus Messing hingen an den Wänden. In einer anderen Ecke stand ein altes, bunt bemaltes Holzpferd, bei dem der Holzbelag an den Nüstern abgeblättert war. Direkt über Karo hing eine lustige Marionette, deren breites, freundliches Grinsen Karo mit ein bisschen Phantasie dazu ermutigen sollte, ihre Ängste über Bord zu werfen, und einen schönen Abend zu genießen.

»Sehr schön alles gestaltet«, dachte Karo und merkte, wie sie sich ein wenig entspannte. Karo fiel weiter auf, dass bei weitem mehr Männer als Frauen anwesend waren. Viele davon standen alleine am Tresen, saßen alleine in der Sitzecke oder standen am Rand der noch leeren Tanzfläche. Anscheinend hatten Männer weniger Probleme alleine wegzugehen. Karo ließ ihren Blick noch einmal umherschweifen, aber eine Frau ohne Begleitung konnte sie nirgends sehen. Ihr kam der Männerüberschuss auf jeden Fall gelegen. Leider hatte sie noch keinen Mann entdeckt, der auf Anhieb ihr näheres Interesse geweckt hätte.

Karo lächelte still vor sich hin, damit sie eine positive Ausstrahlung hatte und keiner ihre Unsicherheit bemerkte. Das hatte sie einmal in einem schlauen Buch gelesen! Ab und an guckte sie seitlich zu den drei Frauen herüber, vielleicht bestand die Möglichkeit, mit ihnen ins Gespräch zu kommen und Anschluss zu finden. Leider nahmen die Frauen von ihr keine Notiz.

»Immer schön locker bleiben« sagte sich Karo ständig wie ein Mantra vor, damit ihre äußere Fassade nicht zusammenbrach.

Lange brauchte Karo jedoch die Zeit nicht zu überbrücken, denn nach kurzer Zeit wurde sie von einem Mann angesprochen: »Möchtest du tanzen?« fragte er.

»Danke nein«, kam es spontan aus Karos Mund herausgeschossen. »Möchtest du dann vielleicht lieber etwas trinken?«

Karo deutete auf ihr halbvolles Sektglas: »Danke nein, ich habe noch.«

Der Mann guckte verunsichert und drehte sich mit den Worten, das er sie nicht stören wollte, auf dem Absatz um und zog von dannen. Karo saß nun wieder alleine am Tresen und fragte sich, ob sie eben zu kühl war und den Mann gleich in die Flucht geschlagen hatte. Das war bei weitem nicht ihre Absicht gewesen, ihre Unsicherheit und der Gesprächsverlauf hatten ihr übriges einfach dazu getan. Ihr wurde bewusst, wie ungeübt sie im Flirten war. So unauffällig wie möglich suchte sie mit Blicken nach dem Mann, der sie eben angesprochen hatte. Eben ging alles so schnell, dass sie gar nicht darauf achten konnte, wie er überhaupt aussah. Vielleicht hatte sie so eben ihren Traummann verprellt? Als sie ihn an der Tanzfläche stehen sah, atmete Karo tief durch. Intuitiv hatte sie alles richtig gemacht! Dieser Mann mit seinen hellgrünen Socken und offenen Halbschuhen, bei denen die Absätze schief gelaufen waren, und einem knallroten Oberhemd, was zu hundert Prozent aus Polyester zu bestehen schien und auf dem sich tellergroße Schweißringe unter den Armen und im Nackenbereich abzeichneten, gehörte nicht zu Karos Zielgruppe. Und auf ein Tänzchen mit ihm, würde sie schon ihm zu liebe verzichten. Diesen Mann wollte sie lieber nicht noch mehr zum Schwitzen bringen. Trotzdem nahm sie sich fest vor, sollte sie noch einmal angesprochen werden, dem nächsten Mann ruhiger und gelassener, und auch einen Tick freundlicher zu begegnen. Man lernte schließlich dazu.

Etwas bedrappelt hielt Karo verkrampft ihr Sektglas fest und beobachtete die Leute auf der Tanzfläche, die sich immer mehr füllte. In diesem Moment gingen zwei Männer an ihr vorbei, und Karo bildete sich ein zu spüren, dass die beiden sie etwas länger anguckten, als es für ein einfaches Vorbeigehen normal gewesen wäre. Und tatsächlich, die beiden schlenderten noch ein paar Meter weiter, blieben dann am Ende der Bar stehen und bestellten sich ein Bier. Stück für Stück kamen sie den Frauen näher. Ihre Blicke streiften ab und an auch Karo, welche den Mut aufbrachte, sie anzulächeln. Und endlich kamen die beiden Freunde auf Karo zu und der größere von den beiden fragte: »Bist du das erste mal hier?«

Ein nettes Gespräch begann, wobei sich schnell herausstellte, dass es sich um zwei Arbeitskollegen handelte, die nur sehr selten zusammen weggingen, heute Betriebsfeier gehabt hatten und im Anschluss noch nicht nach hause wollten und noch einmal in der Tanzbar vorbei schauten. Sie hatten auf der Betriebsfeier schon einige Bierchen getrunken.

»Wie kommt ihr denn später nach Hause, ihr dürft doch gar nicht mehr fahren?« fragte Karo interessiert.

»Wir lassen uns später von seinem Bruder abholen! Oder wir nehmen ein Taxi!« gab der eine bereitwillig Auskunft. »Da machen wir uns keine großen Sorgen«, fügte der andere grinsend hinzu. »Bis jetzt sind wir immer nach Hause gekommen!« Karo bewunderte die Unkompliziertheit der beiden.

»Ich heiße übrigens Florian, und das ist mein Kollege Carsten! Und wie heißt du?«

Karo stellte sich vor, und sie stießen auf ihr Kennenlernen mit ihren Gläsern an. Beide Männer waren witzig, unterhaltsam, attraktiv, gepflegt, gebildet und charmant! Und beide waren verheiratet, was sie Karo gleich unbefangen erzählten. Karo versuchte ihre Enttäuschung zu verbergen, Florian gefiel ihr ausgesprochen gut, es knisterte irgendwie zwischen ihnen, aber ein verheirateter Mann brachte nur Kummer und Sorgen und deshalb war Florian für alles weitere im Leben direkt aus dem Rennen. Ihre nette Art genoss Karo jedoch in vollen Zügen, und die drei hatten wahnsinnig viel Spaß zusammen, sie lachten, tanzten, flirteten, alles war perfekt. Irgendwann flüsterte Florian Karo ins Ohr: »Du gefällst mir! Wollen wir uns wieder sehen? Wie du weißt, bin ich verheiratet. Und ich habe zwei Kinder! Vier und sieben Jahre sind meine zwei Jungs alt! Ich liebe meine Familie sehr, und ich würde sie niemals verlassen! Das sage ich gleich ganz ehrlich! Aber gegen ein wenig außerhäusigen Spaß ist nichts einzuwenden. Natürlich nur, wenn du das auch möchtest, und mit der Situation umgehen kannst!« Florian sah Karo in die Augen. »Meine Frau und ich haben das Abkommen, was der andere nicht weiß, macht ihn nicht heiß!« fügte er noch hinzu.

Florian gefiel Karo so gut, dass sie für weniger als eine Sekunde überlegte, sich auf sein Angebot einzulassen. Er roch so gut, dass sie direkt in ihn reinkrabbeln wollte, doch die Vernunft siegte und sie sagte ihm, dass sie sich ein Techtelmechtel mit einem verheirateten Mann leider nicht vorstellen könnte, auch wenn er ihr sehr gut als Mann gefallen würde. Florian bedauerte das sehr, akzeptierte ihre Entscheidung jedoch sofort. Sie hatten weiter einen flirtreichen, intensiven Abend und Karo opferte diesen Abend gerne für ihre Wette, die es zu gewinnen gab. Sie guckte weder links noch rechts nach anderen Männern sondern genoss einfach den Augenblick mit den beiden. Sie fühlte sich pudelwohl und verlebte den Abend mit vollem Bewusstsein, dass es ihr gut ging. Die Zeit verging viel zu schnell, und um drei Uhr morgens hatte Carsten seinen Bruder angerufen und gefragt, ob er die beiden abholen kommen könnte. Eine halbe Stunde später klingelte das Handy von Carsten, sein Bruder stand mit dem Auto auf dem Parkplatz vor der Tanzbar. Florian wollte sich noch nicht von Karo trennen, auch er genoss jeden Augenblick, jede Sekunde mit ihr.

»Carsten, bitte geh raus und frag deinen Bruder, ob er noch mal mit rein kommt! Ich möchte so gerne noch ein Stündchen bleiben! Sag deinem Bruder, der ganze Abend geht auf mich!« fügte er großzügig hinzu. Carsten schlenderte zu seinem Bruder hinaus und stand zwei Minuten später wieder bei Karo und Florian. »Mein Bruder kann leider nicht mehr rein kommen, er sitzt im Schlafanzug im Auto« kam es trocken von ihm. Schade, damit war dieser Abend zu Ende. Florian hielt mit seinen Händen Karos Gesicht fest und gab ihr zum Abschied einen Kuss auf den Mund, Karo ließ es geschehen. Danach verabschiedete sich Carsten mit Handschlag von ihr und die beiden verließen die Tanzbar. Am Ausgang blickte Florian noch einmal zurück und winkte Karo ein letztes Mal zu. Karo blieb noch ein paar Minuten an der Bar sitzen und verließ dann auch den Laden. Von den drei Frauen neben ihr brauchte sie sich nicht zu verabschieden, denn die beachteten Karo immer noch nicht. Doch das war egal, Karo hatte einen wunderschönen Abend gehabt und fuhr beseelt nach hause.

Karo hatte soeben Casimirs Schüsselchen mit feinstem Ragout gefüllt, als das Telefon klingelte. Sie nahm ab und hörte eine männliche Stimme, die sich mit Seelenflüsterer vorstellte. Karo bekam weiche Knie und setzte sich mit dem Telefon auf ihre Couch.

»Oh hallo, schön dass du dich meldest« stotterte sie schüchtern in den Apparat und war dankbar dafür, dass der Herr Seelenflüsterer mit netter Stimme das Gespräch in eine gute Richtung lenkte. Es stellte sich heraus, dass der Seelenflüsterer mit richtigem Namen Heiko hieß und sehr wortgewandt war. Er erzählte mit einer angenehmen Leichtigkeit über sich und brachte Karo während des Telefonats mehrmals zum Lachen. Heiko erschien ihr durch und durch sympathisch. Seine Worte waren klar und seine Ausdrucksweise ließ darauf zurück schließen, dass er aus einem guten Elternhaus stammte. Es war schon verwunderlich, dass man mit einem Mann, den man noch nie zuvor im Leben gesehen hatte, auf Anhieb ein Telefonat führen konnte, als wäre man seit langer Zeit befreundet. Heiko plauderte ganz vertraulich aus seinem Leben und irgendwie kamen sie auf das Thema Urlaub zu sprechen. Heiko erzählte von seinem letzten Urlaub in Österreich, berichtete ihr lustig von seinen Erlebnissen beim Skifahren -und auch von den feucht-fröhlichen Abenden beim Apres-Ski.

»Ich fahre ehrlich gesagt lieber ans Meer«, kam es von Karo. »Ich liebe die Sonne, den Strand, das Wasser, das Segeln...«

Ein schallendes Lachen durchdrang ihr Ohr. Heiko hatte ein sehr nettes, ansteckendes Lachen. Und so lachte Karo mit, obwohl sie gar nicht wusste, was gerade so lustig war.

»Karo, das muss ich dir erzählen«, sagte Heiko, als er sich wieder beruhigt hatte. »Wo du gerade vom Segeln gesprochen hast, wurde ich an eine alte Geschichte erinnert. Vor ein paar Jahren sind mein bester Freund, seine Frau und ich ein paar Tage entlang der ostfriesischen Inseln geschippert. An einem ziemlich stürmischen Tag ist der Ehefrau ihre Brille ins Meer gefallen. Sie wollte gerade ein Segel einholen, als ihr das Segel leicht ins Gesicht schlug und die Brille von ihrer Nase fegte. Nach dem Urlaub hatte mein Freund die Sache der Versicherung gemeldet. Du weißt ja, wie das im Regelfall mit den Versicherungen ist. Natürlich zahlten sie den Schaden nicht, sondern schickten erst einmal ein Formular für die Schadensmeldung.

Leicht genervt hat mein Freund das damals ausgefüllt und an die Versicherungsagentur zurück geschickt. Doch weit gefehlt, wenn du glaubst, dass die Versicherung im Anschluss den Schaden übernommen hat! Nein, sie schrieben meinen Freund erneut an, mit der Bitte, den Tathergang genauer zu beschreiben! Meinem Kumpel ist damals fast der Kragen geplatzt«, erzählte Heiko, während er einen weiteren Lacher zu unterdrücken versuchte. »Weißt du, was er daraufhin getan hat? Er hat kurzer hand ein Daumenkino als Tathergang gezeichnet! Brille auf dem Kopf - Brille in der Luft - platsch - Brille im Wasser.

»Hahahaha« lachte Karo und gluckerte in sich hinein.

»Das beste an der Geschichte ist, dass die Versicherung sofort anstandslos bezahlt hat«, endete Heiko seine Schilderung.

»Ich lache mich schlapp, kann mir gut vorstellen, dass die Sachbearbeiter auch ihren Spaß hatten, und deshalb gezahlt wurde!«

»Das denke ich auch, war eine klasse Idee von meinem Freund. Das sollte man sich merken, falls man einmal in ähnliche Situation kommt!«

Heiko war ein aufgeschlossener Mensch und es machte wirklich Spaß, sich mit ihm zu unterhalten.

»Du hast übrigens eine sehr interessante und vielversprechende Stimme, Karo. Es ist schön, sich mit dir zu unterhalten!«

»Danke schön, das kann ich nur zurückgeben. Ich finde dich auch sehr sympathisch« antwortete Karo.

Nach über einer Stunde Gespräch fragte er Karo direkt, ob sie sich nicht auf einen Kaffee treffen wollten, es würde sich doch bei weitem angenehmer miteinander reden lassen, wenn man sich gegenüber sitzen würde und in die Augen schauen konnte. Dabei würde man auch gleich sehen, ob Sympathien vorhanden wären und wenn nicht, dann würde man nach dem Kaffee wieder auseinander gehen, das wäre doch alles kein Problem. Durch die nette Art von Heiko musste Karo nicht lange überlegen und die beiden verabredeten sich für den nächsten Abend in einem Altstadtcafe.

Karo legte den Hörer auf und fühlte sich gut. Das war wirklich ein sehr angenehmes und vielversprechendes Gespräch gewesen! Obwohl sie nervös war, freute sie sich auf das morgige Date.

Bevor sie es sich wieder anders überlegen konnte, suchte sie in ihrem Notizkalender die Telefonnummer von Casanova110 heraus und wählte seine Nummer. Jetzt wollte sie wissen, ob der zweite von ihr ausgewählte Mann der Partnerbörse auch ein Glücksgriff wie Heiko war. Nach zwei Freitönen meldete sich eine fröhliche Männerstimme am anderen Ende. Karo erklärte unsicher wer sie sei und fragte, ob sie mit Casanova110 sprach. Nach einer kurzen Funkstille am anderen Ende kam ein beherztes Lachen als Antwort und der Casanova plauderte locker drauf los. Ganz seinem Profilnamen zu Ehren kommend empfand Karo einen leichten Anflug von Arroganz in seiner Stimme, was ihn aber irgendwie auch interessant machte. Er erzählte ausgiebig von seinen beruflichen Erfolgen, seinem Privatleben in der Schickimicki-Szene und hielt auch nicht damit hinter dem Berg, dass er den Luxus im Leben lieben würde. Bei seinen ganzen Schilderungen war er jedoch stets sehr freundlich und hatte einen sehr fröhlichen Klang in der Stimme, der ihr vermittelte, dass er gut gelaunt war und er übertrug seine Unbekümmertheit auch auf sie. Das Gespräch war heiter und unbeschwert und machte ihr Spaß. Während sie seinen Worten lauschte, hatte sie ein Bild von einem Lebemann vor Augen, der genau wusste, was er wollte, und das gefiel ihr. Was hatte sie schon groß zu verlieren, dachte sich Karo, erinnerte sich dabei an die Worte von Heiko und fragte Casanova ganz direkt, ob sie einen Kaffee trinken gehen wollten, um sich persönlich kennen zu lernen. Es würde sich doch einfacher reden, wenn man sich dabei in die Augen schauen konnte. Der Casanova war durchaus angetan von dieser Idee und schlug den morgigen Abend vor. Karo teilte ihm mit einem peinlich berührten Grinsen auf den Lippen mit, dass sie morgen Abend leider keine Zeit hätte, sich jedoch auf ein Treffen am übernächsten Tag sehr freuen würde. Karo schlug für diese Verabredung ebenfall das Altstadtcafe vor und Casanova versprach, pünktlich um 19.30 Uhr dort zu sein. Erst als die beiden das Gespräch beendet hatten bemerkte Karo, dass Casanova sie gar nicht nach ihrem Namen gefragt, und sie auch gar nicht seinen Namen

84

erfahren hatte. Nun gut, dann würde sie ihn einfach weiter Casanova nennen.

Mit wackelpuddingweichen Knien stand Karo am nächsten Abend vor dem gemütlichen Cafe in der Altstadt und war sich unsicher, ob ihre Verabredung bereits drinnen auf sie warten-, oder ob er wie sie, vor dem Eingang stehen bleiben würde.

Sie war ihm gegenüber klar im Vorteil, da sie Fotos von ihm auf seiner Profilseite gesehen hatte. Er hingegen ging ein reines Blind Date mit ihr ein. Der Seelenflüsterer namens Heiko hatte sich zwar während ihrem Telefonat eine kurze Beschreibung von ihrem Äußeren geben lassen, aber es war doch ein großer Unterschied, ob man ein Foto von dem anderen gesehen hatte oder nur mit Worten gehört hatte, wie der andere aussieht. Was wäre, wenn er sie total schrecklich und unattraktiv fand? schoss es Karo durch den Kopf. Vielleicht hatte er sie bereits gesehen und war vor ihr geflüchtet? Karos Knie wurden bei diesen negativen Gedanken noch wackeliger als sie zuvor schon waren. Sie merkte, dass ihr irgendwie schwindelig wurde und sich ihr Kreislauf nicht sehr stabil anfühlte, als ein groß gewachsener Mann auf sie zukam und mit einem umwerfenden Lächeln mit weißen, gerade aneinander gereihten Zähnen fragte, ob sie Karo sei.

»Hallo Heiko, ja ich bin Karo« antwortete sie und streckte ihm ihre Hand zur Begrüßung entgegen. Eine warme, trockene Hand mit einem festen

Händedruck begegnete ihr und er führte sie galant in das alt eingesessene Cafe. In Karos Kopf war nur noch Platz für einen einzigen Gedanken: »Das ist wirklich ein Seelenflüsterer, der hat meine Seele jetzt schon berührt.«

Heiko hatte einen umwerfenden Charme. Er machte Karo sehr nette Komplimente über ihr Äußeres, ohne dabei im Geringsten plump und anmachend zu wirken. Später erfuhr Karo, dass Heiko selbständiger Unternehmer war, er gab Kurse für Geschäftsleute und für das höhere Management in Sachen Coaching, Kommunikation, und er lehrte den richtigen Umgang mit Untergebenen. Karo dachte sich, während sie seinen Erzählungen lauschte, dass sein unglaublicher Wortwitz, sein Charme und das perfekte »auf den anderen eingehen können« aus seiner langjährigen Berufserfahrung resultieren mussten. Dieser Mann war ein durch und durch gehender Sympathieträger, auch optisch war er sehr nett anzusehen. Er hatte ein gepflegtes blau kariertes Hemd an, einen dunkelblauen Pullover leger um seine Schultern gebunden und hatte gütige, warmherzige Augen. Seine dunklen Haare, die mit leichten Silbersträhnen durchzogen waren, fielen ihm in die Stirn und gaben ihm dadurch ein klein wenig einen geheimnisvollen Ausdruck. Die beiden saßen über drei Stunden im Cafe und redeten miteinander wie alt vertraute Freunde. Karo fühlte sich unsagbar geborgen und gut aufgehoben in Heikos Nähe. Innerlich bremste sie sich ständig, dass sie nicht begann, diesen Mann zu toll zu finden, aber mit jeder Minute seiner Anwesenheit steigerte sich die Sympathie für ihn.

»Du bist wirklich eine sehr interessante Frau, Karo! Und sehr attraktiv bist du dazu auch noch! Diese Kombination gefällt mir besonders«, kam es von Heiko, während seine Augen sie von oben bis unten herausfordernd scannten. Karo merkte, wie ihr das Kompliment gut tat, und sie sehr erleichtert war, nun zu wissen, dass sie ihm gefiel!

»Eine Frau wie dich kennenzulernen, ist nicht einfach! Solch tolle und interessante Frauen gibt es nicht so oft!« redete er weiter, und Karo fühlte sich geschmeichelt.

»Und im Internet sind nur ganz ganz selten solch tolle Frauen wie du!« fügte er noch hinzu, und Karo wurde schlagartig bewusst, dass Heiko sich ganz schön oft mit Frauen treffen musste, um das beurteilen zu können.

»Ein so toller Mann wie du muss doch leicht eine Frau finden, die zu dir passt. Komm verrate mir, woran es liegt, dass du alleine bist.«

Heikos Augen hatten immer noch einen warmen, herzlichen Ausdruck, doch um seinen hübschen, gepflegten Mund zuckte es fast unmerklich, doch Karo sah es sofort. »Was ist los Heiko? Habe ich etwas Falsches gesagt?«

»Nein Karo, du hast nichts falsches gesagt, nur weiß ich im Moment nicht, ob wir uns gerade falsch verstehen. Ich suche keine feste Beziehung, ich möchte deine Seele berühren, deshalb habe ich mich Seelenflüsterer genannt! Ich möchte mit dir schöne

Stunden verbringen, dich verwöhnen nach allen Regeln der Kunst. Aber etwas Festes mit einer Frau kann ich mir zurzeit nicht vorstellen. Ich bin noch nicht so lange von meiner letzten Partnerin getrennt, bin beruflich wahnsinnig eingespannt und möchte im Moment keine neue Bindung eingehen. Ich hoffe, du bist jetzt nicht enttäuscht von mir? Ich bin davon ausgegangen, dass dir klar war, was ich suche?«

Enttäuscht von ihm? An die Kehle wäre sie ihm am liebsten gesprungen, und dass ihr klar war, was er suchte, war ihr überhaupt nicht klar! Das war ihr kein bisschen klar, schoss es ihr durch den Kopf und Karo merkte, wie sie traurig und gleichzeitig wütend wurde. Woher hätte sie denn wissen sollen, dass Heiko nur eine Frau für gewisse Stunden suchte? Er hatte während des Telefonats und auch heute kein Wort davon erwähnt, dass er nur die Seelen von Frauen voll flüstern wollte, ärgerte sich Karo und dachte weiter, dass sie sich vor ihm keine Blöße geben würde.

»Ich bin nicht enttäuscht von dir, warum sollte ich? Ich hätte es nur ehrlicher gefunden, wenn du mir von Anfang an gesagt hättest, was du dir vorstellst und was du suchst! Oder wenn es bereits in deinem Profil gestanden hätte!«

»Weißt du Karo, das Problem ist, dass die meisten Frauen sich nicht auf eine Verabredung mit mir einlassen, wenn ich ihnen direkt sage, dass ich keine feste Beziehung möchte. Und ich finde es sehr schade, man kann doch einen Kaffee trinken und sich dabei erst einmal kennen lernen. Die Frauen verpassen mich doch sonst!«

Karo traute ihren eigenen Ohren nicht. Hatte der Mann, der ihr noch vor wenigen Minuten so sehr sympathisch und durchweg angenehm war, gerade gesagt »die Frauen verpassen mich doch sonst?« Das durfte doch nicht wahr sein, wie tickte denn dieser Mann? Karo war total geschockt von der Wendung des Abends und leider schaffte sie es nicht, dieses vor Heiko zu verbergen. Ihre Körpersprache signalisierte Abwehr!

»Okay, ich merke, du bist an schönen Stunden mit mir nicht interessiert, oder?«

Bingo! Das war wohl ein Schuss in den Ofen!

»Das würde ich so bestätigen« gab Karo knapp zurück und suchte mit ihren Augen nach dem Kellner. »Schade, wirklich schade« kam es von Heiko. »Du kannst ruhig gehen, ich zahle die Rechnung«, sagte er, und guckte sie mit treuem Hundeblick an. Das wird ja immer schlimmer, dachte sich Karo. Jetzt forderte er sie auch noch indirekt auf, das Cafe zu verlassen. Das ließ sie sich nicht zweimal sagen und stand umgehend von ihrem Stuhl auf.

»Dann sage ich mal herzlichen Dank für die Einladung« kam es betont ironisch von ihr und mit schnellen Schritten und ohne Heiko eine Chance auf Antwort zu geben, verließ Karo das Cafe, verließ Heiko den Seelenflüsterer und atmete auf der Straße drei mal tief die frische Luft bis zu ihrem Bauchnabel ein.

Noch völlig entsetzt von dieser Internetbegegnung erinnerte sich Karo daran, dass sie morgen eine Verabredung mit Casanova110 hatte. Sie war ernsthaft am überlegen, ob sie das Date absagen sollte. Casanova110 war ihr am Telefon zwar auch sehr sympathisch gewesen, aber nicht ganz so sehr wie Heiko, und dieses Date war ja nun die reinste Enttäuschung gewesen. Konnte das Date morgen mit dem Casanova überhaupt gut werden? Karo war völlig verwirrt und ärgerte sich über sich selbst, dass sie noch ständig an das vergeigte Date mit Heiko denken musste. Sie kannte diesen Mann doch gar nicht, warum ging ihr der Abend nicht aus dem Kopf? Sie putzte sich ihre Zähne und machte sich fürs Bett fertig. Ihr ständiger Begleiter war weiterhin Heiko und das zuvor erlebte. Sie konnte noch immer nicht realisieren, was ihr widerfahren war. Gab es denn wirklich nur noch vergebene oder komische Männer auf dieser Welt? Karo beschloss, das morgige Date wahrzunehmen. Eine größere Katastrophe als heute könne ihr nicht mehr passieren. Sie war sich sicher, das heutige Treffen war nicht mehr zu übertrumpfen, leider in Bezug auf sein Negatives.

Und zum zweiten Mal stand Karo vor dem Eingang des Altstadtcafes. Dieses Mal war sie bei weitem innerlich ruhiger als gestern. Sie war gespannt, was sie heute Abend erleben würde. Von weitem sah sie einen wahnsinnig schlanken Mann mit einem zu kurzen, dunkelgelben Jackett auf sie zukommen. Sie nahm ihn gar nicht richtig wahr, weil sie die Fotos von Casanova110 vor ihrem geistigen Auge hatte. Umso erschrockener war sie, als dieser hochgewachsene Mann sie zögernd und mit näselnder Stimme ansprach, ob sie ihre Verabredung über das Internet sei. In diesem Moment gingen Karo so viele verschiedene, fragende Gedanken durch den Kopf, dass sie mit einem verwirrten »Ja« antwortete und er bereits die Tür zum Altstadtcafe öffnete. Der Mann war sehr blass, hatte eine viel zu große Nase im Gesicht, tief liegende, kleine Vogelaugen und dazu trug er noch abgelaufene, ungeputzte Schuhe. Und nicht nur sein Jackett war zu klein, auch seine farblich undefinierbare Hose hatte Hochwasser. Nicht wirklich wissend, was hier gerade vor sich ging folgte Karo dem Mann und sie setzten sich an einen freien Tisch.

»Ähm, sei mir bitte nicht böse« eröffnete Karo das Gespräch, »aber um ehrlich zu sein, habe ich einen anderen Mann erwartet.« Ihr Gegenüber sah sie mit seinen kleinen Vogelaugen an und erst jetzt nahm Karo ihn optisch richtig wahr. Der Casanova hatte unter dem zu kurzen Jackett ein rotes Hemd an über welchem er einen orangenen Pullover trug, der vom vielen Waschen vernoppt und fusselig war. Orange auf rot auf gelb ging es durch Karos Kopf und sie konnte ihren Blick von dieser schrecklichen Kombination gar nicht abwenden. Es war fast wie bei einem schlimmen Unfall auf der Autobahn. Man möchte nicht hingucken, aber man muss es einfach. Der Casanova kam dann sogleich zögerlich und immer noch näselnd mit seiner Antwort heraus:

»Ich möchte mich in aller Form sehr herzlich bei Ihnen entschuldigen. Es stimmt, Sie haben nicht mit mir telefoniert, sondern mit einem Bekannten von mir. Ich selbst bin sehr schüchtern und habe ein wenig Angst vor Frauen. Mein Bekannter behauptet immer von mir, ich sei schwer vermittelbar und damit sich dieser Zustand ändert, hat er vorgeschlagen, dass ich ein Profil im Internet mit seinen Fotos einrichte und auch seine Telefonnummer preisgebe. Er übernimmt dann für mich den Erstkontakt, weil er bei weitem wortgewandter ist, vereinbart dann das erste Treffen und die Frau lernt mich dann bei dem Date kennen.«

Karo war so entsetzt von dem was hier gerade passierte, dass ihr nichts einfiel, was sie darauf erwidern konnte. Sie war völlig perplex und mit leicht geöffnetem Mund starrte sie abwechselnd auf die wenigen am Kinn sprießenden Haare des Casanovas, der gar kein Casanova war, und auf die schreckliche Orange-rot-gelb-Kombination. In diesem Moment kam die Kellnerin, um die Bestellung aufzunehmen. Der Möchtegern-Casanova wollte gerade den Mund aufmachen, als Karo von ihrem Stuhl aufsprang und zur Kellnerin sagte, dass sie leider gehen müsse. Zu dem Möchtegern-Casanova sagte sie laut und deutlich und mit fester Stimme, dass er in ihren Augen einen Orange-rot-gelben Sockenschuss hätte, drehte sich um und ließ die erstaunt guckende Kellnerin und ihre verstört drein blickende Verabredung stehen, ohne sich noch einmal nach ihnen umzudrehen. Bei aller Liebe, aber was zuviel war, war definitiv zu viel. Sie hätte im Leben nicht damit gerechnet, dass ihre negative Erfahrung von ihrem gestrigen Date noch getoppt werden konnte. Doch sie wurde eines besseren belehrt. Dieses Date war wirklich die Krönung der Absurdität!

Karo überstand die Woche im Friseursalon und kam Samstagmittag ziemlich geschafft nach Hause. Casimir, mit großem Schrecken fiel ihr ein, dass sie immer noch nicht beim Tierarzt mit ihm gewesen war -aber wann denn auch? Da Casimir jedoch zusehends kräftiger und größer wurde und er den Anschein machte, sich pudelwohl in seiner Haut und in ihrer Wohnung zu fühlen, war der fehlende Tierarztbesuch wohl nicht allzu tragisch. Karo nahm es sich jedoch fest für die nächsten Tage vor. Das Kätzchen schlich ihr um die Beine, ja doch, Kaninchen? Gut, Kaninchen. Ab in sein Schüsselchen damit, und eine Katzenseele war glücklich. Nach dem Essen nahm Karo die schwarze Bürste und kämmte das laut schnurrende Kätzchen.
Karo klemmte sich Casimir unter den Arm und legte sich auf ihr Wohnzimmersofa und versuchte sich zu entspannen. Casimir befreite sich aus ihrer Umarmung und rollte sich an ihren Füßen zusammen. Kurz vor dem Einnicken schrillte das Telefon. Es war Nele, die mal ganz unverbindlich nach dem Stand der Dinge fragen wollte.
»Hi Nele, schön von dir zu hören!«

»Ich bin neugierig, wie es mit unserer Wette steht! Hast du schon jemanden kennen gelernt?« fragte die Freundin interessiert.

»Ich glaube, ganz so einfach wie ich mir das ganze vorgestellt habe, wird es nicht werden! Aber ich gebe mein bestes!« antwortete Karo.

»Ich drücke dir die Daumen! Mich würde es so freuen, wenn du einen netten Mann kennenlernst! Auf der anderen Seite würde ich mich aber auch über die Reise freuen«, merkte Nele mit Schalk in der Stimme an und fügte noch hinzu: »Dass es einfach wird, einen Freund zu finden, kann ich mir ehrlich gesagt wirklich nicht vorstellen. Bei den vielen Deppen, die so in der Welt herum laufen...«

»Da hast du leider Recht, Nele. Aber wir werden sehen! Noch habe ich ja Zeit!«

»Ja, noch, liebe Karo. Aber ratzfatz ist der 15. April da«, lachte Nele.

Nele brachte durch ihren Anruf Karos innerste Zweifel und Sorgen an die Oberfläche, sie glaubte selbst nicht wirklich daran, dass sie die Wette gewinnen konnte. Aber zum Kuckuck noch mal, so schwer konnte es doch nicht sein, einen passenden Mann zu finden! Schwer stöhnend erhob sich Karo von ihrem Sofa. Casimir erwachte aus seinem Dämmerschlaf und reckte seine Arme und Pfoten weit von sich, wie ein Mensch es früh morgens tat. »Hey mein Goldstück, habe ich dich geweckt? Das wollte ich nicht, aber ich muss mir dringend eine Strategie überlegen!«

Sie kraulte die Katze kurz hinter den Ohren und ging dann zu ihrem Schreibtisch. Karierter Block, Kugelschreiber, ab zurück aufs Sofa. Dieses Wochenende würde sie damit verbringen, sich endlich einen perfekt ausgeklügelten Schlachtplan zu überlegen, wie man das Opfer der Begierde ausfindig machen konnte!

Nach einer halben Stunde war auf dem Schreibblock immer noch keine einzige Notiz, aber immerhin hatte sie eine gute Idee. Sofort zog sie ihren Mantel über und fuhr zum Hauptbahnhof, wo sie sich die Tageszeitung kaufte, in welcher samstags ein Anzeigenteil enthalten war. Vielleicht brachte die Rubrik »Er sucht Sie« ihr ihren Traummann schneller näher als sie dachte! Zurück in der Wohnung setzte sie sich im Wohnzimmer auf den Fußboden und breitete die Zeitung vor sich aus. Gerade hatte sie die Kategorie »Er sucht Sie« gefunden, als das Telefon erneut klingelte. Jetzt nicht, sagte sie sich und fing an, bewaffnet mit gelbem Leuchtstift, die Anzeigen durchzulesen. Als der Anrufbeantworter anging, wurde sie allerdings doch neugierig. Sie erhob sich und hörte nur noch, wie das Gespräch beendet wurde. Karo drückte auf die Wiedergabetaste und siehe da, es war eine Nachricht von Johannes: »Hey Süße, ich habe so lange nichts von dir gehört! Alles in Ordnung bei dir? Na gut, ich wollte nur mal schauen, ob du noch lebst. Kuss für dich!«

Na ganz toll. Wer hatte denn hier lange nichts von wem gehört? Karo war froh, dass sie nicht ans Telefon gegangen war. Sollte Johannes doch denken, dass sie nicht mehr leben würde, geschah ihm ganz recht, obwohl sie den »Kuss für dich« doch ganz süß fand. Sie ging zu ihrer Zeitung zurück. Als sie gerade wieder die erste Annonce unter »Er sucht Sie« lesen wollte, klingelte das Telefon auf ein neues. »Wer ist das denn jetzt schon wieder?« brummte sie laut vor sich hin und erhob sich erneut, ging ein weiteres Mal zu ihrem Anrufbeantworter und ohne den Hörer abzunehmen lauschte sie der Stimme, die das Anrufbeantworterband besprach.

»Grüß dich Kleine, hier ist Hansi, der Kellner aus dem Eiscafe Italia. Ich habe gerade Streit mit meiner Freundin und da dachte ich mir, du munterst mich vielleicht ein wenig auf! Schade, du bist wohl gerade nicht zu hause, ich probiere es dann später noch einmal.«

Knacks, das Auflegen des Hörers wurde auch noch auf Band aufgenommen. Na klasse, dachte sich Karo, so ist das im wahren Leben, erst meldet sich keiner, und dann kommen alle auf einmal, und dann sind es auch noch die falschen! Sie ärgerte sowohl die Nachricht von Johannes als auch die von Hansi und sie fragte sich, ob sie Mutter Teresa der Nation war? Hansi hatte Ärger mit seiner Freundin und netter Weise kam sie ihm dann in den Sinn? Nicht einmal seine Telefonnummer hatte er ihr gegeben. Klar, er wohnte mit seiner Freundin zusammen in einer Wohnung, da machte es sich nicht gut, wenn eine fremde Frau anrief. Und bei ihr machte es sich nicht gut, wenn man sie nur als Lückenbüßer benutzte!! Frustriert widmete Karo sich erneut den Partnerannoncen.

Das hatte sie sich auch anders und vor allem bei weitem interessanter vorgestellt. »Mann in den besten Jahren (70), vermögend, sucht schlanke, patente Sie nicht über 30 Jahre. Führerschein von Vorteil, Blond bevorzugt.« Oder hier: »Der besondere Mann, attraktiv, 189cm, schlank, kinderlos, gut situiert, sucht die passende Frau mit ebenfalls der Vorliebe für Füße.« Stand da wirklich Füße? Auch nachdem sich Karo den Text dreimal durchgelesen hatte, stand dort immer noch Füße! Aha, weiter ging es. »Junggebliebener Mann mit vier kleinen Kindern...«

Oder hier: »Du bist alleine? Ich bin es auch. Meine Frau liegt neben mir, und trotzdem ist sie meilenweit von mir entfernt. Suche dich für die schönste Sache der Welt!«

Karo las und las und las, doch der gesuchte Traummann war wohl noch viel viel weiter weg, als sie es jemals in ihren schlimmsten Träumen befürchtet hatte! Nach einer geschlagenen Stunde warf sie die Zeitung frustriert in den Korb für Altpapier. Die Mission Anzeigen in der Tageszeitung war gründlich gescheitert.

Frustriert griff sie zur Fernbedienung und zappte die Programme durch. Wieder einmal sprach sie keines der laufenden Sendungen an, ihre Gedanken schweiften jedoch auch immer wieder zu ihrer Männer-Wette. Karo schielte zu dem Korb mit dem Altpapier, ganz konnte sie es immer noch nicht glauben, dass nur Chaoten eine Partnersuchanzeige aufzugeben schienen. Vielleicht lag das Geheimnis darin, dass nicht sie auf eine Anzeige antworten, sondern selber eine aufgeben musste! Eine Anzeige, die ihr Anspruchsprofil prägnant wiedergab, ließ eigentlich nicht zu, dass sich darauf Männer bei ihr meldeten, auf die ihre Anzeige nicht zugeschnitten war.

Mit einem Satz sprang Karo zum Korb mit dem Altpapier und angelte nach der vorhin noch frustriert weggeschmissenen Zeitung. Aha, da stand es ja! Ganz billig war das Aufgeben einer Anzeige mit Chiffrenummer nicht, aber das sollte ihr der erwünschte Traummann schon wert sein. Außerdem war es bei weitem günstiger, als ihren beiden Freundinnen die Urlaubsreise zu finanzieren.

Karo griff erneut zu Papier und Kugelschreiber, und machte sich ans Formulieren des Anzeigentextes. Während dessen stellte sich ihr die Frage, ob sie durch Aufgeben dieser Annonce gegen die vereinbarten Klauseln des Wettvertrages verstoßen würde. Ihre Gedanken verdrängte sie aber sogleich wieder, der Ausschluss von kleinen Hilfsmitteln war in keiner Form von den Freundinnen vertraglich verankert worden, also sprach auch nichts dagegen, den Traummann durch geschriebene Zeilen auf sich aufmerksam zu machen. Außerdem meinten es ihre

Freundinnen gut mit ihr, und wünschten Karo von Herzen einen passenden Mann!

Endlich stand die Anzeige so auf Karos Schreibblock, wie sie es sich vorgestellt hatte. Nachdem sie den Text mit dem in der Tageszeitung vorgegebenen Anzeigenfeld verglichen hatte, musste sie feststellen, dass ihre Anzeige viel zu lang war. Mist, also los ging es ans Kürzen was sich gar nicht so einfach gestaltete, um alle für sie notwendigen und wichtigen Informationen dem Leser übermitteln zu können.

Nachdem sie alle erdenklichen Abkürzungen verwendet hatte, passte der Text genau in das vorgefertigte Feld. Ehrlich gesagt waren es ihr fast zu viele Abkürzungen, aber auf der anderen Seite stellte ihre Anzeige so einen kleinen Intelligenztest dar. Wer ihre Botschaft mit diesen vielen Abkürzungen entschlüsseln konnte, war folglich geistig auf der Höhe. Somit war wenigstens ein Kriterium schon automatisch erfüllt und der Intelligenzquotient des Briefeschreibers schien hoch genug zu sein, dass man sich wenigstens auf einen Kaffee mit ihm treffen konnte, ohne die Befürchtung haben zu müssen, dass das Gegenüber keinen geraden Satz heraus bringen konnte.

In ihrer momentan bestehenden Euphorie beschriftete Karo sogleich einen Briefumschlag mit der Anschrift des Zeitungsverlages, suchte eine gefühlte halbe Stunde in ihrer Wohnung nach einer Briefmarke und machte sich dann zugleich auf den Weg zum Briefkasten. Zwar wusste sie, dass dieser heute nicht mehr geleert werden würde, jedoch ging es ihr vielmehr darum, nicht doch noch den Mut vor diesem Vorhaben zu verlieren und den Brief niemals abzuschicken.

Meine Güte war das kalt draußen. Als Karo vom Briefkasten zurückkam, drehte sie erst einmal alle Heizkörper eine Stufe höher und setzte Kaffeewasser auf. Sie ging ins Wohnzimmer und bückte sich nach der Tageszeitung, welche noch immer auf dem Boden lag. Vielmehr befanden sich dort die Überreste der Zeitung, denn sie hatte den Vordruck der Anzeige heraus geschnitten. Außerdem hatte Casimir, während sie am Briefkasten war, eine Runde Rodeo mit den Überresten der Zeitung gespielt und nur noch Papierfetzen übrig gelassen. Karo wollte gerade das Zeitungspapier zusammen knäueln, als ihr eine halb abgerissene Werbeanzeige ins Auge fiel. Sie suchte die andere Hälfte der Annonce, um beide Teile bestmöglich zusammen zu legen. »Single-Party, alleine kommen, zusammen gehen...«

Das war natürlich auch eine Idee, warum war sie da vorher nicht darauf gekommen? Eine Single-veranstaltung war genau das, was sie jetzt brauchte. Immerhin fiel auf so einer Veranstaltung die Frage weg, ob man in einer festen Beziehung lebte. Wer auf eine Singleparty ging, der war garantiert solo und ebenfalls auf der Suche nach einer Partnerschaft, was ihrer Meinung nach eine gute, erste Gemeinsamkeit mit sich brachte. Sie las sich die

Anzeige ausführlich durch und stellte mit Entsetzen fest, dass die Party bereits heute Abend statt fand! Das schrille Pfeifen des Wasserkessels unterbrach ihre Gedanken. Sie lief in die Küche und brühte den Kaffee auf. Ob wohl Pia mit ihr auf diese Singleparty gehen würde? Sie hatte es noch nicht fertig gedacht, als sie auch schon Pias Telefonnummer gewählt hatte.

»Hi Pia, ich wollte mal hören, ob du heute Abend schon etwas vorhast.« »Ja, kam es freudig von ihr zurück. Kai hat mich ins Kino eingeladen, komm doch mit.«

»Och, da möchte ich nicht stören« gab sie als Antwort.

»Du störst doch nicht, komm doch mit. Was hattest du denn mit mir heute Abend vor?«

»Ich?« kam es von Karo selten blöd.

»Ja natürlich du, wer denn sonst?«

»Nichts bestimmtes, ich habe einfach nur so gefragt«, flunkerte Karo schnell.

»Ach so, na ja, wir können ja morgen telefonieren, ich muss mich so langsam fürs Kino fertig machen. Ich rufe dich morgen an, okay?« sagte Pia.

»Okay, und viel Spaß im Kino« antwortete Karo und versuchte ihre Enttäuschung vor Pia zu verbergen. Mist verdammter, wenn man Pia mal brauchte, war sie verplant. Nele!

»Hi, Nele, ich bin es. Was machst du denn heute Abend, wollen wir weggehen?« fragte Karo mit Spannung.

»Oh Karo, du rufst absolut unpassend an, Alessandro muss jeden Moment kommen und ich bin in den Vorbereitungen mit dem Essen. Es gibt Austern!« kam es freudestrahlend von ihr. »Seine Frau ist dieses Wochenende zu ihrer Freundin gefahren, ich bin so glücklich, Alessandro mal für ein Wochenende ganz alleine zu haben. Du weißt ja, das kommt nicht gerade oft vor. Bitte sei mir nicht böse, wenn ich dich jetzt abwürgen muss. Ich will das Bett noch frisch beziehen, bevor Alessandro gleich hier ist!«

»Okay Nele, ich wünsche dir einen ganz tollen Abend! Genieße ihn!«, endete Karo das Gespräch.

Was machte sie jetzt? Beide Freundinnen waren unabkömmlich, doch ganz ehrlich zugegeben wäre es ziemlich contraproduktiv von Pia und Nele gewesen, sie auf diese Singleparty zu begleiten. Immerhin hatten auch sie eine Wette zu verlieren und wie sagte man so schön, seit wann ging das Schwein freiwillig zum Metzger? Kurz überlegte Karo, ob sie Marc fragen sollte, ob er sie begleiten wollte. Doch dann fiel ihr ein, dass die Erfolgschancen einen Partner zu finden gleich Null sind, wenn sie bereits in männlicher Begleitung war. Ihr blieb also nichts anderes übrig, als ihren ganzen Mut zusammen zu nehmen und alleine zu dieser Veranstaltung zu gehen.

Selbst ist die Frau sagte sie laut zu sich selbst, um sich den Mut zuzusprechen, der gerade dabei war, sie restlos zu verlassen. Mit klopfendem Herzen fuhr Karo eine Runde nach der anderen, irgendwo musste es doch einen verflixten Parkplatz am Veranstaltungsort geben! Sie zwängte sich in eine ihr im Normalfall viel zu enge Parklücke und war stolz auf sich, dass ihr Auto nach nur vier Anläufen fahrschulmäßig korrekt eingeparkt war. Das Herz pochte mal wieder bei weitem lauter als normal, als sie sich an der Eingangskasse zur Singleparty anstellte. Puh, das hätte sich Karo selber gar nicht zugetraut, noch immer war es ihr äußerst unangenehm, alleine weg zu gehen. Sie kannte Leute, die alleine ins Kino gingen. Das wäre eines der wenigen Dinge, bei denen sie es sich vielleicht noch vorstellen konnte, relativ problemlos alleine dort hin zu gehen, denn im Kino war es dunkel, reden musste man auch mit niemandem. Trotzdem war sie niemals alleine in eine Kinovorführung gegangen. Es war für sie selbstverständlich, dort mit Freunden hin zu gehen. Und nun? Nun stand sie tatsächlich mutterseelenalleine an der Abendkasse zu dieser besagten Singleparty. Irgendwie war sie trotz ihrer totalen Unsicherheit auch ein wenig stolz auf sich, hierzu den Mut aufgebracht zu haben.

Nachdem sie ihren Eintritt bezahlt hatte, Frauen zahlten nur die Hälfte des offiziellen Eintrittspreises, ging sie zuerst zur Garderobe und gab ihren Mantel ab um sich dann vorsichtig, fast nur auf den Boden schauend, dem Eingang zum Saal zu nähern.

»Pardon«, ein ziemlich breit gebauter Mann mit Muskelshirt hielt sie am Arm fest.

»Ein kleines Herz, damit es mit der Liebe auch garantiert heute Abend klappt« sagte er, und schon klebte ein rotes Herz mit einer Nummer versehen an dem Ausschnitt von Karos Top. Na das konnte ja heiter werden! Der Mensch, ein namenloses Objekt der Begierde, versehen mit einer Nummer. Nun fühlte sich Karo noch unbeholfener als vorher. Unsicher sah sie sich im Raum um. Der Saal war bereits ziemlich gut gefüllt von jungen Leuten. Also es gab sie wirklich, die Singles auf der Suche nach ihrem großen Glück.

Erst einmal musste sie sich einen Überblick verschaffen. Sie setzte sich an einen der aufgestellten Bistrotische, welche von Barhockern umgeben waren und bestellte sich bei der Kellnerin, die sofort auf sie zugestürmt kam, ein Bier. Eigentlich trank sie nur selten und zu bestimmten Anlässen Alkohol, doch sie beschloss, dass dies hier ein besonderer Anlass war. Sie musste sich Mut antrinken. Es dauerte keine zehn Minuten, bis ein wirklich gut aussehender Mann in Karos Alter auf sie zukam, und sie lächelnd fragte: »Entschuldigung, sind die Stühle noch frei?«

»Ja, klar« gab sie freundlich lächelnd zurück und war freudig erstaunt darüber, wie schnell man auf solch einer Veranstaltung Männer kennen lernen konnte, und wie locker und unkompliziert man direkt angesprochen wurde. Mit Entsetzen beobachtete sie, wie der gut aussehende Typ sich grinsend zwei Stühle unter den Arm klemmte und sich damit zusammen mit seinem Freund an einen bereits mit fünf Frauen überfüllten Tisch dazu quetschte. Karo war das unsagbar peinlich, jetzt saß sie nicht nur alleine an einem Tisch, jetzt prangte auch noch dort gähnende Leere, wo vorher die Barhocker gestanden hatten. Sie überlegte, ihr Vorhaben spontan zu beenden und ihren Mantel zu holen. Nichts wie nach Hause, das hier war einfach nichts für sie. In diesem Augenblick fragte sie eine ziemlich korpulente Frau mit rot gefärbten Haaren und braunem Scheitelansatz, ob sie sich zu ihr setzen dürfte.

»Aber gerne«, antwortete Karo und fragte: »Bist du auch alleine hier?«

Elli -kam von Elisabeth- war es. Nachdem auch Karo sich vorgestellt hatte, gab Elli ihr die Hand und bestellte sich ebenfalls ein Bier. Wie Karo bereits innerhalb der nächsten dreieinhalb Minuten erfuhr, ging Elli seit langem zu diesen Veranstaltungen. Sie suchte nach ihrer dritten Scheidung immer noch ihren Märchenprinzen. Ihre drei Kinder waren diesen Abend bei ihren Eltern untergebracht. Elli war 48 Jahre alt. Nicht nur ihr Aussehen, sondern auch ihre verbale Ausdrucksweise lieferten einen Eindruck von ihr, der ihr die Eigenschaften plump, etwas vulgär und einfach, um nicht zu sagen primitiv, zuschrieb. Sie trug viel zu enge Jeans, darüber ein schwarzes Samttop, mit nach Karos Geschmack viel zu großem Ausschnitt. Ihre stämmigen Oberarme versuchten mit aller Macht, am Rand des viel zu kurzen Tops, ins Freie zu gelangen. Wie Wiener Würstchen quetschten sich ihre Speckfalten um die Naht. Zu allem Überfluss quoll auch noch ein nicht gerade ansehnlicher, blasser Bauch zwischen Topende und Hosenbund hervor. Ein paar Pfündchen zu viel brachten Karos Ansicht nach die Weiblichkeit einer Frau besonders zur Geltung, sie hatte keine Vorurteile gegenüber dicken Menschen, doch für ein gepflegtes Äußeres sollte die Kleidung in der richtigen und passenden Größe getragen werden, was bei Elli um mindestens zwei Kleidergrößen verfehlt wurde. Elli lachte die ganze Zeit laut, viel zu laut, während sie Karo ihre halbe Lebensgeschichte erzählte. Karo wusste nicht, was sie von ihr halten sollte, aber ganz ehrlich zugegeben, war sie einfach nur froh und dankbar, nicht alleine am Tisch sitzen zu müssen!

Von Elli wurde sie über die Spielregeln des Abends aufgeklärt. Es war eine ganz einfache Sache. Jeder der Gäste trug an seiner Kleidung befestigt einen Herzaufkleber, der mit einer Nummer gekennzeichnet war. Nun musste man nur noch den Mann oder die Frau seiner Träume ausfindig machen, sich die Nummer des Herzens merken, und dann konnte es losgehen. In der linken Ecke des Saals stand ein aus Pappmaschee gefertigter, überdimensional großer, knallgelber Briefkasten. Überall im Saal, also auf jedem der Bistrotische, am Eingang, an der Garderobe, auf den Theken, lagen vorgefertigte Standardbriefe und Kugelschreiber. Man nahm sich einen Brief, schrieb als Absender seine eigene Herznummer darauf, als Anschrift die des ausgewählten Objekts seiner Begierde und schrieb seinem Herzblatt das, was man ihm schon immer sagen wollte, oder vielmehr das, was sich irgendwie halbwegs intelligent anhörte und einem gerade so einfiel. Elli strahlte über ihr ganzes breites, Make-up überhäuftes Gesicht und orderte gleich einen ganzen Stapel von diesen vorgefertigten Briefen. Zu jeder vollen Stunde wurden vom DJ die Nummern der Briefempfänger vorgelesen.

»Los, schreib was der Kugelschreiber her gibt« raunte ihr Elli zu, dabei war sie selbst schon eifrig am schreiben.

»Wem soll ich denn schreiben? Ich habe noch gar keinen Mann gefunden, dem ich schreiben könnte, oder vielmehr möchte!«

»Ach Mädchen, hier laufen doch tausende von Männern herum. Ich schreibe jetzt erst einmal ein paar Briefe, und dann drehe ich meine Runde im Saal und setze nur noch die entsprechende Nummer des Mannes ein« kam es schlagfertig von Elli. Aha, so einfach ging das also! Zögernd griff Karo zum Kugelschreiber, ein Spielverderber wollte sie nicht sein, obwohl ihr dieses ganze Vorhaben gar nicht zusagte. Gerade grübelte sie über ihren ersten, halbwegs intelligenten Satz, welchen sie zu Papier bringen wollte, als Elli durch den ganzen Saal schrie: «Schorsch, Dieter, Helmut, wir sitzen hier drüben!«
Was war das denn nun? Im nächsten Augenblick kamen drei Exemplare in Männergestalt auf sie zu, die ganz einfach mit dem Namen »Klaus« zu beschreiben waren. Sie stellten sich kurz vor und

nahmen sofort den Rest des Tisches in Beschlag. Da es sich um einen Vier-Personen-Tisch handelte, wurde es richtig eng in der Runde.

»Ei Elli, was hast du denn da für ein nettes Fräulein mitgebracht?« platzte Schorsch heraus und legte dabei ungeniert seinen Arm um Karo, welche distanziert lächelte und vergeblich versuchte, auf ihrem Stuhl so in Position zu gehen, dass sich der Arm von ihrer Schulter löste.

»Das ist die Karo, eine super Frau, und sie ist auch Single« gab Elli bereitwillig Auskunft über Karos Person. »Na klasse, hieß das jetzt, stürzt euch auf sie, Jungs?« ging es Karo durch den Kopf. Bestes Ablenkungsmanöver erschien ihr, so zu tun, als sei sie in das Briefeschreiben vertieft und damit voll ausgelastet.

»Ha, was sehe ich denn da? Welcher Typ ist es denn, der gleich einen Liebesbrief von dir bekommt, meine Zuckerschnecke?« wollte nun Helmut von ihr wissen. Sie wollte gerade erwidern, dass sie ganz begeistert von einem großen, blonden Mann mit der Nummer 333333 war, um deutlich zu machen, dass sie keinerlei Interesse an ihren Tischnachbarn hatte, und außerdem garantiert nicht seine Zuckerschnecke sei, als ihr Elli zuvor kam:

»Wir schreiben erst mal so, später setzen wir die Nummern ein!«

Gelächter folgte von allen drei Männern. Unaufgefordert kam die Kellnerin und stellte Biernachschub auf den Tisch.

»Habe dir gleich ein Neues mitbestellt, Süße« kam es von Schorsch.

»Danke« gab Karo leise von sich. Am liebsten hätte sie die Einladung abgelehnt, doch das traute sie sich nicht.

»So, meine lieben Alleingebliebenen, jetzt kommt euer DJ Tom mit der Nummernverlesung, also schön eure Singleöhrchen aufgestellt, damit ihr eure Post nicht verpasst!«, dröhnte eine sympathische Stimme laut durchs Mikrofon. Zum Glück stellten Karos neue Bekanntschaften wenigstens für die Zeit des Vorlesens ihr Geschnatter ein. Eine Nummer nach der anderen folgte, Schicksal, Pech gehabt, keine Post für den Tisch. Wie auch, fragte Karo sich, hier umzingelt von diesen Klaus-Exemplaren würde ihr bestimmt kein normal sterblicher Mann einen Brief schreiben und begann, sich genauer im Saal umzublicken. Bis jetzt hatte sie noch keinen Mann, der ihr Interesse hätte wecken können, ausfindig gemacht. Irgendwie kamen ihr die meisten männlichen Wesen auch weit aus jünger vor, als sie selber war. »Komm Karo, gehen wir mal eine Runde und schauen uns die Männer aus nächster Nähe an« schlug Elli vor. Das war doch mal ein brauchbarer Vorschlag! Karo erhob sich von ihrem Stuhl und dachte sie sehe nicht recht, als die drei »Klausis« ihre Bierflaschen schnappten und lauthals ankündigten, dass sie mitkämen.

»Frischfleisch muss aus der Nähe betrachtet werden! Man will ja wissen, was man mit ins Bett nimmt! Nicht, dass morgen früh der große Schrecken kommt!« grinste Dieter und folgte ihr so nah, dass sie jeden Moment damit rechnete, dass er ihr in die Fersen trat.

»Ey klar, Jungs, auf geht's!«

Elli schien es nicht im Geringsten zu stören, dass alle zusammen durch den Saal zogen. Sie waren noch keine fünf Meter gelaufen, als Helmut den Herdentrieb stoppte.

»Wartet mal, ich hole mir gerade noch ein Bier an der Theke«, und schon stand Helmut in der ziemlich langen Schlange vor dem Ausschank. Also warteten alle geduldig, bis Helmut mit fünf Bierflaschen unter seinen Armen geklemmt, zurückkam. Diesmal lehnte Karo ab, sie musste noch Auto fahren und hätte ein drittes Bier seelisch und moralisch nicht verkraftet. Schorsch nahm sofort die von ihr verschmähte Flasche und sagte »macht nichts Baby, das Bier passt bei mir noch rein.«

Karo blickte auf seinen nicht übersehbaren Bierbauch und hatte keinerlei Zweifel an seiner Aussage! In so einen Bauch passten mit Sicherheit noch sehr viel mehr Biere.

Sie schlenderten weiter und Elli notierte sich dabei eine Nummer nach der anderen. »Gefallen dir all diese Männer?« konnte Karo sich die Frage nicht verkneifen.

»Nicht unbedingt, aber wenn du zehn Männer anschreibst, so kannst du ja nicht davon ausgehen, dass alle zehn auch was von dir wollen. Also schreibe ich ein paar mehr Männer an, damit diesem schönen Abend auch garantiert noch eine schöne Nacht folgt!«, kam es augenzwinkernd von Elli.

So war das also! Karo bewunderte Ellis Selbstbewusstsein und zugleich fühlte sie sich an diesem Ort immer deplatzierter. Erneut ertönte die Stimme von DJ Tom. »Und wieder einmal haben wir Post zu verteilen, meine Lieben. Da sieht man mal wieder, wie schnell hier bei uns die Zeit vergeht!«

Er verlas eine Nummer nach der anderen.

»He, Karo, deine Nummer wurde aufgerufen« kam es von Schorsch.

»Wirklich? Habe ich nicht gehört.«

»Ja, hab ich auch mitbekommen« mischte sich Dieter ein. Jetzt wurde es interessant, wer hatte Karo wohl geschrieben? Sie stellte sich in der Warteschlange der Postausgabe an und tatsächlich war ein Brief für sie dabei. Sie drehte sich um, ihre neuen Bekannten saßen wieder an dem Bistrotisch. Karo las den Brief auf dem Weg zurück zum Tisch, wer weiß, was darin stand, die anderen mussten den Inhalt des Briefes nicht unbedingt mitbekommen. Und dann las sie in einer noch ziemlich unausgereiften Handschrift: »Hallo liebe Unbekannte, ich bin Jan. Stehe in der Ecke neben dem DJ, und habe ein schwarzes T-Shirt an. Würde mich sehr freuen, wenn Du einmal vorbei kommst. Ich bin seit einem Jahr Single, das ist für einen 19 jährigen doch viel zu lange, oder? Vielleicht machst du meinem Singledasein ein Ende? Dein Jan.«

Putzig, war der erste Gedanke, der Karo zu diesem Brief einfiel. Als sie sich langsam aber sicher dem

Bistrotisch näherte, verspürte sie absolut keinen Drang, sich wieder in die Mitte von Elli und den drei »Klausis« einzureihen, deshalb beschloss sie, sich schnell zu verabschieden.

»Leute, ich mache mich langsam auf den Nachhauseweg, ich wünsche euch noch viel Spaß hier.«

»Wie, Klara, du willst doch noch nicht gehen? Der Abend ist doch noch jung!«

Klara! Schorsch hatte nur nach zwei Minuten Abwesenheit ihren Namen vergessen! Karo lächelte gequält in die Runde und sagte mit der Vollbrunst ihrer Überzeugung, dass sie morgen sehr früh aufstehen und deshalb nun wirklich gehen müsste. Eine Verabschiedung mit jeweils einem Kuss auf ihre rechte und linke Wange konnte sie nicht vermeiden. Schnell kritzelte Schorsch noch auf einen Bierdeckel seine Handynummer und bat Karo, ihn dringend anzurufen, er wollte sie so gerne wiedersehen.

»Mach ich« waren Karos letzte Worte an die Tischrunde. An der Garderobe, wo sie ihren Mantel holte, stand ein Abfalleimer. Sie entsorgte den Brief von Jan und den Bierdeckel mit Schorschs Telefonnummer gleich mit und ging in Richtung Ausgang.

Als Karo an den Toiletten vorbei kam machte sich ihre Blase bemerkbar. Wie aus heiterem Himmel kam es angeschossen, sie musste dringend mal aufs Töpfchen, das Bier trieb mit einer urplötzlichen Wirkung. Mit großem Erschrecken sah sie die

Schlange, die sich vor der Damentoilette gebildet hatte, mindestens acht Frauen standen vor der Tür. In ihrem geistigen Auge stellte sie sich das Getümmel erst in dem Toilettenraum selbst vor. Mist, sollte sie einhalten und erst auf ihre mit Gewissheit saubere Toilette zu Hause gehen? Der Gedanke an sich gefiel ihr, aber der Blasendruck wurde zunehmend stärker. Umso mehr sie sich mit dem Gedanken arrangierte zu Hause auf Toilette zu gehen, umso mehr rebellierte sie. Wie immer im Leben war vor der benachbarten Tür zum Herrenklo gähnende Leere. Warum brauchten Frauen immer so lange, um ihr kleines Geschäft zu verrichten? Und warum gingen Frauen immer im Schlepptau ihrer besten Freundin auf Toilette? Das wird nicht nur den Männern, sondern auch Karo ein immer währendes Rätsel bleiben, sie war ein seltenes Exemplar von Frau, welches alleine auf das Töpfchen ging! Karo reihte sich in die nicht enden wollende Warteschlange ein. So unauffällig wie möglich begann sie kleine Sambaschritte auf der Stelle zu vollziehen, wenn es noch lange dauern würde, so könnte sie für nichts garantieren! Lange war sie nicht mehr in der Lage, einzuhalten. Karos Blase sendete inzwischen sekündlich starke Entleerungsbedürfnisse an ihr Gehirn. Sie konnte einfach nicht mehr, sie war am Ende! Kurz entschlossen verließ sie ihre hart erkämpfte Position in der endlosen Warteschlange. Hinter ihr standen inzwischen mindestens vier weitere Frauen mit gleichem Bedürfnis. Mit einem Satz sprang Karo auf die Toilettentür der Männer zu. Warum auch sollte sie nicht dieses WC nutzen, wenn es doch frei war? Ein starker Uringeruch empfing sie im Inneren des Raumes und sie verzog ihre Nase. Warum roch es auf öffentlichen Männertoiletten meistens so streng? Hatten sie nicht ebenfalls eine moderne Wasserspülung an den Pissoiren wie die Mädchen? Egal, Karo war heilfroh, dass der Toilettenraum leer war. Schnell verschwand sie in einer abschließbaren Kabine. Außer sieben Pissoiren an der Wand befanden sich nur zwei abschließbare Toiletten in dem Raum. Als sie ihrem Bedürfnis freien Lauf ließ, erfuhr sie ein Gefühl, welches einem Orgasmus gleich, oder zumindest sehr nah kam. Mein Gott war es erlösend, den Wasserstrahl laufen lassen zu können, es war Rettung in letzter Sekunde. Und wie gesagt, es war doch wirklich nichts verwerfliches daran, als Frau schnell auf die Männertoilette zu huschen, immerhin ersparte sie durch ihr Tun eventuell sogar einer anderen Frau, die wartend in der Schlange stand, einen Sambatanz.

Wie es sich für eine Frau gehörte, drückte Karo die Klospülung und wollte gerade sichtlich erleichtert den Raum verlassen, als sie hörte, wie ein Mann herein kam. Sogar das Ritschen des Reißverschlusses konnte sie hören. Danach allerdings glaubte sie, ihren Ohren nicht zu trauen. Ein mächtiger Wasserfall ergoss sich in das Pissoir, die Niagarafälle waren lautlos dagegen. Automatisch wurde Karo an ihre Reiterferien als Jugendliche erinnert, die Pferde hatten ihrem Erinnerungsvermögen nach einen ähnlichen Urinstrahl von sich gegeben. Meine Güte, ob das normal ist? fragte sie sich und musste ein Kichern unterdrücken. Aber es war auch kein Wunder, bei den Unmengen Bier, die ein Mann an nur einem Abend konsumieren konnte. Karo hörte sich noch an, wie der Starkpisser einen lauten Rülpser von sich gab. Na danke, unten Druck raus, oben Luft raus? Widerlich, Karo war froh, schnell wieder aus diesem Männergefilde heraus zu kommen. Doch weit gefehlt! Sie hörte, wie der Typ, natürlich ohne sich die Hände zu waschen, die Tür aufmachte, um den Raum zu verlassen, jedoch gab er den nächsten Männern die Klinke praktisch in die Hand. Diesmal kamen gleich drei Männer gleichzeitig herein. Aha, auch Männer gingen also kollektiv pinkeln, und nicht nur die Frauen! Karo setzte sich auf den herunter geklappten Toilettendeckel. Bei drei Männern konnte das Unterfangen längere Zeit in Anspruch nehmen, und so kam es auch. Zuerst lauschte sie ihrem Gespräch. Nicht anders als erwartet ging es natürlich um die so genannten Bräute.

»Hast du die Oberweite von der Nummer 007 gesehen?« hörte sie den einen sagen.

»Voll geil Alter, mal schauen, was heute Abend noch geht« antwortete der andere. Obwohl Karo die Ausdrucksweise der Männer schockierte, musste sie auf der anderen Seite auch schmunzeln. Irgendwie war die Situation zu komisch, sie als schwaches Geschlecht hatte sich aus der Not heraus in ein absolutes Sperrgebiet für Frauen vorgewagt.

Niemals ahnend, dass eine Frau in unmittelbarer Nähe sein könnte, ließen die starken Geschlechter ihren verbalen Äußerungen freien Lauf. Es war also tatsächlich kein Vorurteil, Männer sprachen unter sich wohl nicht selten in ordinärem Ton über die Frauen.

Plötzlich hörte Karo einen der Männer sagen: »Ei Mann, da scheißt aber einer lange, der hat wohl eine Dauerwurst.«

Schallendes Gelächter war die Antwort der anderen. Karo hingegen durchfuhr ein riesiger Schreck, immerhin hatten sie, wenn auch indirekt, sie damit gemeint. Sie wartete nicht auf das Betätigen des Wasserhahns am Waschbecken, vielmehr ging sie im Vorfeld davon aus, dass auch diese Herren den Raum ohne Händewaschen verlassen würden. Jedoch erhoffte sie, das Geräusch des Türöffnens und somit des sich anschließenden Raumverlassens bald möglichst zu hören, doch dem war nicht so! Unerwartet näherten sich sechs Füße gleichzeitig auf ihre Toilettenkabine zu. Was um Himmels Willen wollten die von ihr? Ein heftiger Schlag gegen die Kabinentür ließ ihren Körper zusammen zucken.

»Ey du Penner, steckt die Wurst fest?« brüllte der eine ihr entgegen, untermalt von erneutem Gelächter der anderen. Völlig geschockt, schon alleine durch diese Ausdrucksweise, verschlug es ihr die Sprache, ihr Puls beschleunigte sich. Sie fragte sich, was passieren würde, wenn die Männer bemerken würden, dass sie eine Frau wäre. Wie ein Chamäleon saß Karo auf dem Toilettendeckel und bewegte sich nicht. Der Angstschweiß trat ihr auf die Stirn. Geräuschlos und mit so wenig Bewegung wie es möglich war, tupfte sie sich die Stirn mit Toilettenpapier ab. Ehrlich zugegeben hatte sie mittlerweile richtige Angst bekommen! Was interessierte die Männer auch, wer hier wann und warum und wie lange sein Geschäft verrichtete? Natürlich war Karo bewusst, dass auch die Frauen manchmal kleine Ewigkeiten in der Toilette zubrachten, auch hatte sie sich schon oft gefragt, ob diese Frauen sich noch in der Toilette das Make-up nachlegten, eine Nachricht mit dem Handy verschickten, oder sogar Probleme mit dem Einführen ihres Tampons hatten. Aber niemals im Leben wäre sie auf die Idee gekommen, sich persönlich bei einer Frau zu erkundigen, warum sie denn so lange die Toilette blockieren würde. Ganz im Gegenteil zu ihren Jungs vor der Tür. So bückte sich doch tatsächlich einer von ihnen, und schaute unter der Tür durch. Karo sah zwei große blaue Augen in einem halben, puterroten Stirn-Gesicht, die sich nach ihr verrenkten.

»Ey Alter, ich glaub es nicht, da hockt ein Weib drin« sagte er zu seinen Kumpanen. Karo dachte, ihr letztes Stündlein hatte geschlagen, aus und vorbei, sie sah schon vor sich, wie sie nun gleich die Tür aufbrechen, und sie brutal vergewaltigen würden. Aber unerwarteter Weise fragte einer von den Dreien mit ruhiger, freundlicher und verbal korrekter Ausdrucksweise, ob es ihr gut ginge, und ob sie ihr in irgendeiner Weise helfen könnten. »Jetzt oder nie« sagte sich Karo, sprang von dem Klodeckel auf und drehte das Türschloss um.

»Hallo Jungs«, mit schauspielerisch perfekt inszenierter Pose verließ sie scheinbar absolut selbstsicher die Kabine.

»Ich wollte nur mal schauen, ob es sich auf einer männlichen Toilette genauso gut >>pie pie<< machen lässt, wie auf unseren.«

Sie blickte noch in die vor Erstaunen geöffneten Münder der drei Männer, und verließ grinsend den Raum. Geschafft, was war sie froh, wieder beidgeschlechtlichen Lebensraum unter den Füßen zu spüren. Eines schwor sie sich, niemals wieder würde sie eine Männertoilette aufsuchen, lieber sollte ihr die Blase platzen.

Die Mission Partnersuche auf einer Singleveranstaltung war damit ein für alle mal für Karo ad acta gelegt. Aber natürlich vergaß sie dabei nicht, dass ihre Zeit gnadenlos ablief. Mittlerweile war es der 20. Februar. Am 15. April war Schluss mit lustig, und es stand noch nicht fest, für wen die Urlaubsreise losgehen würde. Aber so schnell wollte und konnte Karo nicht aufgeben.

Im Friseursalon lief momentan alles nach gewohntem Muster ab. Sven hatte aufgrund Karos Nachhilfe eine gute Klausur geschrieben, der Chef hatte sich von seiner Grippe erholt und war wieder im Laden, und die meisten der Kunden nervten weiter wie gewohnt.

In Anbetracht dessen, das die Zeit drängte, musste Karo nun wirklich in ihrer Vorgehensweise einen Schritt zulegen, viel Zeit verblieb ihr nicht mehr, um die Wette noch zu gewinnen.

Auf ihre Partnersuchanzeige in der Tageszeitung hatte sie noch keine Resonanz erhalten, was auch nicht möglich war, denn die Anzeige wurde erst am kommenden Wochenende geschaltet. Es war wirklich wahnsinnig schwer, einen Partner zu finden, der zu einem passte! Aber da war doch noch diese Reklame im Fernsehen, die sie letztens bei einem Spätfilm in der Werbepause gesehen hatte, und sich in weiser Voraussicht die angezeigte Rufnummer notiert hatte. Eine dieser berüchtigten Flirt-Hotlines per Telefon, für Frauen ohne jegliche Kosten, einfach nur anrufen und Spaß haben suggerierte der Werbespot. Worauf wartete sie also noch? Geschützt durch den Raum ihrer eigenen vier Wände griff Karo beherzt zum Telefon. Zwar war sie aufgeregt, aber die Neugier war größer. Es erwartete sie eine nette Computerstimme, die sie aufforderte, ihren Namen einzusprechen. Karo wurde darauf aufmerksam gemacht, dass ein origineller Name ihr mehr Nachfrage seitens der Männer bescheren würde, als ein null-acht-fünfzehn Durchschnittsname. Schon mit dieser ersten Aufgabe war sie so überfordert, dass Karo den Telefonhörer ganz schnell wieder auflegte. Sie atmete tief durch, überlegte sich einen Namen und wählte sich erneut auf der Hotline ein. Wieder begrüßte sie die nette Computerstimme. Nach einem langen Piepston hauchte Karo unsicher ihre Begrüßung »Hallo, hier ist Monique« ins Telefon. Karo wusste nicht, ob es an ihrem zu leisen und damit eventuell zweideutig klingenden Begrüßungsnamen lag, oder ob ausschließlich Perverse auf so einer Datingline verkehrten. Die ihr zugeordnete Sprachbox, auf welcher ihr Männer eine Nachricht hinterlassen konnten, quoll über von obszönen Stöhnereien bis hin zu sexistischen Angeboten. Sie war schockiert!

Aber, was machte eine Karo, die dringend eine Wette gewinnen wollte? Richtig, sie legte erneut den Hörer auf und wählte sich ein drittes Mal ein. Nun sagte sie mit fester, lauter Stimme: »Hi, hier ist Mona, melde dich bei mir!« Auch dieser Name bewirkte bei den männlichen Datinglinebesuchern eher das Gegenteil von dem, was Karo erreichen wollte. Neben den vielen Perversen von vorhin, hatte sie nun eine vollgequatschte Sprachbox mit devot veranlagten Männern. »Ja, geile Maus, ich melde mich schon bei dir. Komm, mach es mir, mach mit mir was du willst!«

Die Krönung auf ihrer Sprachbox war allerdings: »Ich will dein Sklave sein, ich mache alles, wirklich alles, was du willst.«

Karo konnte sich eine Gehässigkeit nicht verkneifen und antwortete ihm auf seine Sprachbox: »Wirklich alles, was ich will? Prima, dann verkaufe ich dich!«

Dem hatte sie es aber gegeben, der würde sie nicht mehr belästigen. Da hatte Karo sich aber gewaltig geirrt. Keine Minute später erhielt sie eine erneute Nachricht von ihm: »Ja, das macht mich geil, verkaufe mich, egal an wen! Am besten verkaufst du mich nur stundenweise und schaust uns dabei zu. Woher kommst du, wie siehst du aus, meine Herrin?«

Das war eindeutig zu viel für Karo und sie beendete das Telefonat, doch jetzt wurde das ganze für sie zu einer Herausforderung. Sie wählte sich auf ein Neues ein. Nach der Computeransage, bei der sie schon leise mitsprechen konnte, und dem ewig langen Piepton sagte sie mit so normal wie ihr irgendwie möglich klingender Stimmlage: »Hi, hier ist eine normale Frau, die einen normalen Mann sucht!«

Das wäre geschafft. Es wäre ja auch ein Ding der Unmöglichkeit, wenn auf der ganzen Datingline keine normalen Männer wären. Diesmal wurde ihre Sprachbox nicht überhäuft. Hieraus bestätigte sich ihre Annahme, dass normal denkende Männer zu der aussterbenden Spezies gehörten, aber dann bekam sie doch die eine und die andere Nachricht. Anspruchsvoll wie sie war, sagte ihr keine Nachricht so richtig zu. Da war Jörg, viel zu alt. Mario, viel zu jung. Björn wohnte zu weit von ihr entfernt. Mike, mit roten Haaren und blassem Teint. Uwe, übergewichtig mit Piepsstimme. Bodo, nach seiner Beschreibung Vollglatze kombiniert mit Vollbart. Markus, liiert. Steffen, ja Steffen. Bei ihm schien soweit alles zu passen. Karo antwortete ihm gleich und er ihr und sie ihm und er ihr und sie ihm. Nach endlosem Nachrichtenaustausch verabschiedeten sie sich, nachdem er ihr noch seine private Telefonnummer gegeben hatte. Sie sicherte ihm zu, ihn in den nächsten Tagen zu Hause anzurufen und legte auf.

Die kommende Woche verlief im Friseursalon wie immer mit sehr viel Stress und sehr arbeitsintensiv. Viel Neues ereignete sich nicht.

Wie in den meisten Jobs wiederholt sich die Arbeit. Abwechslung und Spannung brachten vor allem die neuen, unbekannten Kunden, denn als Friseurin musste sich Karo auf jeden vor ihr sitzenden Menschen individuell einstellen. Und bei weitem war das nicht immer einfach! Die meisten Kunden waren jedoch problemlos und freundlich. Und ganz ab und zu verirrte sich auch einmal ein richtiges Leckerchen in den Laden. So wie gestern, als die Tür aufging und Karo einem sehr gut aussehenden, interessanten Mann direkt in die Arme lief. Ihr erster Gedanke war: »Ist Georg Clooney zur Zeit in Deutschland? Und warum kommt er ausgerechnet in das kleine Titania?«

»Guten Tag, haben Sie spontan Zeit zum Schneiden?« fragte er mit einem Bass in der Stimme, dass Karo schwindelig wurde.

»Sehr gerne, wenn Sie sich dort vorne hinsetzen möchten? Ich bin gleich bei Ihnen!«

Ob es Zufall, Glück oder Schicksal war, dass Karo gerade mit ihrer vorherigen Kundin fertig war und diese gerade abkassierte, war ihr völlig egal. Diesen Mann hätte sie nicht einmal dann warten lassen, wenn das Titania wegen akuter Überfüllung vor der Zwangsschließung gestanden hätte!

»Bitte nur einmal nachschneiden!« forderte er sie auf, während sich ihre Blicke im großen Wandspiegel trafen. Sein Lächeln war umwerfend, und Karo lächelte schüchtern zurück. Sie ärgerte sich sehr darüber, dass sie immer unsicher wurde, sobald ihr ein Mann gut gefiel. Warum war das nur so?

Karo fing an, seine Haare zu befeuchten, damit sie es besser schneiden konnte und bemerkte unterschwellig, wie sie von George Clooney durch den Spiegel beobachtet wurde. Krampfhaft überlegte sie, wie sie ein Gespräch mit ihm anfangen könnte, als er ihr entspannt zuvor kam: »Ich habe diesen Friseurladen noch nie gesehen!« teilte er sich mit.

»Oh, uns gibt es aber schon sehr lange!«, antwortete Karo und lächelte ihn im Spiegel an, während sie begann, seine schwarzen, dichten Haare zu kürzen.

»Bei so hübschem und netten Personal wäre ich garantiert früher gekommen«, flirtete er sie an.

Karo grinste verlegen und antwortete dann zu ihrem eigenen Erstaunen sehr keck: »Über solch attraktive Kunden hätten wir uns auch schon damals gefreut!«

Beide lachten sich an und Karo glaubte zu spüren, dass es nicht nur bei ihr merkwürdig kribbelte. Zwischen ihr und diesem Mann lag eine ganz besondere Schwingung. Hier lag Spannung in der Luft! Jeder der jetzt den Salon betrat, würde die Spannung spüren können! Das Haareschneiden war nach Karos Geschmack viel zu schnell erledigt. Ein Herrenhaarschnitt dauerte leider nicht wirklich lange. Gerade pinselte sie ihm die Haare von seinem Nacken, als eine Frau inklusive eines niedlichen, kleinen Mädchens mit langen Zöpfen den Laden betrat.

»Hey Schnucki, da kommen wir ja gerade zur richtigen Zeit, du bist ja schon fertig« rief die Frau ihm zu.

»Ja, ihr kommt genau richtig!« Er nahm seine Tochter hoch, die sofort ihre Arme vertraut um seinen Hals schlang. Er küsste die Kleine auf den Scheitel, drehte sich zu Karo um und bedankte sich mit einem leichten Augenzwinkern für ihren Haarschnitt. Sven kassierte den Mann ab, während Karo seine am Boden liegenden Haare zusammen kehrte. Gedanken versunken sah sie den dreien nach, wie sie fröhlich die Straße herunter liefen, und mit der Kleinen zwischen ihnen »Engelchen flieg« spielten.

Als Karo nach Hause kam, steckte ein großer, brauner Umschlag in ihrem Briefkasten. Wieder eine Rechnung, ging es ihr durch den Kopf, bis sie als Absender die Regionalzeitung entzifferte. Sie wurde ganz aufgeregt, ihre Partnersuchanzeige, an die hatte sie gar nicht mehr gedacht. Karo eilte die Treppenstufen zu ihrer Wohnung hoch. Jetzt war sie wirklich sehr gespannt, wer sich auf ihre Annonce gemeldet hatte.

Casimir forderte zuerst sein Recht ein, Karo löffelte etwas liebloser als sonst sein Futter in sein Schüsselchen und machte es sich anschließend sofort auf ihrer Couch gemütlich. Ohne große Vorsicht riss sie den großen Umschlag auf, wau, damit hatte sie nicht gerechnet. Ganze sieben Briefumschläge, versehen mit ihrer Chiffrenummer, fielen ihr in den Schoß. Zuerst einmal betrachtete sie jeden einzelnen Umschlag ganz genau. Alle Briefe waren handschriftlich an die Redaktion adressiert. Karo fand, dass Handschriften sehr viel über die Persönlichkeit eines Menschen aussagten. Drei Handschriften sprachen sie auf Anhieb an. Die anderen waren nicht sehr viel versprechend, nicht sehr ausdrucksstark. Karo sortierte die sieben Briefe nach der Reihenfolge, wie sie ihr am besten nach der Schriftart gefielen. Den Brief, welcher sie am wenigsten ansprach, öffnete sie zuerst und ihr Instinkt sollte sie nicht täuschen. Der Brief war mit Computer geschrieben, sie überflog die Zeilen und war maßlos enttäuscht! Dieser Briefeschreiber war mit keiner Silbe auf ihren Annoncentext eingegangen, vielmehr handelte es sich um einen so genannten Standardbrief. Der Unbekannte schrieb ein wenig belangloses, sagte ein wenig darüber aus, was er suchte und nannte am Schluss seine Handynummer. Seinen Namen hatte er ebenfalls mit Computer unter den Brief gesetzt. Dieser Mann hielt es nicht einmal für nötig, den Brief wenigstens handschriftlich zu unterzeichnen. Dieser Brief hatte nicht die Spur von Persönlichkeit! Es war absolut offensichtlich, dass er dieses Anschreiben in seinem Computer gespeichert hatte, um ihn im Bedarfsfall – schätzungsweise jede Woche aufs Neue– auszudrucken. Ein Foto war auch nicht dabei. Karo schob enttäuscht ihre Unterlippe vor, als sie den Brief zur Seite legte, und sich den nächsten angelte. Sie faltete das DINA 4 Blatt auf und sah ein Passfoto, das in die Mitte des Blattes geklebt worden war. Unter diesem Bild stand: DAS BIN ICH und eine Telefonnummer. Karo konnte sich irgendwie nicht richtig entscheiden, ob sie diesen Brief gut oder schlecht fand. Zum einen hatte sich dieser Mann auch nicht gerade die allergrößte Mühe gemacht, ihr Interesse zu wecken, auf der anderen Seite fand sie diese kurze Darstellung irgendwie originell. Sie sah sich ungefähr drei Minuten intensiv das Foto an und fand es faszinierend, dass ein Mensch sich auf einem Foto veränderte, umso länger man es betrachtete. Der Mann auf dem Foto war ihr nicht unsympathisch, aber ihrem Traummann entsprach er nun auch nicht gerade. Sie legte den Brief erst einmal zur Seite und nahm sich den dritten Brief vor. In der Hoffnung, dass sich die Qualität von Brief zu Brief steigern würde, war sie nun von diesem maßlos enttäuscht. Es hatte ihr hier kein interessierter Mann geschrieben, sondern ihr fiel eine Reklame für ein Partnervermittlungsinstitut in die Hände, welches ihr einfach mal auf gut Glück ihr Unternehmen vorstellte. Irgendwie lag das ja auch nahe, Leute die Partnersuchannoncen aufgaben, waren potentielle Kunden. Aber nicht mit ihr, soweit war sie bei weitem noch nicht, dass sie teures Geld für ein Partnervermittlungsinstitut ausgeben würde! In ihrer Fantasie waren dort sowieso nur Männer a la »Klausi« registriert. Etwas frustriert legte Karo diesen Brief zu den anderen zuvor geöffneten und schnappte sich Brief Nummer vier. Ja, was war denn das? Ein Foto viel ihr in die Hände. Ein großer, blonder, braun gebrannter, muskulöser Typ am Strand war darauf zu sehen, nicht schlecht, dachte sie sich, da muss ein Haken an der Sache sein. Bestimmt schrieb er ihr jetzt, dass er nur eine Affäre suchen würde, vier Kinder hat und verheiratet sei. Aber nein, ganz im Gegenteil, mit Füller geschrieben erzählte er von sich. Mit klaren Sätzen gab er preis von sich, was er von einer Frau erwartete. Er erzählte von seinen Hobbys und von seiner beruflichen Karriere. Er war Arzt und machte gleich deutlich, dass er aufgrund seines Berufes viel arbeiten musste und eine Frau suchte, die damit umgehen konnte und hinter ihm stand! Das hörte sich alles zu gut an, um wahr zu sein. Seit über einem Jahr war er solo. Er wollte keine kurzlebigen, halben Sachen mehr, sondern suchte mit seinen 39 Jahren die Frau für eine gemeinsame Zukunft. Karo traute dem ganzen nicht, bestimmt wohnte dieser Mann viel zu weit von ihr entfernt, waren ihre Gedanken, und ihre Augen glitten zum Ende des Briefes, um an seiner Anschrift oder anhand seiner Telefonnummer herauszufinden, wo er her kam.

Und da war der Haken, sie konnte es nicht glauben und drehte den Brief um. Eine gähnend weiße Briefseite leuchtete ihr entgegen. Karo drehte den Brief wieder um und suchte und suchte und überflog den Brief erneut von oben bis unten, schnappte sich den Briefumschlag und suchte diesen ab. Außer der Anschrift des Zeitungsverlages und ihrer Chiffrenummer stand nichts auf dem Umschlag. Erneut überflog sie den Brief, nichts! Der gute Mann hatte doch tatsächlich vergessen, seine Telefonnummer oder seine Anschrift zu vermerken. Außer seinem Vornamen, Matthias, war nichts zu finden. Grenzte das jetzt an Dummheit oder konnte so etwas einem einfach mal passieren? Oder wollte gar das Schicksal nicht, dass sie den richtigen Mann endlich kennen lernen würde? So ein Mist, das wäre ihr Kandidat gewesen, und der Schussel vergaß seine Adresse! Mit typischem Frauenhirn rasten Karos Gedanken gleich umher, um zu überlegen, wie sie trotzdem diesen Mann ausfindig machen konnte. Null Chance! Es war ein Ding der Unmöglichkeit, nur mit einem Vornamen und einem Foto diesen Unbekannten zu finden. Karo war tief enttäuscht, resigniert legte sie den Brief zu den anderen, sie brauchte jetzt erstmal einen Kaffee. Innerlich war sie im Vorfeld schon davon überzeugt, dass die ungeöffneten Briefe nun den Brief von Matthias nicht mehr übertreffen konnten. Matthias war wirklich, vom ersten Eindruck her, ein Mann, wie sie ihn suchte. Natürlich ließ ihre Neugier es nicht zu, lange damit zu warten, die anderen Briefe zu öffnen. Nachdem sie sich einen Kaffee aufgebrüht- und Casimir ein paar Streicheleinheiten geschenkt hatte, ging sie mit ihrer quietschroten Kaffeetasse zurück zu den noch vor ihr liegenden, drei ungeöffneten Briefen. Brief Nummer fünf erhielt genau das, was sie mit ihrer negativen Einstellung längst erwartet hatte. Ein verheirateter Mann, der eine Affäre suchte. »Eine Beziehung ohne jegliche Verpflichtungen, für beide Seiten, versteht sich« musste sie da lesen. Es war kein Foto dabei, und wenn, dann hätte es sie sowieso nicht interessiert. Arme Ehefrau, waren ihre Gedanken, als sie den von ihr nicht einmal bis zum Schluss durchgelesenen Brief zurück in seinen Umschlag steckte. Erneut ärgerte sie sich, dass Matthias seinen Absender vergessen hatte. Der gute Mann wunderte sich bestimmt, dass er keine Antwort auf seinen Brief erhielt. Vielleicht fiel ihm im Nachhinein noch auf, dass er seine Anschrift vergessen hatte, und schickte einen zweiten Brief? Blödsinn, Männer würden nie im Leben bemerken, dass ihnen so ein dämlicher Fehler unterlaufen ist, und falls doch, dann würden sie sich bestimmt nicht noch einmal die Mühe machen, einen erneuten Brief hinterher zu schicken. Das Thema Matthias konnte sie, oder viel mehr musste sie abhaken. Brief Nummer sechs lag nun vor ihr. Tobias hieß der gute Mann. Er war 31 Jahre alt und schaffte es, in zwölf ganzen Sätzen neun Rechtschreibfehler einzubauen! Er gehörte gnadenlos nicht in die Kategorie Mann, die Karo vorschwebte! Die Tatsache, dass er kein Foto beigelegt hatte und ihr dazu noch zu jung war, erleichterte ihr die Sache, auch diesen Brief als unbrauchbar abzulegen. Zum guten Schluss kam nun der letzte Brief an die Reihe. Die Handschrift sagte ihr am meisten von allen Briefen zu. Oh, hier fand sie nicht nur ein Foto, sondern gleich vier Fotos! Was heißt Fotos, es waren so genannte Setcards! Ein Model, 37 Jahre alt, dunkelhaarig, durchtrainierter Körper, ansprechendes Gesicht. Wer um Himmels Willen schickte auf eine Partnersuchanzeige, also einer ihm völlig Unbekannten, seine Setcards? Das konnte nur ein Mann sein, der absolut von sich überzeugt war. Dementsprechend war auch sein Geschriebenes. Seit seiner Kindheit würde er bereits modeln, er käme durch diesen Job in der ganzen Welt herum und suche eine adäquate Partnerin. Adäquate Partnerin? Karo stellte sich die Frage, ob sie aussah wie ein Model, oder ob Holger ganz einfach ein arroganter Lackaffe war. Karo wollte sich hierüber später Gedanken machen und legte den Stapel Briefe in ihre Schreibtischschublade.

»Irgendwie habe ich mir von der ganzen Aktion mehr versprochen. Das ganze muss ich erst einmal verdauen«, sagte Karo zu sich selbst. Zu blöd, dass Matthias...

Geschafft und mit völlig überstrapazierten Nerven kam Karo am Samstagabend gegen einundzwanzig Uhr von ihren Eltern nach Hause.

Ihre Mutter hatte ihren 62. Geburtstag gefeiert. Eigentlich hätte ihre Mutter als Geburtstagskind die Hauptperson des Tages sein müssen, aber nein, Gesprächsstoff des Tages lieferte sie. Umringt von Vater, Mutter, Onkel, Tante, Oma, Nachbarn, Freunden und Bekannten der Familie saßen sie beim Geburtstagskaffee und hatten kein anderes Gesprächsthema als Karo, die Tochter, die mit fünfunddreißig Jahren immer noch nicht verheiratet war und immer noch nicht für Enkelkinder gesorgt hatte!

Karo hasste solche Gespräche! Ganz besonders hasste sie solche Gespräche, wenn sie von Leuten geführt wurden, die ihr Leben nichts, aber auch gar nichts anging, zu welchen sie vor allem die anwesenden älteren Nachbarn und Freunde ihrer Eltern zählte. Sie biss die Zähne zusammen und ließ das Geschwätz der Anwesenden über sich ergehen. Gerade die alte Nachbarin, Erika Schultz, welche den ganzen Tag nichts anderes zu tun hatte, als irgendwelches Getratsche an andere Personen weiter zu geben, ließ sich nicht davon abbringen, sie auf den rechten Pfad des Lebens führen zu wollen! Es war grässlich und kaum aushaltbar!

Quer über die Kaffeetafel rief sie ordinär und viel zu laut: »Karo, sag mal, warum hast du keinen Mann?« Dabei glotzte sie so dämlich, dass Karo es nicht schaffte, ihrem Blick stand zu halten und weg sah. Sie tat einfach so, als habe sie Frau Nachbarin nicht gehört. Doch diese wurde noch lauter und brüllte nun noch einmal quer durch den Raum: »Karo, sag mal, warum hast du keinen Mann?« Alle Augen waren auf sie gerichtet. Hätte Karo einen entsprechenden Startknopf gehabt, sie hätte sich freiwillig sofort ins All geschossen. Was um Himmels willen sollte sie auf so eine idiotische Frage antworten?

»Ich glaub, ich muss mal auf Toilette«, sagte Karo, während sie sich von ihrem Platz erhob und das Zimmer verließ, in dem die unbeantwortete Frage über dem Kaffeetisch zu schweben schien. Auf dem Weg ins Badezimmer hörte sie die Meute wild durcheinander reden. Jeder hatte etwas anderes zu diesem Thema zu sagen. Karo erkannte die Stimme ihrer Mutter und verdrehte die Augen. Mit Sicherheit ließ sie sich gerade darüber aus, wie gerne sie endlich Oma werden würde, und fand auch noch reichlich Gehör! Zum Glück hielt sich wenigstens ihr Vater aus solchen Diskussionen heraus!

Als Karo zurück ins Wohnzimmer kam, waren alle noch immer mit dem Thema Partnerschaft, Kinder kriegen und Hochzeiten beschäftigt und quasselten ununterbrochen. Karo nahm jedoch erleichtert zur Kenntnis, dass sich das Gespräch von ihrer Person gelöst hatte und nun jeder zum Besten gab, was er selbst einmal gehört, gesehen oder erlebt hatte. Karo setzte sich wieder auf das Sofa. So vertieft und angeregt, wie sich alle unterhielten, merkte keiner, dass sie dem Gerede gar nicht zuhörte, ihre Ohren auf Durchzug stellte, und sich am Gespräch nicht beteiligte. Gequält lächelte sie in die Runde, nickte ab und an mal und dachte sich im Stillen, dass es wirklich wie Pech an ihren Schuhen klebte. Hatte sie nicht genug Probleme und Sorgen, ihre Wette zu gewinnen? Konnte man sie nicht wenigstens an dem Geburtstag ihrer Mutter mit dem Thema in Ruhe lassen? Anscheinend nicht, ihr wurde nichts gegönnt. Nach gefühlter endloser Zeit verlief sich glücklicher Weise die Diskussion auf politische Inhalte. Alle Themen waren Karo lieber, als die blöden Fragereien, warum sie Single war. Als es an der Tür klingelte, machte sich Karo keine Gedanken darüber, wer weiter zu Besuch ihrer Mutter kam. Als kurz darauf jedoch Klaus in voller Lebensgröße im Wohnzimmer stand, verzog sie so unauffällig wie möglich ihre Lippen, der hatte ihr gerade noch gefehlt.

»Mama, wann kommst du nach hause, ich habe Hunger!«

Das hatte dieser erwachsene Mann jetzt nicht wirklich von sich gegeben? Doch, das hatte er! Und anstatt ihn vor Entsetzen mit weit aufgerissenen Augen anzustarren, antworteten seine und Karos Mutter mit fürsorglich, mütterlicher Stimme im Chor:

»Ach Klaus, du armer Bub, setz dich doch erst einmal neben Karo. Wir holen dir aus der Küche etwas zu essen. Möchtest du lieber Kartoffelsalat mit Würstchen oder etwas vom Kuchenbuffet?«

Ohne sie groß zu beachten quetschte sich Klaus neben Karo auf die Couch. Ihre Oberschenkel berührten sich, sie konnte seine Körperwärme spüren und die Nähe zu Klaus war ihr mehr als unangenehm. Als Klaus auch noch den Teller mit Kartoffelsalat nicht auf den Tisch sondern auf seinen Schoß stellte um von da aus leicht schmatzend den Salat zu vertilgen, verspürte Karo den Wunsch, den Geburtstag schnellstmöglich zu verlassen.

Karo fühlte den Wunsch in ihr aufsteigen, den älteren Herrschaften zum Abschied noch ein wenig von der heutigen Zeit zu erzählen. Früher ging man einmal miteinander aus, und war so gut wie verlobt. Wie schwer es heutzutage war, einen Mann für eine ernsthafte Partnerschaft zu finden, davon hatte keiner von ihnen die geringste Ahnung! Aber war es überhaupt erstrebenswert, sich so ungeprüft fest zu binden, wie es damals geschah? Wie viele Ehen wurden damals vorschnell geschlossen? Auch wenn die Eheleute zusammen blieben, richtig glücklich waren doch die wenigsten! Oder vielmehr machten sie sich gar keine Gedanken darüber, ob sie glücklich waren! Nein, so wollte Karo auf keinen Fall leben!

Wohl erzogen gab sie, mit Ausnahme von Klaus, jedem zum Abschied brav die Hand, gelobte Besserung und versprach der Runde, bald ihr Singledasein zu beenden.

Als Karo zu ihrem Auto lief, kam ein smart aussehender Mann mit coolen Klamotten und legerem Dreitagebart aus dem Nachbarhaus, und ging direkt zu dem vor Karos parkendem Auto. Karo wurden die Knie weich, als sich ihre Blicke trafen und der Unbekannte mit einem strahlenden Lächeln ihr einen guten Abend wünschte. Wer war denn das? Diesen Mann hatte Karo in dieser Gegend noch nie gesehen, sie musste dringend ihre Eltern fragen, ob sie wussten, wer er war, wo er her kam und wo er hingehörte. Sie sah dem Traum ihrer Begierde dabei zu, wie er lässig in seinen Jeep einstieg und davon fuhr. Karo drehte auf dem Absatz um und ging zurück in ihr Elternhaus.

»Hast du was vergessen, Engelchen?« wurde sie von ihrem Vater an der Haustür erstaunt in Empfang genommen.

»Nein, Papa, ich habe eben einen Mann aus dem Nachbarhaus kommen sehen, er fährt einen schwarzen Jeep. Kennt ihr den?« Der Vater zwang sich zu einem Lächeln und guckte gequält. Obwohl Karo bereits in den Flur eingetreten- und die Haustür fest verschlossen war, beugte sich ihr Vater etwas vor und flüsterte: »Das ist der neue Freund von Heiner. Du kennst doch Heiner, der war ja schon immer irgendwie merkwürdig. Die ganze Nachbarschaft ist entsetzt und alle meiden ihn. Wir hatten ja schon immer den Verdacht, dass er vom anderen Ufer ist, du weißt schon was ich meine Karo, aber seit er diesen Jeepfahrer hat, läuft er sogar Hand in Hand mit ihm auf der Straße und...«

»Ah, danke Papa, jetzt weiß ich, was ich wissen wollte. Seid doch nicht so altmodisch, was habt ihr denn gegen Schwule?« sprach Karo die Sache direkt aus.

»Wir haben gar nichts gegen diese Leute, Engelchen, es ist nur so befremdlich wenn man zwei Männer Hand in Hand spazieren gehen sieht!«

Karo lachte, gab ihrem Vater einen dicken Schmatzer auf die Wange und machte sich dann auf den Nachhauseweg. Hätte dieser tolle Mann nicht ausnahmsweise hetero sein können, wo er ihr doch so gut gefiel? Aber wahrscheinlich wäre er dann sowieso verheiratet und hätte viele kleine Kinder. Sehr, sehr schade, dieser Mann wäre ohne Frage einen ernsthaften Versuch wert gewesen, doch alle weiteren Gedanken waren reine Zeitvergeudung. Dieser Mann würde definitiv nichts von ihr wollen. Karo freute sich für Heiner und wünschte den beiden innerlich viel Glück für ihre Beziehung.

Die geführten Gespräche mit den Geburtstagsgästen ihrer Mutter schwirrten Karo noch im Kopf herum. Sie schnappte sich frustriert ihren Casimir und verzog sich mit ihm auf die Couch. Casimir war heute gar nicht so sehr auf Streicheleinheiten eingestimmt, fast mit Gewalt hielt sie ihn in ihrem Arm fest, sie brauchte Trost. Wenn schon keine starke Männerschulter zum Ausweinen da war, dann musste eben der Kater herhalten. Casimir setzte sich jedoch entschlossen durch und sprang von ihrem Schoß. Er verkrümelte sich in die Küche und Karo hörte das vertraute Geräusch des Knackens seines Trockenfutters.

»Ja, lasst mich doch alle alleine« sagte sie laut vor sich hin. Sie konnte nicht abstreiten, dass sie manchmal, natürlich nur wenn sie alleine war, ziemlich traurig war. Der Mensch war nicht dafür geboren, einsam zu sein. Der liebe Gott hatte Adam und Eva erschaffen, immer wieder sehnte sich ein Mensch der alleine lebte, nach seiner zweiten Hälfte. Hätte der liebe Gott nicht gleich jedem Neugeborenen seinen für ihn bestimmten Partner mit auf den Weg schicken können? Dann gäbe es keine Singles und die lästige Partnersuche wäre auch überflüssig, oder er hätte eine Vorrichtung dem menschlichen Körper mitgeben können. Wäre doch eine geniale Idee, wenn man zum Beispiel auf der Stirn eine Art farbigen Leberfleck hätte. Da diesen Fleck jeder Mensch auf Erden zierte, wäre es so normal, wie Arme und Beine zu haben. Würde man einem Menschen begegnen, der einem gefiel, so würde sich dieser Fleck auf der Stirn in eine andere Farbe verwandeln. Bei dem anderen Menschen wäre das ebenfalls, wenn auch er Sympathien gegenüber dem anderen hegen würde. So könnte man ohne große Umschweife auf den anderen zugehen und Kontakt knüpfen. Würde sich nur bei einer Person der Fleck verfärben, und bei seinem Gegenüber nicht, so müsste es von der Natur aus gegeben sein, dass derjenige, bei dem sich der Fleck nicht verfärbte, rein gar nichts Anstößiges fand, dass sich bei dem anderen der Fleck verfärbt hatte. Das war Karos Meinung nach nämlich das Hauptproblem in der heutigen Singlegesellschaft! Man konnte es doch immer und überall beobachten, ging man zum Beispiel in eine Diskothek um jemand Nettes kennen zu lernen, wie es der Zufall will, hat man sogar das Glück und trifft jemanden der einem gefällt, und dann? Ja, und dann verließ der Mut einen! Ist es nicht so? Meistens traute sich keiner der beiden, den anderen anzusprechen. Es findet ein schüchterner Blickkontakt statt, eventuell lächelt man sich sogar zu und dann wartet jeder den ganzen Abend auf den anderen, keiner macht den ersten Schritt, aus Angst, von dem anderen einen Korb zu kassieren, und so gehen dann beide frustriert und alleine nach Hause. Menschen in unserer heutigen Zeit bauen Wolkenkratzer, benutzen Flugzeuge, springen Fallschirm und gehen Bungee Jumpen. Dazu haben sie Mut, aber um einen anderen Menschen anzusprechen, da fehlt er ihnen. Verrückte Welt! Durch lautes Geschepper wurde Karo aus ihren Träumen herausgerissen. Casimir hatte zum hundertsten Mal sein Wasserschüsselchen umgeschmissen. Sie ging in die Küche und wischte zum hundertsten Mal den Wasserfleck von den Fliesen und stellte ihm frisches Wasser hin.

»Ob ich Steffen mal anrufe?« stellte sie sich selbst die Frage mit einem Blick auf die Uhr. Es ist vielleicht schon ein bisschen zu spät dafür! Obwohl, heute war Samstag, mit den Hühnern ging er bestimmt nicht ins Bett, und mit großer Wahrscheinlichkeit war er an einem Samstagabend sowieso nicht zu Hause. Also suchte sie seine Telefonnummer und rief ihn an.

»Winter« meldete sich eine männliche Stimme.

»Steffen?« kam es von ihr zurück.

»Ja!?« erwiderte er und Karo sagte ihm, dass sie die Unbekannte von der Telefon-Dating-Line war. »Oh, hallo, schön dass du dich meldest« kam es erfreut von Steffen. »Ich hatte gar nicht mehr damit gerechnet, dass du mich anrufst.«

»Wieso denn das? So lange ist es doch noch nicht her, dass wir miteinander auf der Dating-Line gesprochen haben!« antwortete sie.

»Also mir kam es doch ganz schön lange her vor. Aber ist ja jetzt egal, ich finde es gut, dass du dich überhaupt meldest!«

Kurzes, betretenes Schweigen setzte auf beiden Seiten ein, bis Steffen meinte: »Um ehrlich zu sein, sind gerade zwei Kumpels bei mir. Ist ein bisschen schwierig, jetzt länger mit dir zu plaudern!«

»Sag doch was!« entfuhr es Karo. »Ich will doch nicht stören! Lass uns ein anderes Mal telefonieren!«

»Ja, das wäre fein! Obwohl ich es noch besser finden würde, dich so schnell wie möglich kennen zu lernen! Bist du spontan?« wollte er wissen.

»Kommt darauf an, um was es geht!«

»Wie wäre es, wenn wir uns gleich morgen treffen? Was hältst du von einem gemeinsamen Frühstück?«

»Warum nicht? Hört sich gut an«, stimmte Karo zu.

»Kennst du das Cafe Bayer in der Innenstadt? Sagen wir um 9.30 Uhr?«

»Fein, geht klar!«

»Dann bis morgen, ich freue mich!«

»Ich freue mich auch, bis morgen!«

Obwohl Karo Steffen noch nicht gesehen hatte, war sie nach dem Telefongespräch richtig glücklich. Die wenigen Sätze und die morgige Verabredung hatten sie aus ihren trübseligen Gedanken gerissen. Sie ging zu ihrem Kleiderschrank im Schlafzimmer und legte sich die Sachen raus, die sie morgen früh anziehen wollte. Sie entschied sich für ihren weißen Wollpullover, der unendlich flauschig war und am Ausschnitt mit kleinen weißen Federn besetzt war, dazu ihre verwaschenen Jeans, in denen sie sich einfach am wohlsten und somit auch am sichersten fühlte. Dann beschloss sie mit einem spannenden Buch ins Bett zu gehen. Eigentlich frustrierte es sie, an einem Samstagabend ins Bett zu gehen, ohne zuvor ausgegangen oder Freunde getroffen zu haben. Das Wochenende war viel zu kostbar, um es alleine zu verbringen. Von Pia und Nele hatte sie auch schon länger nichts mehr gehört, aber an diesem angebrochenen Abend konnte sie nichts großartiges mehr auf die Beine stellen, und tröstete sich damit, dass sie morgen relativ früh aufstehen musste. Das Frühstück mit Steffen rief!

Am nächsten Morgen kam Karo um neun Uhr vierzig im Cafe Bayer an, die Verspätung war absichtlich von ihr eingeplant. Dieses Mal wollte sie, dass der Mann schon da war und dass nicht sie auf ihn warten musste. Bei jedem Mann, der vorbei gekommen wäre, hätte sie bestimmt erwartungsvoll seinen Augenkontakt gesucht und wäre sich ziemlich dämlich vorgekommen, wenn die Person mit fragendem Blick an ihr vorbei gelaufen wäre. Außerdem hatte es ihrer Ansicht nach mehr Esprit, wenn der Mann ein paar Minuten auf die Frau warten musste, und nicht umgekehrt. Und so war es dann auch, Steffen stand bereits vor der Eingangstür des Cafes und sah sich die Torten an. Kein Zweifel, das musste er sein, denn wer sonst guckte sich sonntags morgens die Torten und Kuchen im Schaufenster an? Karo merkte, wie ihr die Anspannung den Nacken hoch kroch. Noch immer fand sie es ein sehr merkwürdiges Gefühl, sich mit einem fremden Mann zu verabreden. Und wenn diese hirnrissige Wette nicht im Raume stehen würde, wäre sie nie im Leben auf den Gedanken gekommen, sich solchen Treffen auszusetzen! Und ihre Erfahrungen mit Blinddates taten ein übriges zu ihrer Einstellung! Doch jetzt musste sie da durch. Kneifen gab es nicht, und vielleicht war Steffen ja sogar ein guter Mann! Sie atmete tief durch, ging auf ihn zu und sagte freundlich: »Du musst Steffen sein?«

Er grinste sie an, gab ihr auf die Wangen jeweils ein Küsschen und drückte dabei mit festem Griff ihre Hand.

»Jawohl, das bin ich« antwortete er und sie gingen in das Cafe. Wie für sie gemacht fanden sie einen freien Tisch in einem gemütlichen Eckchen des Cafes. Erst nachdem sie bei der Bedienung jeweils ein Frühstücksmenü bestellt hatten, fanden sie die Zeit und die Ruhe, sich näher zu beschnuppern. Steffen gefiel ihr! Er war ein wirklich gut aussehender Mann, sehr gepflegt, blitzend weiße, gerade stehende Zähne, schöne Hände, super sympathisches Lächeln. Er hatte etwas Lausbübisches an sich! Karo versuchte sich lockerer zu geben, als sie innerlich war. Das merkte sie vor allem an ihrer Stimme, ein leichtes Zittern konnte sie nicht verhindern. Sie hoffte inständig, dass das jemand, der sie nicht kannte, gar nicht bemerken würde.

»Weißt du eigentlich, dass wir eine Gemeinsamkeit haben, welche eigentlich absolut konträr ist?« fragte sie ihn und erweckte seine Neugier.

»Na da bin ich ja mal gespannt. Um Gemeinsamkeiten entdecken zu können, kennen wir uns ja eigentlich noch nicht lange genug« antwortete er in einer Betonung, die eine Fragestellung beinhaltete. »Ja weißt Du, ich finde es witzig, dass du Winter mit Nachnamen heißt.«

»Was ist denn daran witzig?« wollte Steffen von ihr wissen. »Naja, ich sagte ja, wir haben eine Gemeinsamkeit, und eigentlich doch nicht. Ich heiße nämlich mit Nachnamen Sommer!«

Beide mussten herzhaft lachen und das Eis zwischen ihnen fing zu tauen an. Während sie sich das Frühstück schmecken ließen, kamen sie von einem interessanten Gesprächsthema zum nächsten. Kaum glaubend stellte Karo fest, dass es doch Männer auf diesem Planeten gab, mit denen man sich richtig gut unterhalten konnte. Sie saßen bis ungefähr drei Uhr mittags im Cafe, die Zeit verging wie im Fluge. In Karos Kopf stritten sich Engelchen und Teufelchen. Das Engelchen sagte ununterbrochen zu ihr: »Karo, wenn es am Schönsten ist, dann soll man gehen! Mache dich rar, wenn du bei einem Mann wirkliches Interesse wecken willst.«

Dagegen kämpfte das Teufelchen in ihrem Kopf vehement an: »Karo, genieße den Augenblick, wer weiß, wann du diesen Prachtburschen wieder siehst. Bleib da, genieße den Tag, den Abend, die Nacht..."

Das wurde ihr alles langsam zu heikel. Was ging in ihrem Gehirn vor? Dieser Mann gefiel ihr nicht nur, er gefiel ihr sogar richtig gut, und deshalb entschied sie sich für den Ratschlag des Engelchens.

»Oh je, ist das schon spät! Ich könnte noch stundenlang mit dir hier weiter sitzen und reden, aber ich muss leider langsam gehen. Meine Freundin hat momentan ziemliche Probleme mit ihrem Freund und es geht ihr ziemlich schlecht. Ich habe ihr versprochen, gegen drei Uhr bei ihr zu sein. Sie hätte mich eigentlich schon heute Morgen gebraucht, du weißt ja, wie das ist. Tränen überströmt hat sie mich heute Morgen angerufen und mir ihr Leid geklagt. Ich hatte schon ein schlechtes Gewissen, dass ich sie auf drei Uhr nachmittags vertröstet habe, aber unsere Verabredung wollte ich natürlich nicht platzen lassen. Ich hoffe, du hast Verständnis dafür, dass ich nun aufbrechen muss?«

Mit einem Gesichtsausdruck, den sie leider in keiner Weise deuten konnte, antwortete Steffen: »Ja klar, kein Problem, wir sitzen ja wirklich schon ganz schön lange hier im Cafe! Kein Thema, geh zu deiner Freundin. Ich fand den Tag mit dir wirklich nett!«

Er rief die Bedienung, zahlte für Karo mit und sie verließen das Cafe.

»Dann hilf mal deiner Freundin mit guten Ratschlägen« sagte Steffen, als er ihr wie bei ihrer Begrüßung die Hand reichte und ihr dabei links und rechts ein Küsschen auf die Wange drückte. »Wie gesagt, ich fand es wirklich nett mit dir, wenn du magst, rufe ich dich an!?«

Mit den Worten, dass sie sich sehr darüber freuen würde, wenn er sich bei ihr meldet, trennten sich ihre Wege, zuvor jedoch kramte Karo in ihrer Handtasche nach einer Visitenkarte und steckte sie ihm zu.

Karo lief die Straße hinunter und ihre Gedanken gingen wie Blitzschläge in ihrem Kopf hin und her. Hatte sie es richtig gemacht, dass sie sich für das Engelchen entschieden hatte? Wie sollte sie es deuten, dass Steffen das Date nett fand? Nett hatte etwas von ganz okay, nicht mehr und nicht weniger. Ob er ihr die Geschichte mit ihrer von Liebeskummer geplagten Freundin geglaubt hatte? Etwas Blöderes konnte ihr auch nicht einfallen! Aber während das Engelchen und das Teufelchen in ihrem Kopf sich einen Ringkampf lieferten, war einfach kein Platz, um sich eine bessere Ausrede einfallen zu lassen. Mit der Geschichte über ihre Freundin hatte sie wirklich den größten Nonsens erzählt, der ihr einfallen konnte. Pia war zurzeit frisch verliebt und Nele war glücklich mit ihrem Alessandro. Die einzige, die eventuell im Entferntesten irgendetwas mit Liebeskummer zu tun hatte, das war wohl sie selbst. Obwohl ihr Liebeskummer darin bestand, nicht den richtigen

Partner in ihrem Leben zu finden! Steffen war ein Mann, den sie sehr gerne wiedersehen würde. Was hieß gerne? Er war ein Mann, den Karo unbedingt wiedersehen wollte! Na klasse, nun war sie in ihrem Leben wieder einmal in der Situation, dass sie darauf hoffte und wartete, ob sich ein Mann bei ihr melden würde. Sie hasste es, darauf warten zu müssen und fragte sich, ob es anderen Frauen im Leben genauso erging wie ihr oder ob sie die einzige Frau war, die es immer wieder schaffte, sich in die Situation zu manövrieren, in welcher sie auf ein Zeichen von einem Mann warten und hoffen musste. Als ihr Handy klingelte griff Karo tief in ihre Handtasche um es zu finden. Sie war kein allzu großer Freund von einem Mobilfunkgerät, welches sie immer und stets erreichbar sein ließ, auch telefonierte Karo lieber von ihrem Festnetzanschluss aus, als über das von Strahlen geordete Handy. Im Display war kein Absender zu sehen, ein unbekannter Teilnehmer versuchte sie zu erreichen.

»Sommer«, meldete sich Karo.

Es folgte ein kurzes Schweigen, sie vernahm nur leichtes Geschnaufe und gerade in dem Moment, als sie davon überzeugt war, dass ein Perversling sie angerufen hatte, und sie auflegen wollte, ertönte am anderen Ende der Leitung eine Stimme:

»Äh, ja, hmm, also hier spricht Klaus. Ich suche die Karo!«

»Welcher Klaus?« entfuhr es ihr.

»Na der Sohn von der Freundin deiner Mutter. Wir haben uns doch auf dem Geburtstag von ihr getroffen. Meine Mutter meinte, ich sollte dich mal anrufen, weil du doch keinen Mann hast, und wir könnten ja zusammen ins Kino gehen.«

»Woher hast du denn meine Telefonnummer?« wollte Karo erstaunt wissen.

»Deine Mutter hat sie meiner Mutter gegeben und meine Mutter hat sie mir gegeben.«

Jackpot, dachte Karo und schmiedete bereits einen fiesen Rachefeldzug gegen ihre Mutter!

»Du Klaus, ich habe im Moment leider sehr wenig Zeit, du weißt ja wie das ist, wenn man im Beruf so eingespannt ist.« Karo hatte den Satz noch nicht richtig zu ende gesprochen als ihr einfiel, dass Klaus arbeitslos war. Schnell fügte sie hinzu:

»Also ich meine, ich selbst bin im Moment beruflich sehr im Stress und mache zurzeit sehr viele Überstunden. Wenn ich mal wieder mehr Zeit haben sollte, dann können wir gerne zusammen ins Kino gehen. Zurzeit sieht das jedoch eher schlecht aus. Sei mir bitte nicht böse.«

»Neee« kam es langgezogen von Klaus, »ich bin dir nicht böse. Dann eben nicht. Ich werde meiner Mutter sagen, dass du keine Zeit hast!«

Karo verzog den Mund und verdrehte gleichzeitig ihre Augen. Wie gut, dass Klaus sie so nicht sehen konnte. Von ihr aus könnte er der ganzen Welt erzählen, dass sie für ihn keine Zeit hatte! Sie verabschiedete sich mit den Worten, dass sie es auch jetzt sehr eilig habe und ärgerte sich noch ein Weilchen darüber, dass ihre Mutter ihre Telefonnummer heraus gegeben hatte. Allerdings war sie ganz froh darüber, dass Klaus nicht ihre Festnetz, sondern nur ihre Handynummer besaß. Die Herausgabe ihrer Festnetznummer hätte sie ihrer Mutter niemals verziehen! Vielleicht hatte ihre Mutter da mal mitgedacht. Trotzdem, hier war mit ihr noch ein Hühnchen zu rupfen! Und dass ihre Mutter ernsthaft Gedanken daran verschwand, sie mit Klaus zu verkuppeln, machte Karo einfach nur fassungslos!

Heute war der erste März! Langsam machte Karo sich wirklich ernsthaft Gedanken darüber, ob sie den Kampf mit der Partnersuche nicht lieber aufgeben- und stattdessen ein Reisebüro aufsuchen sollte, um einen Strandurlaub für ihre Freundinnen zu buchen. Bis zum Stichtag fünfzehnter April war es nicht mehr allzu lange Zeit! Und wie schwer es war, einen Partner zu finden, war Karo mehr als deutlich vor Augen geführt worden. Sie überlegte hin und her. Vielleicht sollte sie mit dem Buchen der Reise für Nele und Pia noch etwas warten. Immerhin gab es noch Steffen!
Karo musste ununterbrochen an ihn denken. Auch wenn sie sich krampfhaft bemühte, ihn zu verdrängen, wenn er ihr in den Kopf kam, schummelte er sich immer wieder dazwischen! Das blöde war nur, dass sie bis heute noch nichts von ihm gehört hatte! Immer wieder fragte sie sich, warum er sich nicht bei ihr meldete! Er mochte sie doch genauso, wie sie ihn mochte. Das hatte sie bei

ihrem Date doch deutlich gespürt! Oder war es nur ihr Wunschdenken, und sie hatte sich das nur eingebildet? Karo ließ ihre Verabredung Revue passieren. Steffen und sie hatten sich stundenlang sehr gut unterhalten. Aber Komplimente hatte er ihr nicht wirklich gemacht. Nett fand er das Treffen! Nett! Das hatte er gesagt! Vielleicht hatte sie in die ganze Sache zu viel hinein interpretiert! Nett war nun wirklich kein Ausdruck der Begeisterung! »Schade!«, dachte Karo. Ihr hatte Steffen ernsthaft gefallen! Sie musste versuchen, nicht mehr so oft an ihn zu denken!

Und dann kam der ersehnte Anruf von ihm doch noch! Ganz spontan, ganz unverhofft, und ganz ehrlich gesagt hatte sie die letzten zwei Tage bei jedem Telefonklingeln gehofft, dass er es war!

»Hallo Karo, hier ist Steffen. Und, wie geht es Dir? Störe ich gerade?«

»Nein, du störst überhaupt nicht, ganz im Gegenteil, ich freue mich total, dass du anrufst!« erwiderte sie erfreut.

»Ehrlich? Ich wollte dich eigentlich gestern schon anrufen, habe mich aber irgendwie nicht so recht getraut. Ich hatte fast den Eindruck, ich gefalle dir nicht so ganz« kam es von Steffen.

»Wie kommst du denn darauf? Ganz im Gegenteil, ich mag dich sehr gerne und würde dich gerne wiedersehen!« antwortete sie sehr mutig und ehrlich. Steffen schien darüber sehr erleichtert und fragte, ob sie spontan Lust und Zeit hätte, ihn zu besuchen. Er nannte seine Adresse und sie machte sich auf den Weg zu ihm.

Es war genau eine Stunde später, als sie auf die Klingel mit dem Namensschild Winter drückte, der Türöffner gab einen Summton von sich und Karo betrat das hellgrau getünchte Treppenhaus. Steffen wohnte in einem Mehrfamilienhaus, ganz oben unter dem Dach im vierten Stock. Es gab keinen Aufzug, und so kam Karo schnaufend wie eine alte Lokomotive bei ihm an der Wohnungstür an. Mit den Worten »Hallo Karo, schön dich zu sehen« kam Steffen auf sie zu. Er umarmte sie wie selbstverständlich und gab ihr dieses mal nicht wie üblich zwei Begrüßungsküsschen auf die Wange, sondern küsste sie direkt auf ihren Mund. Karo war darüber etwas erschrocken, empfand es aber durchaus als angenehm!

Sie legte ihre Jacke ab und betrat sein Wohnzimmer und automatisch betrat sie gleichzeitig sein Schlafzimmer. Steffen wohnte in einer Ein-Zimmer-Wohnung und hatte sich in einer Ecke des Wohnzimmers ein Hochbett eingebaut, unter dem sich eine Computerecke mit Schreibtisch befand.

»Tja, Not macht erfinderisch« grinste er, als er ihren umher schauenden Blick sah und dirigierte sie in die Sitzecke des abgeteilten Wohnzimmers, in der eine schwarze Ledercouch und Sessel standen.

»Mir gefällt es« antwortete Karo ihm, während sie sich auf das Sofa setzte. Steffen ging in die Küche und kam mit einer Flasche Sekt sowie zwei Sektgläsern unter dem Arm zurück. Er öffnete die

Flasche, schenkte die Gläser voll und setzte sich zu ihr. Beide hatten die gleiche Sitzhaltung eingenommen, saßen sich gegenüber, je ein Bein im Schneidersitz, das andere auf den Boden gestellt. Mein Gott hatte Steffen schöne Augen, Karo hätte darin versinken können. Sie erzählten, lachten, tranken Sekt und wurden immer vertrauter miteinander. Karo sehnte sich danach, ihn zu küssen. Den ersten Schritt traute sie sich aber nicht zu machen! Und von Steffen kam auch nichts, obwohl es in der Luft lag, dass beide sich wünschten, sich näher zu kommen! Mutig berührte Karo beim Reden ab und an zärtlich sein Bein. Und endlich nahm Steffen ihr das Glas aus der Hand und stellte die Gläser auf den Wohnzimmertisch. Ohne Worte zu verlieren fasste er ihr in den Nacken, zog sie an sich und küsste sie so leidenschaftlich, dass Karo sich im siebten Himmel fühlte. Steffen konnte küssen, dass einem schwindelig wurde. Als Karo für einen kleinen Moment ihre Augen öffnete, sah sie, dass Steffen seine Augen beim Küssen geschlossen hielt. Das war ein gutes Zeichen dachte sie sich, wenn Männer beim Küssen die Augen zu haben, dann meinen sie es ernst mit einem! Das hatte sie erst letztens in einer weit bekannten Frauenzeitschrift gelesen! Karo gab sich ganz seiner und ihrer Leidenschaft hin. Steffen wurde immer stürmischer, seine Hände wanderten ihren Rücken hoch und fuhren ihr durch die Haare, so dass ihr eine Gänsehaut über den Körper lief. Er küsste sie immer stärker, und seine Hände wurden immer fordernder. Seine rechte Hand wollte unter ihren Pullover greifen, mit der anderen war er versucht, seine eigene Jeans zu öffnen, als sie ihm die Hand fest hielt. »Was ist los?« fragte Steffen erstaunt.

»Nichts ist los. Es muss doch nur nicht alles so schnell gehen, wir haben doch Zeit, um uns langsam näher zu kommen, oder? Es muss doch nicht gleich beim ersten Wiedersehen passieren!«

»Was denn passieren?« kam es mit einem scharfen Unterton von Steffen, der Karo gar nicht gefiel. »Hast du keine Lust auf Zärtlichkeit? Eines sage ich dir ganz direkt und ohne Umschweife, ich habe das mit meiner Ex-Freundin lange genug mitgemacht, noch einmal passiert mir das nicht!«

Karo löste sich ein wenig von ihm, kuschelte sich aber an seine Seite und fragte: »Was meinst du damit?«

Steffen erzählte ihr von seiner langjährigen Beziehung. Anfangs war alles super schön, alles in Ordnung, auch im Bett. Die letzten Monate fing sie jedoch an, ihn körperlich abzulehnen. Wenn er sie darauf ansprach, endlich den Grund für ihr Verhalten erfahren wollte, so wich sie ihm aus. Die Beziehung ist daran letztendlich gescheitert, weil sie keine Zärtlichkeiten mehr mit ihm austauschen wollte, keine körperlichen Berührungen zuließ. Bis heute hatte er den Grund für ihr damaliges Verhalten nicht erfahren. Er hätte wahnsinnig darunter gelitten, weil er es einfach nicht verstanden hatte und nicht nachvollziehen konnte. Karo verstand Steffen, das war keine einfache Sache für ihn gewesen.

»Weißt du, Steffen, ich verstehe dich! Wir alle haben unsere Vergangenheit! Aber dir muss klar sein, dass ich Karo- und nicht deine Exfreundin bin! Es ist doch bei uns etwas ganz anderes! Wir sehen uns heute zum zweiten Mal! Ich bin keine Frau, die sofort mit einem Mann ins Bett geht! Und ich denke mal, es ist nicht zuviel verlangt von mir, wenn ich mir damit etwas Zeit lassen möchte!«

Steffen sagte nichts, schnaufte jedoch ein wenig auf.

»Ich lehne dich nicht ab, Steffen! Ich brauche nur etwas Zeit!« wiederholte sich Karo.

»Zeit, Zeit, Zeit« kam es patzig von Steffen. »Wie lange Zeit brauchst du denn?« wollte er wissen, und guckte sie fragend an.

»Das kann ich dir jetzt noch nicht sagen, Steffen! Das ganze muss wachsen, sich ergeben! Durch den Kuss habe ich dir doch meine Zuneigung gezeigt, warum kannst du das nicht einfach akzeptieren und mir Zeit geben?« fragte sie ihn, und hatte wohl damit die falsche Formulierung gewählt.

»Ja, Zeit geben, das hat meine Ex monatelang von mir gefordert, das mache ich nicht noch einmal mit. Ich mag dich, du magst mich, wo ist dein Problem, Karo? Uns ist beiden nach Zärtlichkeit zu Mute, also warum unterdrückst du es dann?«

Sicherlich, Steffen hatte Recht, von ihren Gefühlen her hätte sie Lust auf ihn gehabt, aber schlechte Erfahrungen und Stolz ließen nicht zu, sofort mit ihm ins Bett zu gehen. Karo musste plötzlich an

Johannes denken. Eine gemeinsame Nacht und auf und davon war er, das wollte sie nicht mit Steffen erneut erleben. Entweder er meinte es ernst mit ihr, dann konnte er auch warten, und wenn er das nicht konnte oder wollte, dann hatte sie auch nichts mit diesem Mann gewonnen.

»Steffen, ich habe es dir jetzt zweimal erklärt, ich bin keine Frau für eine Nacht! Ich mag dich wirklich sehr gerne, aber trotzdem möchte ich es langsam mit uns angehen lassen! Ich wiederhole mich! Ich möchte dich erst richtig kennen lernen, bevor ich mit dir schlafe. Kannst du das nicht verstehen?« fragte sie ihn während sie mit festem Blick in seine Augen schaute. Steffen konnte es nicht verstehen! Trotzig und nach Karos Geschmack mit bei weitem zu lauter Stimme fing er wieder an: »Ich habe keine Lust, mich erneut mit einer emotionslosen Frau abzugeben!«

Abrupt stand Karo vom Sofa auf.

»Weißt du was, Steffen? Es ist besser, wenn ich jetzt gehe. Erstens halte ich mich keineswegs für emotionslos, zweitens gefällt mir deine Wortwahl nicht, dass du dich mit mir »abgibst« und drittens hast du meine Telefonnummer. Wenn du magst, denk über den heutigen Abend nach, falls du mir etwas zu sagen hast, ruf mich an!«

Ohne seine Antwort abzuwarten und ohne jegliche Verabschiedungsküsschen ging sie in den Flur, schnappte sich ihre Jacke und verließ seine Wohnung. Wwuummss, die Tür war zu, etwas zu laut, denn der Knall dröhnte durchs gesamte

Treppenhaus, aber Karo war das egal! Der Türknall unterstrich ihre momentane Laune.

Was, bitte schön, war das nun wieder? Kann man denn nicht einfach mal einen Mann kennen lernen, mit dem alles so klappte, wie man es sich wünschte und vorstellte? Als Karo nach Hause fuhr war sie sich nicht sicher darüber, ob sie überhaupt wollte, dass Steffen sie noch einmal anrief, oder ob sie ihn am besten ganz schnell vergaß! Es wäre ja auch zu schön gewesen um wahr zu sein, wenn es mit Steffen problemlos und harmonisch abgelaufen wäre. Umso mehr sie sich von Steffens Wohnung entfernte und umso näher sie ihrer eigenen kam, überfielen sie doch tatsächlich Selbstzweifel. Hatte sie sich falsch verhalten? Aber wie zum Kuckuck hätte sie sich denn verhalten sollen? Wie konnte sie wissen, ob Steffen nur ein flüchtiges Abenteuer suchte, eine Frau für eine Nacht? Es musste ihr egal sein, was Steffen dachte, sie musste sich selber treu bleiben. Und so war ihr Verhalten und ihre Entscheidung zu gehen genau die richtige gewesen! Wenn ihm ernsthaft etwas an ihr lag, dann würde er sich bei ihr melden. Wenn sie nichts mehr von ihm hörte, dann war er auch nicht der richtige Mann für sie! Als Karo nach Hause kam, der Anrufbeantworter blinkte nicht, ging sie gleich ins Bett. Morgen musste sie früh aufstehen, und es war mittlerweile ganz schön spät geworden. In Gedanken versunken schnappte sie sich das Telefonbuch und verkroch sich unter der warmen Bettdecke. Karo blätterte unter dem Buchstaben R im Telefonbuch nach. R stand für den Anfangsbuchstaben für Reisebüro. Ihr reichte es, sie kapitulierte. Morgen, oder spätestens übermorgen würde sie ins Reisebüro gehen und nach einem finanzierbaren Angebot für einen Strandurlaub für zwei Personen suchen. Dann hatte sie die Wette zwar verloren, dafür aber wieder ihre Ruhe.

Als Karo am nächsten Abend nach Hause kam, lag in ihrem Briefkasten zu ihrem großen Erstaunen ein neuer Umschlag von der Tageszeitungsredaktion. Sie riss neugierig das Kuvert auf und stieß auf zwei Briefumschläge, auf denen ihre Chiffrenummer verzeichnet war. Es waren so genannte Nachzügler, die spät, aber nicht zu spät auf ihre Annonce geantwortet hatten. Voller Spannung öffnete sie die Umschläge, und die Hoffnung stieg in ihr auf, ob eventuell Matthias doch noch auf seine Unachtsamkeit, das Vergessen seiner Telefonnummer, aufmerksam geworden war, und ihr einen zweiten Brief zukommen gelassen hatte! Leider Fehlanzeige. Karo war enttäuscht! Die zwei Briefe konnte sie nach nur wenigen Minuten getrost zu den anderen in die Schreibtischschublade legen. Einer der Briefe war von einem Mann, der über sechzig Jahre alt war, und mehr oder weniger eine Haushälterin suchte. Er schrieb tatsächlich in seinem Brief, dass er es wünschenswert fände, wenn eine Frau über hauswirtschaftliche Fähigkeiten sowie über einen Führerschein inklusive Pkw verfügen würde, weiter stünde eine Einliegerwohnung für die zukünftige Frau an seiner Seite frei.

»Na das wäre ja noch schöner«, schoss es Karo durch den Kopf. »Ich bin zwar Single, und leider lässt mir das Schicksal keinen Mann für mich über den Weg laufen, aber mit Stolz kann ich sagen, dass ich noch nie von einem Mann abhängig war! Und das werde ich auch nie werden, lieber bleibe ich den Rest meines Lebens alleine!«, schwor sie sich.

Der andere Brief war sogar mit einem Foto versehen. Auf dem Bild war ein typischer »Klausi« abgebildet, das hatte in ihrer Sammlung noch gefehlt. Wenn Karo die Telefonnummer von Elli gehabt hätte, dann hätte sie diesen »Klausi« gerne an sie weitergereicht. Vor lauter Neugierde und Vorfreude auf einen erneuten Brief von Matthias hatte Karo gar nicht bemerkt, dass ihr Anrufbeantworter drei Mal hintereinander aufleuchtete. Die erste Nachricht kam von Marc. Die zweite war von Pia. Sie wollte wissen, wann sie sich mal wieder treffen würden, die andere Nachricht kam, oh ho, siehe an, von Steffen. Er stammelte, dass ihm sein Verhalten leid tun würde, er sie verstand und ihre Reaktion absolut nachvollziehen könne, und nun hoffte, dass sie ihm eine zweite Chance gab. Mit dem Finger auf der Löschtaste überlegte Karo, was in ihr vorging und was sie wollte!

»Bin ich eigentlich verrückt?« ging es ihr durch den Kopf. »Dieser Mann hat sich doch jetzt schon so schlecht verhalten, dass er kaum der richtige für mich sein kann! Warum zum Teufel reizt er mich noch? Auf der anderen Seite ist, wie man so schön sagt, aller Anfang schwer! Und vielleicht ist er ein ganz toller Mensch, nur sehr verletzlich und sensibel?! Vielleicht sollte ich jetzt nicht so hart sein, und nicht gleich alles wegwerfen, was noch gar nicht richtig angefangen hat! Jeder Mensch verdient eine zweite Chance! Und entschuldigt hat er sich ja nun auch für sein Verhalten...«, rechtfertigte Karo ihr negatives Bauchgefühl.

Sie schnappte sich das Telefon und rief ihn an.

»Grüß dich, Steffen, ich habe gerade deine Nachricht auf dem Anrufbeantworter abgehört.«

Steffen entschuldigte sich erneut bei ihr, bedauerte sein Verhalten zutiefst und sagte: »Oh Karo, ich bin so froh, dass du dich bei mir meldest! Ich konnte kaum schlafen und musste ständig an dich denken! Ich freue mich wahnsinnig, dich zu hören, und wünsche mir nichts sehnlicher, als dich wieder zu sehen! Ich war ein großer Hornochse. Es tut mir wirklich leid! Kannst du mir verzeihen? Wie konnte ich mich nur so blöd verhalten?«

Und mit etwas leiserer Stimme fügte er hinzu: »Ich glaub, ich bin ganz schön verknallt in dich...«

Das waren mal Worte, die eine Frau hören wollte! Kleine Schmetterlinge fingen an, in Karos Bauch Runden zu drehen, sie wollte ihn auch wiedersehen. Obwohl er sich so dämlich verhalten hatte, musste sie sich ehrlich eingestehen, dass sie sich ein wenig, ein winziges, kleines bisschen in ihn verliebt hatte, auch wenn sie es nicht wollte, sie konnte nicht dagegen an. Ihre Gefühle sprachen einfach für ihn und so verabredeten sie sich für den kommenden Samstag. Ob ihre Verliebtheit eventuell dadurch bedingt war, die Wette gewinnen zu wollen, konnte und wollte Karo im Moment nicht hinterfragen.

Karos Galgenfrist bis zum 15. April lief gnadenlos weiter. Ihr Gang ins Reisebüro verlängerte sich bis wenigstens nach dem nächsten Treffen mit Steffen. Sollte es wider Erwarten mit ihm nichts werden, hätte sie nächste Woche noch genug Zeit, um die Partnersuche tatsächlich als gescheitert zu akzeptieren und die Reise für die Freundinnen zu buchen. Jetzt freute sie sich erst einmal auf ein neues Wiedersehen mit Steffen.

Heute wurden im Friseursalon die Sektkorken knallen gelassen, Sven hatte seine Zwischenprüfung mit Bravour bestanden. Als Geschenk überreichte Karo ihm eine teure Friseurschere, über die sich Sven sehr freute. Vom Chef bekam er einen weißen Umschlag zugesteckt. Karo konnte sich sehr gut an ihr eigenes, lange in der Vergangenheit liegendes Bestehen der Zwischenprüfung erinnern, auch sie bekam damals einen weißen Umschlag. Damals war ein Hundertmarkschein darin, was zu damaligen Zeiten sehr viel Geld war. Ja, so änderten sich die Zeiten! Wie viel der Chef wohl hatte springen lassen? Karo nahm sich vor, Sven in einer ruhigen Minute einmal danach zu fragen, aber jetzt wurde erst einmal gefeiert. Auch die Kunden sollten teilhaben, es wurden großzügig Sektgläser verteilt.

Am nächsten Morgen trällerte Karo während ihrer Arbeit die meiste Zeit vor sich hin und machte in jeder passenden und manchmal auch unpassenden Gelegenheit ein kleines Späßchen. Irgendwann fragte Sven leicht genervt: »Sag mal, hast du heute morgen zum Frühstück anstatt Cornflakes einen Clown gegessen?«

»Wieso, habe ich eine rote Nase auf?« konterte sie lachend und freute sich wahnsinnig doll, Steffen heute Abend wieder zu sehen. Sie versuchte, ihre Ausgelassenheit ein wenig einzudämmen. Irgendwie wollte ihr das aber nicht richtig gelingen. Die Vorfreude in ihr war riesig, und das strahlte sie einfach aus.

Sven hatte davon natürlich keinen blassen Schimmer! Da sie ihm aber nicht ihr Liebesleben unterbreiten wollte, sparte sie sich jeglichen weiteren Kommentar und trällerte nur noch gedanklich weiter.

Endlich, in einer knappen halben Stunde würde sie Steffen wieder sehen! Eine geschlagene Stunde hatte Karo im Badezimmer zugebracht. Ausgiebiges Baden, Schminken und Haare zurecht machen forderte seine Zeit, nicht zu vergessen die Auswahl der richtigen Klamotten! Aufgeregt wie ein Teenager mit klopfendem Herzen und kalten Händen bog sie in die Straße von Steffens Wohnung ein, in welcher sie zum Glück direkt vor seinem Haus einen großen Parkplatz fand. So nervös wie sie war, kam ihr diese Parkbucht wahnsinnig gelegen. Im Moment hätte sie nicht die Nerven dazu, anständig wie in der Fahrschule damals gelernt, in einer normal großen Parklücke einzuparken. Garantiert hätte sie ihren Vordermann, ihren Hintermann und ihrem eigenen Auto Blechbeulen zugefügt. Das blieb ihr nun zum Glück erspart und so atmete sie noch einmal tief durch, bevor sie -bewaffnet mit einer guten Flasche Rotwein- zum Eingang des Wohnhauses ging. Wieder kam Karo oben im vierten Stock schnaufend wie eine alte Dampfmaschine an. Steffen lehnte lässig im Türrahmen, als sie um die Ecke kam.

»Hallo Steffen, schön dich zu sehen!«, strahlte sie ihn an.

Anstelle der sonstigen Küsschen-Begrüßung entgegnete er: »Bei mir ist alles klar, ich hoffe nur, du bist besser drauf als beim letzten Mal!?«

»Wieso besser drauf als beim letzten Mal?« fragte Karo irritiert. »War ich das letzte Mal nicht gut drauf, oder was meinst du damit?«

»Was ich damit meine?« fragte er erstaunt. »Ich meine damit, dass du mich das letzte Mal abblitzen lassen hast, jetzt bin ich gespannt, wie weit wir heute kommen und ob du nicht wieder so herum zickst.«

Seine Worte trafen Karo wie Schläge ins Gesicht, noch immer stand sie vor ihm an der Tür. Ihre Beine wurden puddingweich und ihre Knie begannen zu zittern.

»Was soll das heißen? Meinst du damit, dass du es darauf anlegst, mich heute ins Bett zu bekommen? Wenn das jetzt schon so anfängt, dann gehe ich besser gleich wieder!« kam es von ihr mit einem fragenden Blick.

»Von mir aus, wenn du gehen willst, dann geh doch!« gab Steffen ihr eine Spur zu lässig als Antwort. Wie bitte? Hatte sie das gerade geträumt oder hatte Steffen diese Worte wirklich zu ihr gesagt? Es war die reine, brutale und traurige Wahrheit, sie hatte keine Halluzinationen. Steffen hatte tatsächlich zu ihr gesagt: »Wenn du gehen willst, dann geh doch!«

Karo drehte sich wortlos auf dem Absatz um und eilte die vielen, zuvor mühsam erklommenen Treppenstufen hinunter. Sie wollte nur noch weg! Noch während sie die Stufen hinunter rannte, fragte sie sich, ob sie das gerade wirklich erlebt hatte! Flapsig und ohne jegliche Freude auf ein Wiedersehen war ihr Steffen eben begegnet, sie verstand die Welt nicht mehr, sie war geschockt! Warum? Warum war Steffen so abwertend zu ihr? Und sie war so dämlich gewesen, sich so sehr auf das Date zu freuen! Jetzt war der Abend, auf den sie so sehr hingefiebert hatte, nur nach wenigen Minuten zu Ende und dazu noch auf diese unschöne Art und Weise! Karo konnte ihre Tränen der Enttäuschung nicht länger zurück halten und wie ein Wasserfall liefen sie ihr über das Gesicht. Lernte sie denn wirklich nur noch Idioten kennen, oder war sie für die Männerwelt einfach nicht geschaffen?

Der Straßenverkehr forderte ihre ganze Konzentration. Aufgrund ihrer Tränen konnte sie nicht klar sehen, aber einen Unfall zu verursachen, nur weil ein Mann sie verletzt hatte, war die Sache nicht wert. Sie versuchte, sich zu beruhigen und wollte einfach nur noch nach Hause, sich die Decke über den Kopf ziehen und heulen!

Angekommen in ihrer Wohnung entkorkte Karo, noch immer völlig aufgelöst, sofort die Rotweinflasche und schüttete den Inhalt ins Waschbecken, irgendwie musste sie sich abreagieren, und diesen Rotwein, den sie extra für Steffen und sich gekauft hatte, den wollte sie umgehend vernichten. Weder mit Steffen, noch ohne ihn, wollte sie genau diesen Rotwein trinken. So wie die rote Flüssigkeit mit gluckernden Geräuschen im Ausguss versickerte, bemühte sie sich, alle Gedanken an Steffen mit verschwinden zu lassen. Der Mann hatte sich nun zum zweiten Mal absolut unmöglich benommen. Sie ärgerte sich über ihre Tränen, die immer noch nicht aufhören wollten, ihr über das Gesicht zu rinnen. Steffen war es nicht wert, dass sie auch nur eine einzige für ihn vergoss! Wenn er eine Frau nur für das Eine gesucht hatte, warum konnte er nicht ehrlich sein und das gleich offen ansprechen? Mit seiner Psychostory über Frauen, die keine Zärtlichkeiten wollen, hatte er versucht, ihr auch noch ein schlechtes Gewissen einzureden, nur weil sie nicht beim zweiten Date gleich mit ihm ins Bett ging. »Der Mann hat sie doch nicht mehr alle!« dachte sie wütend.

Karo wusch sich ihr durch die Tränen verschmiertes Make up vom Gesicht und legte sich ins Bett, kurz darauf stand sie wieder auf, ging ins Wohnzimmer und holte sich ein Weinglas und eine andere Flasche Rotwein. Damit kuschelte sie sich wieder unter ihre Decke und trank das erste Glas Wein in einem Zuge leer. Jetzt ging es ihr schon ein wenig besser. Nach dem dritten Glas fasste sie einen endgültigen Entschluss! Ab dem heutigen Erlebnis war wirklich und ein für allemal Schluss mit der Männersuche und Schluss mit der blöden Wettidee! Sie akzeptierte freiwillig, die Wette verloren zu haben! So bald es ihr zeitlich möglich war, und nichts und niemand auf dieser Welt würde sie von ihrem Vorhaben abhalten können, würde sie ins Reisebüro gehen und den Urlaub für die Freundinnen buchen. Ende, finito de la musica, basta! Und Steffen sollte sich besser nicht mehr wagen, sich bei ihr zu melden!

Karo saß in einem schwarzen Spitzenkleid alleine an einer Bar. Das Licht war gedämmt, leise Klaviermusik lief im Hintergrund. Ihre langen Haare waren zu einer eleganten Hochsteckfrisur gebunden. Eine lange Strähne hatte sich frech aus dem Knoten gewunden und fiel ihr ins Gesicht. Sie blickte gerade in Richtung Eingang, als ein muskulöser, dunkelblonder Mann mit gepflegtem Dreitagebart in einem dunkelgrauen Anzug die Bar betrat. Sie schaute den Mann an, welcher sofort ihren Blick auffing und diesem standhielt. Ohne den Blick von ihr zu wenden, kam er direkt auf sie zu und fragte leise, mit männlich tiefer Stimme, ob sie etwas trinken möchte. Zusammen stießen sie mit Champagner an und er schaute ihr noch tiefer in die Augen, bis sich Karos Magen merkwürdig zusammen zog. Dieser Mann hatte eine Ausstrahlung, wie sie es zuvor noch nie erlebt hatte. Seine ganze Aura schien von Liebe, Gefühl, Harmonie und Anmut erfüllt zu sein. Er umgarnte Karo auf eine wahnsinnig erotische Art ohne dabei aufdringlich zu sein. Es knisterte so sehr, dass die Gefahr bestand, dass die Trinkgläser auf der Theke zersprangen! Karo hörte die schönsten Komplimente und er fragte sie, wo sie sich nur so lange versteckt gehalten hätte. Sein ganzes Leben würde er auf eine Frau wie sie warten und endlich hätte er sie gefunden. Ihr Champagnerglas wurde wie von Zauberhand stets aufgefüllt, irgendwann legte er seinen Arm um Karos Schulter und sie spürte seinen zärtlichen, warmen Mund an ihrem Ohr, dann an ihrem Hals. Eine wohlige Gänsehaut lief ihr den Rücken herunter, sie fühlte sich wie eine Prinzessin, die von ihrem so lang herbei gesehnten Prinzen endlich wachgeküsst wurde. Karo konnte sich nicht erinnern, sich jemals so gut gefühlt zu haben! Als er sich plötzlich vor sie kniete, ihre Hände in seine nahm und fragend von unten zu ihr herauf schaute, um danach die Frage aller Fragen zu stellen, klingelte erbarmungslos ihr Wecker. Es dauerte eine ganze Weile, bis Karo sich bewusst wurde, dass sie in ihrem Bett lag und nicht in einem schwarzen Spitzenkleid in einer Bar einen Heiratsantrag bekommen sollte. Wie gerädert lag Karo auf dem Rücken und starrte an die Decke, an welcher das eindringende Tageslicht durch die Jalousie merkwürdige Lichtmuster warf. Karo rieb sich ihr Gesicht, streckte und reckte sich und kam nur langsam zurück in die Realität. Meine Güte, war das ein schöner Traum gewesen. Bei ihrem ganzen Pech mit Männern, war sie jedoch nach wenigen Minuten nicht wirklich verwundert darüber, dass es eben nur ein Traum war. Es wäre zu schön gewesen, um wahr zu sein. Dem Traum nachhängend stand Karo auf, ging ins Badezimmer und machte sich für die Arbeit fertig. Beim Zähneputzen dachte sie sich, wie gut es war, dass heute Samstag sei. Mittags hatte sie bereits Feierabend und dann genug Zeit, das Wochenende damit zu verbringen, von diesem tollen Mann weiter zu träumen.

Während des gesamten Samstag vormittags kehrten Karos Gedanken immer wieder zu ihrem nächtlichen Traum zurück. Er war so intensiv gewesen, dass er sie immer wieder einholte. Sie konnte das wohlige Gefühl auch jetzt noch, sogar beim Bedienen der Kunden im Friseursalon, in sich spüren. Es war wirklich zu gemein, dass sie so etwas nur in einem Traum erleben durfte. Karo schmunzelte. Jetzt wusste sie, woher der Name »Traummann« kam!

Als Karo die von ihr zuvor abgeschnittenen Haare einer Kundin zusammen fegte, überlegte sie, ob der Traum vielleicht ein Zeichen gewesen war, ein Zeichen dahingehend, dass sie alleine in eine Bar gehen sollte! Kurzentschlossen fasste sie den Entschluss, dem heutigen Abend die Chance zu geben, ihren nächtlichen Traum wahr werden zu lassen. Sie würde sich schön zurecht machen und sich eine gepflegte Bar aussuchen, in welcher sie sich nicht an einen Eckentisch, sondern direkt an die Theke setzen würde.

Karo zog sich ihr schönstes Kleid an, das sie in ihrem Kleiderschrank finden konnte. Leider war sie nicht im Besitz eines schwarzen Spitzenkleides, aber ihr schwarzes Satinkleid mit transparenten Ärmeln kam dem in ihrem Traum sehr nah. Sie schminkte sich sorgfältig und steckte danach ihre Haare hoch, auch wenn sie selbst zweifelte, ob es eine gute Idee war, sich so zu stylen, wie sie in ihrem Traum ausgesehen hatte. Und wieder einmal wurde Karo von Ängsten übermannt. In ihrem geistigen Auge sah sie sich alleine und von niemandem bemerkt an einem Tresen sitzen und Cola light anstelle von Champagner trinken. Wenigstens hatten die vergangene Zeit und ihr Erlebtes dazu geführt, dass sie nicht mehr allzu große Ängste hatte, alleine wegzugehen. Und so putzte sie sich weiter heraus und blieb bei ihrem Vorhaben. Heute Abend würde sie alleine in eine Bar gehen!

Eine gute Stunde später saß Karo an einer mahagoni farbenen blank polierten Theke in einer gepflegten Pianobar. Vielleicht war sie ein wenig zu früh losgegangen, denn noch waren nicht allzu viele Leute da. Das hatte jedoch den Vorteil, dass Karo ihr Vorhaben in ganzem Maße umsetzen konnte und sie sich einen Platz mittig der langen Bartheke aussuchen konnte. Sie bestellte sich eine Cola light, beobachtete die Barkeeper bei ihrer Arbeit und stimmte sich bei angenehmer Klaviermusik auf den vor ihr liegenden Abend ein. Wann immer die Eingangstür aufging, guckte sie so unauffällig wie möglich nach den Eintretenden. Mr. Right aus ihrem Traum kam nicht durch die Tür. Aber hatte sie das wirklich ernsthaft erwartet? Sagte man nicht, Träume sind Schäume? Umso später der Abend, umso voller wurde die Bar. Links von Karo hatten sich drei Frauen an den Tresen gesetzt und unterhielten sich so laut, dass sie die komplette Unterhaltung mitanhören konnte. Interessiert hätten Karo Schilderungen über deren Männergeschichten um herauszufinden, ob es anderen Frauen ähnlich erging wie ihr, doch leider unterhielten sie sich ausschließlich über ihren unangenehmen Chef und das zur Zeit unerträgliche Betriebsklima in ihrer Firma. Es schienen wohl Arbeitskolleginnen zu sein. Es kam eine Gruppe von fünf Männern auf sie zugesteuert, zwei von ihnen setzten sich rechts von ihr auf die letzten, freien Hocker, die anderen drei Männer blieben vor den Stühlen stehen. Karo schielte zur Seite, um sich die Männer näher zu betrachten. Sie waren gar nicht so übel, es schien ein sympathisches Männertrüppchen zu sein. Als sie ihre bestellten Biere entgegen nahmen, rempelte einer von ihnen aus Versehen Karo in den Rücken, sie drehte sich mit bösem Blick zu ihm um und guckte in ein nettes, freundliches Gesicht.

»Oh, entschuldigen Sie vielmals! Das war keine Absicht von mir!« beteuerte der Mann mit einem treuen Hundeblick.

»Ist okay«, antwortete Karo knapp, wobei sie die liebevollen Augen registrierte.

»Darf ich Sie zur Wiedergutmachung auf ein Getränk einladen?«

Warum eigentlich nicht, dachte sich Karo.

»Sehr gerne«, lächelte sie ihn an. »Ich würde einen Sekt nehmen!«

Sie wollte nicht unverschämt sein, und wie in ihrem Traum Champagner bestellen. Das musste nicht sein! Sie freute sich schon darüber, dass der Abend wenigstens ein kleines bisschen Ähnlichkeit mit ihrem Traum zu haben schien. Die Männergruppe stieß komplett mit ihr an, ein klirrendes Geräusch entstand, als sich fünf Biergläser und ihr Sektglas trafen. Während dem Anstoßen hatte Karo gute Gelegenheit dazu, sich jeden Mann genauer anzugucken und einer gefiel ihr mit Abstand am besten. Die Chemie musste auf beiden Seiten stimmen, denn es dauerte nicht lange, bis sich Bobi direkt an ihre Seite drängte und mit ihr ein Gespräch begann. Bobi erzählte ihr direkt, dass er aus Österreich käme und nur über das Wochenende zu

Besuch bei seinen Freunden sei. Nachdem Bobi sie davon in Kenntnis gesetzt hatte, dass er ebenfalls Single und kinderlos sei, fragte er Karo ohne große Umschweife ganz unverblümt, ob er vielleicht die Nacht bei ihr verbringen dürfe. Bei seinem Freund wäre es sehr eng in der Wohnung und er müsse auf einer Luftmatratze auf dem Boden schlafen. Karo schoss die Röte ins Gesicht. Dieses geschah allerdings nicht nur wegen der Frage von Bobi, sondern auch deshalb, weil es ihr sich selbst gegenüber unangenehm war, dass sie dem Vorschlag von Bobi nicht abgeneigt gegenüber stand. So kannte sie sich gar nicht. Von Steffen war sie zutiefst enttäuscht gewesen, weil er sofort das eine von ihr wollte, und jetzt überlegte sie ernsthaft, Bobi mit nach Hause zu nehmen. Karo beruhigte sich damit, dass es an der jeweiligen Situation lag. Bei Steffen hatte sie eine ernsthafte Beziehung angestrebt, nicht zuletzt, um ihre Wette zu gewinnen. Bei Bobi war es etwas ganz anderes. Er kam aus Österreich, war nur zu Besuch über das Wochenende da. Hier ging es ausschließlich um Spaß, Vergnügen, körperliche Befriedigung. Und ein wenig menschliche Nähe konnte Karo bei weitem gut gebrauchen. Sollte sie ihn wirklich mit zu sich nehmen? Sie scannte Bobi von oben bis unten ab. Der Gesamteindruck passte! Seine Klamotten gefielen ihr! Dunkle Jeanshose, einmal umgeschlagen, dazu coole Lederboots. Weiter trug er ein weißes Hemd und darüber eine mausgraue, offene Weste. Um seinen Hals hatte er locker ein modernes, hellgrünes Tuch gebunden. Geschmack schien dieser Mann zu haben!

Sie guckte Bobi in seine braunen Augen und sagte, dass es in Ordnung ginge, wenn er bei ihr die Nacht verbringen würde. Das ließ sich Bobi natürlich nicht zweimal sagen und er leerte mit einem großen Zug sein Glas, stellte es auf den Tresen und drehte sich im gleichen Augenblick zu seinen Freunden, um ihnen mitzuteilen, dass er die Bar verlassen würde.

»Männer, ich habe da gerade noch spontan einen Termin rein bekommen«, grinste er seine Kumpels an, die Karo von oben bis unten musterten. Auch wenn sie durchweg anerkennende Blicke erntete, waren diese ihr unangenehm. Auch ohne Worte wusste sie genau, wie sie die dämlichen Grinsereien der Kumpels zu deuten hatte. Gekrönt wurde das ganze noch von kräftigen Schulterklopfern.

»Gratuliere, du Glückspilz«, vernahm sie die Stimme eines Freundes, der sich leicht zu Bobi beugte. Da musste sie wohl nun durch, und ganz ihre Frau stehen! Karo setzte selbstbewusst ihr schönstes Lächeln auf und verließ mit geradem Rücken mit ihrer Eroberung die Bar.

Noch während der Heimfahrt beschloss Karo, alle Moral über Bord zu werfen. In ihrem ganzen Leben hatte sie noch keinen klassischen One-Night-Stand gehabt und es wurde Zeit, dass sie dieses auch einmal erlebte! Bobi tätschelte ihr während der Fahrt zärtlich den Nacken, und es fühlte sich gut an. Sie überlegte, ob sie ihre Wohnung aufgeräumt hinterlassen hatte, ob das Badezimmer sauber war, als sie sich selbst in ihren Gedanken unterbrach. Kein Mann würde sich in diesem Moment um die Wohnung, geschweige denn um die Sauberkeit eines Badezimmers Gedanken machen. Hier ging es um etwas ganz anderes, und bei weitem um etwas Interessanteres. Karo konnte immer noch nicht glauben, was sie hier gerade tat. Doch sie wollte einfach nur genießen! An der nächsten roten Ampel küssten sie sich leidenschaftlich.

Während sie die Stufen zu Karos Wohnung hochgingen, kniff Bobi ihr beherzt in den Po und ein Schauer der Erregung durchzuckte ihren Körper. Sie führte Bobi nicht direkt in ihr Schlafzimmer, dazu fehlte ihr dann doch der Mut und sie empfand es als zu plump, sondern sie sagte ihm, dass er es sich auf der Couch im Wohnzimmer gemütlich machen solle, während sie in die Küche verschwand, um Sekt und Bier aus dem Kühlschrank zu holen. Als sie die Sektflasche öffnete, merkte sie erst, wie nervös sie war. Ihre Hände zitterten. Was machte sie hier? Genießen!! rief sie sich selbst in Erinnerung! Doch trotzdem, sie erkannte sich selbst nicht wieder! Niemals hätte sie sich zugetraut, einen ihr völlig fremden Mann mit nach Hause zu nehmen! Und erst recht nicht, wenn unausgesprochen beiden klar war, worauf der Abend hinaus laufen würde! Sie musste grinsen! Irgendwie machte es Spaß, ein böses Mädchen zu sein...Karo öffnete die Sektflasche, holte Gläser aus dem Schrank und kam kurz darauf bepackt ins Wohnzimmer.

Wo war Bobi? Die Couch war leer. Oh, da stand er ja, am weit geöffneten Fenster und halb über die Fensterbank nach draußen gebeugt. Sie sah nur noch sein Hinterteil und auf Zehenspitzen stehende Beine. »Suchst du was?« war das erste, was Karo zu diesem Anblick einfiel.

»Nein, ich suche nichts« kam es keuchend von Bobi zurück.« Sag mal, kann es sein, dass du eine Katze hast?«

Bobi war starker Allergiker gegen Katzenhaare und atmete die frische Nachtluft in so tiefen Zügen ein, wie es seine asthmatische Reaktion zuließ. Der Abend war gelaufen! Bobi musste schnellstmöglich Karos Wohnung verlassen. Auf der Autofahrt zurück zur Bar lag ein betretenes Schweigen zwischen ihnen. Es wurde auch nicht mehr ihr Nacken gekrault. Die Ampel schaltete ohne weitere Ereignisse von rot auf grün. Karo hielt vor der Bar an und Bobi verabschiedete sich mit einem Küsschen auf die Wange von ihr. »Kommst du noch mal mit rein?« fragte er, und sie war sich nicht sicher, ob er ihr aus echtem Interesse oder aus Höflichkeit die Frage gestellt hatte.

»Oh nein, es ist schon spät und ich bin müde. Ich wünsche dir noch einen schönen Abend« antwortete Karo und fuhr alleine nach Hause.

In ihrer Wohnung angekommen wusste Karo nicht so recht, ob ihr eher nach Weinen oder nach Lachen zumute war. Sie goss sich ein Glas aus der bereits geöffneten Sektflasche ein, nahm Casimir auf den

Schoß, kraulte ihm zärtlich den Kopf und entschied sich für letzteres. Sie lachte laut los und bekam sich gar nicht mehr darüber ein, dass ihr nicht einmal ein ordinärer One-Night-Stand gelang! Sie lachte und lachte, bis ihr die Tränen kamen. Zu komisch waren die Situation- und der Anblick von Bobi gewesen, als er halb aus ihrem Fenster hing, als würde er sich in die Tiefe stürzen wollen! Als Karo sich endlich beruhigt hatte, war sie eigentlich ganz froh, dass es so gekommen war! So ganz war eine schnelle Nummer nicht ihr Fall und wer weiß, was ihr erspart geblieben ist.

Heute hatte Pia ihre Freundin im Friseursalon überrascht und sie zur Seite gezogen:

»Karo, ich habe vor ein paar Tagen einen Kumpel von Kai kennen gelernt, und habe sofort an dich denken müssen!«

Mit einem Fragezeichen auf der Stirn blickte Karo ihre Freundin an.

»Mario heißt er!« berichtete Pia weiter« Ich glaube, der würde total gut zu dir passen. Er ist auch solo! Und ich bin mir ziemlich sicher, dass er dir gefallen würde!«, sprudelte es aus ihr heraus. »Und deshalb habe ich für heute Abend ein Date ausgemacht. Also ganz unverbindlich. Du, ich, Kai und Mario. Ich habe beim Italiener einen Tisch reserviert! Na, was sagst du?«

Zwei erwartungsvolle Augen blickten Karo an.

»Ich weiß nicht, Pia, irgendwie ist mir so ein geplantes Verkupplungsmanöver unangenehm. Was soll Mario denn von mir denken?«

»Jetzt stell dich nicht so an. Mario ist auch seit längerer Zeit Single und er steht neuen Frauenbekanntschaften total aufgeschlossen gegenüber. Freu dich lieber, dass ich dir helfe, deine Wette zu gewinnen. Immerhin kostet es mich eine Stange Geld, wenn Nele und ich verlieren.«

»Was hast du Mario denn über mich erzählt und weiß er, dass ich auf der Suche nach einem Partner bin?« fragte Karo ihre Freundin.

»Natürlich habe ich ihm von dir vorgeschwärmt, und er war durchaus interessiert dich kennen zu lernen. Und dass du keinen Freund hast habe ich ihm natürlich gesagt, alles andere würde doch keinen Sinn ergeben. Jetzt sei nicht so bockig, was hast du denn zu verlieren?«

Ja, was hatte Karo schon zu verlieren. Diese Frage war in anbetracht ihrer letzten Erlebnisse mit Männerbekanntschaften durchaus legitim.

»Na gut, dann gehen wir heute Abend zum Italiener. Ich lasse mich überraschen.« Trotz ihrer Zusage war Karo nicht wirklich begeistert. Doch Pia umarmte ihre Freundin überschwänglich und puffte ihr in die Seite. »Wir machen uns einen schönen Abend! Wenn Mario dir nicht gefallen sollte, ist es doch egal. Kai und ich sind ja auch noch da.«

Karo musste weiter arbeiten und konnte das Gespräch mit Pia nicht länger fortsetzen. »Ok Pia, wir sehen uns dann um acht Uhr in der Pizzeria!«

Als Karo die Tür zum Italiener öffnete, schlugen ihr die angenehme Wärme vom Holzkohleofen und der leckere Geruch von Knoblauch, Pizza und überbackenem Käse entgegen. Außer einer Banane, einer handvoll Gummibärchen und einem Lamacun, den Sven in der Mittagspause vom Türken geholt hatte, war Karo heute nicht groß zum Essen gekommen. Ihr Magen fing laut an zu knurren und sie freute sich auf das Essen! Sie blickte in den gut besuchten Gästeraum und ihr Blick schweifte über die vielen Leute, die in Gesprächen vertieft über dampfenden Tellern saßen. Ein gewisser Lärmpegel durch die vielen verschiedenen Stimmen lag im Raum.

»Buona sera!«, begrüßte sie ein Angestellter in schwarzem Anzug.

»Guten Abend!«, grüßte Karo lächelnd zurück. Dann entdeckte sie die drei an einem nett gedeckten Tisch mit weißer Tischdecke und Kerzenleuchter sitzen und steuerte auf sie zu. Als Mario merkte, dass Karo die erwartete Frau war, sprang er auf und begrüßte sie herzlich. Karo war von seiner Erscheinung angenehm überrascht. Mario hatte volle, dunkelbraune Haare, die ihm fast bis zu seinem markanten Kinn reichten, er trug ein rosa farbenes, glatt gebügeltes Hemd und eine moderne Jeanshose. Seine Schuhe blitzten vor Sauberkeit und ließen erahnen, dass sie teuer waren. Eine schwarze, sportliche Uhr schmückte seinen kräftigen Unterarm. Karo setzte sich auf den für sie frei gelassenen Stuhl neben Pia, Mario gegenüber. Das Gespräch verlief von Anfang an unkompliziert, als würde sie Mario bereits seit vielen Jahren kennen. Kai war noch nicht allzu lange Pias Freund, so dass auch er Karo nur gut bekannt aber nicht wirklich vertraut war. Doch das war alles unproblematisch, die vier ließen sich ihre Pizzen und den trockenen Rotwein schmecken und plauderten ununterbrochen. Sie kamen von einem zum anderen Thema, nie wurde es langweilig, die Stimmung war perfekt und es wurde viel gelacht. Karo bemerkte, dass Mario sie ab und an beobachtete, wenn sie sich zu ihrer Freundin beugte, um mit ihr zu sprechen. Frauen müssen das nicht sehen, sie spüren, wenn Augen auf sie gerichtet sind. Wenn sich ihre Blicke mit Marios trafen, fühlte sie einen kleinen Schmetterling in ihrer Magengegend. Sein Anblick alleine reichte aus, dass ihr Körper ein wenig zu schwächeln anfing. Er sah einfach verdammt gut aus! Mit allem hatte sie gerechnet, aber nicht damit, dass ihr dieser Mann gefallen würde. Pia hatte voll ins Schwarze getroffen!

Mit Schrecken stellten sie irgendwann fest, dass es schon ziemlich spät geworden war, und da alle am nächsten morgen früh aufstehen mussten, fand der Abend ein relativ abruptes Ende. Als der Kellner kam, zog Karo sofort ihr Portemonnaie aus ihrer Handtasche und signalisierte damit deutlich, dass sie nicht erwartete, von Mario eingeladen zu werden. Soweit waren sie beide noch nicht, und Karo war keine Frau, die auf Kosten eines Mannes lebte. Sie war sich nicht sicher, ob sie Marios Blick richtig deutete, dass er gerne für sie mitbezahlt hätte, und etwas irritiert darüber schien, dass sie sich schnell als erste von der Bedienung abkassieren ließ. Doch für Karo war es selbstverständlich, für sich selbst zu zahlen!

Als die vier vor der Pizzeria standen, verabschiedete sich Mario mit Handschlag und einer kurzen Umarmung von ihr, während er ihr noch ein betörendes Lächeln schenkte. Er sieht aus wie Sascha Hehn zu seinen Zeiten als Traumschiff-Steward«, schoss es Karo kurz durch den Kopf. Danach gingen alle in verschiedene Richtungen zu ihren Autos. Karo hätte gerne noch mit Pia über den Abend, und natürlich noch lieber über Mario geredet, doch das ging heute dann nicht mehr und musste bis morgen warten. Karo war sich aber ziemlich sicher, dass ihre Freundin sie so gut kannte, dass sie bereits bemerkt hatte, dass Karo von Mario begeistert war. Sie fuhr nach Hause und dachte über den Abend noch einmal nach. Mario ging ihr nicht mehr aus dem Kopf, sie freute sich bereits jetzt auf ein Wiedersehen mit ihm. Erst in diesem Moment bemerkte sie, dass er sie nicht nach ihrer Telefonnummer gefragt hatte. Vielleicht war es ihm unangenehm, das vor Pia und Kai zu machen und würde sich morgen über Kai von Pia ihre Nummer besorgen. Ansonsten bestand für sie die Möglichkeit, durch Pia über Kai, an seine Nummer zu kommen. Doch sie war sich sicher, dass Mario sich bei ihr melden würde. Und irgendwie war es, auch wenn es viele Leute altmodisch finden, doch viel schöner, wenn der Mann den ersten Schritt machte. Also würde sie, auch wenn es ihr schwer fiel, warten, bis sie etwas von ihm hörte!

Am nächsten Tag im Friseursalon schlich Karo jede Stunde zu ihrer Handtasche, um nachzusehen, ob auf ihrem Handy eine SMS eingegangen war, oder vielleicht ein Anruf in Abwesenheit. Als am späten Nachmittag das Display immer noch leer war, rief sie Pia an. «Hallo, Karo hier, du Pia, ich wollte nur einmal kurz nachfragen, ob Mario sich schon bei dir oder bei Kai gemeldet hat. Du hast sicher bemerkt, dass er mir gut gefällt, oder? «

»Ha, wusste ich es doch, da habe ich also richtig gelegen. Bis jetzt habe ich von ihm noch nichts gehört, aber Kai ist noch auf der Arbeit und Mario wird sich ja mit ihm und nicht mit mir in Verbindung setzen. Ich kenne ihn doch auch nur flüchtig. Die beiden gehen heute Abend zusammen Squash spielen. Das kann also etwas später werden, bis ich dir Neuigkeiten erzählen kann. Ich bin auch total gespannt, wie das mit euch beiden weiter geht. Ihr gebt wirklich ein schönes Paar ab, und gestern hätte jeder, der euch nicht kennt gedacht, dass ihr seit langem bereits zusammen seid. Irgendwie passt das einfach mit euch beiden und wirkte sehr harmonisch! Ich wusste es doch!« wiederholte Pia sich grinsend.

»Jaaaaa, du hast recht gehabt! Bist du jetzt zufrieden?« fragte Karo neckend. »Dann muss ich meine Ungeduld noch ein wenig in Zaum halten!

Und glaube mir, es fällt mir sehr schwer! Am liebsten würde ich Mario sofort wieder sehen!«

»Gut Ding braucht Weile« kam es fröhlich von Pia und sie versicherte ihrer Freundin noch einmal, sich sofort bei ihr zu melden, wenn sie etwas in Erfahrung gebracht hatte.

Karo versuchte, sich auf ihre Arbeit zu konzentrieren und nicht weiter an Mario zu denken. Das gelang ihr auch so lange, bis sie Feierabend hatte und zu Hause eine Dose Erbseneintopf erwärmte. Immer wieder guckte sie auf die Uhr und rechnete heimlich nach, wie lange ein Squashspiel dauerte, ein Bierchen danach und die Heimfahrt.

Nach dem Essen kuschelte sie sich mit Casimir vor den Fernseher und guckte einen Münster-Tatort. Endlich klingelte das Telefon.

»Hi Karo, ich bin es, Pia« kam es vom anderen Ende.

»Und, was hat er gesagt?« schoss es aus Karo heraus.

»Also Karo, wie soll ich es sagen?« hörte Karo ihre Freundin mit bedrückter Stimme sagen, und in ihr keimte ein negatives Gefühl auf.

»Was ist los, Pia? Sag schon!«

»Um es kurz zu machen, er hat Kai gesagt, du wärst eine sehr nette Frau, aber leider nicht sein Typ« quälte sich Pia mit der Wahrheit.

»Oh, schade«, war das einzige, was Karo heraus brachte und es fiel ihr schwer, ihre Enttäuschung zu verbergen.

»Ach Mist, Karo. Tut mir echt leid! Aber irgendwie hat der doch nen Knall. Wer dich nicht will, kann sie doch nicht mehr alle auf der Reihe haben. Mach dir nichts draus« versuchte Pia ihre Freundin zu trösten. »Außerdem hat mir Kai vorhin erst erzählt, dass Mario Ansprüche an Frauen stellt, die keine Frau erfüllen kann. Er meinte vorhin zu ihm, dass er Frauen mag, die über 1,80m groß sind und Ähnlichkeit mit Barbie haben! Der spinnt doch, vergiss den Typen! Der scheint gar nicht bindungsfähig zu sein!«

»Mir bleibt nichts anderes übrig, als ihn zu vergessen. Ich werde es überleben« antwortete Karo traurig und war sich nun ganz sicher, niemals mehr in ihrem Leben einen Mann für sich zu finden, geschweige denn diese blöde Wette noch gewinnen zu können.

Verdammt, verdammt, verdammt, es konnte doch nicht so schwer sein, einen guten Mann kennen zu lernen. Karo wollte noch ein letztes Mal in das Internetcafe gehen und in aller Ruhe die Seiten der potenziellen Partner durchstöbern. Nachdem sie sich mit ihrem Passwort eingeloggt hatte, ging sie Profil für Profil durch, klickte jeden Mann an und las sich seine Angaben durch. Irgendwie passte nichts wirklich, immer war irgendetwas, was ihr nicht gefiel oder von vornherein klar machte, dass es sich nicht um einen ernsthaften Partner für sie handeln konnte. Dazu kam noch, dass die meisten Fotos sie eher abschreckten als neugierig machten. War sie vielleicht wirklich zu anspruchsvoll, wie es ihr ihre Mutter immer vorwarf? Aber wie konnte sie glücklich werden, wenn sie von Anfang an zu viele Kompromisse mit einem Mann eingehen musste? Konnte sie da überhaupt glücklich werden? Tief versunken in die Männerprofile fuhr Karo zusammen, als sie eine männliche Stimme aus dem Hinterhalt fragte, ob alles bei ihr in Ordnung sei oder ob sie Hilfe benötigen würde. Karo schaute von ihrem Bildschirm auf und sah dem schlaksigen, bisher immer desinteressierten Mitarbeiter in die Augen.

»Vielen Dank, alles gut bei mir, ich komme zurecht«, antwortete Karo und der hoch aufgewachsene junge Mann lächelte kurz und verzog sich zurück hinter seinen Verkaufstresen. »Er kann ja doch, wenn er will« dachte Karo und konzentrierte sich wieder auf ihr Flirtportal. Sie las sich gerade aufmerksam eine Seite von einem fünfundvierzigjährigen aus ihrer unmittelbaren Nähe durch, als ein grüner Punkt rechts oben auf dem Monitor aufleuchtete. Es war eine Einladung zu einem direkten Chat. Karo drückte die Taste, um ihn anzunehmen und befand sich umgehend in einem Dialog mit Crazy-Heart. Sein Foto sah ansprechend aus, braune Haare, braune Augen, 1,80m groß, normale schlanke Figur, Diplom-Ingenieur, keine Kinder, ledig. Die Klamotten von Crazy-Heart waren nicht so ganz nach ihrem Geschmack, aber es war ein guter erster Schritt in Sachen Kompromissbereitschaft, wie sie fand. Und ändern könnte sie den Kleidungsstil später immer noch, dachte sie amüsiert. Die beiden chatteten über eine Stunde, Karo erzählte aus ihrem Leben, Crazy-Heart aus seinem. Er wohnte zum Glück nicht weit von Karo entfernt, und als er sie fragte, ob sie nicht sofort ganz spontan einen Kaffee trinken gehen wollten, anstelle anonym weiter zu chatten, willigte Karo gerne ein. Sie hatte in der letzten Zeit so viel Pech mit Männern gehabt, dass ihr ein schnelles Treffen ganz gelegen kam. Was sollte man lange chatten, telefonieren, sich dann irgendwann treffen um dann zu merken, dass dieser Mann ebenfalls nichts für einen war? Dann war es doch besser, sich gleich persönlich kennen zu lernen um festzustellen, ob die Chemie passte. Denn das bekam man definitiv nur heraus, wenn man sich persönlich sah! Sie vereinbarten in einer halben Stunde ein Treffen in der Innenstadt vor dem Eingang eines alteingesessenen Bistros. Karo fuhr den Computer herunter und machte sich sofort auf den Weg. So spontan hatte sie in ihrem Leben noch kein Date gehabt und fand das ganze richtig witzig. Und wie sagte man so schön, unverhofft kommt oft. Vielleicht würde sie, obwohl sie eigentlich schon aufgeben wollte, doch noch den Mann ihrer Träume und Vorstellungen kennen lernen und doch noch als Siegerin aus der Wette heraus gehen.

Das Parkhaus war gut besucht, so dass Karo länger als geplant brauchte, um einen freien Parkplatz zu finden. Ein Blick auf ihre Uhr sagte ihr, dass sie bereits fünf Minuten über die vereinbarte Zeit war, doch das fand sie nicht schlimm, da Crazy-Heart ruhig auf sie warten sollte. Bereits aus der Ferne sah sie ihn vor dem Eingang des Bistros stehen. Ihr Bauchgefühl gab merkwürdige Impulse an ihr Hirn, und ihr Hirn sendete ebenfalls merkwürdige Signale an ihren Bauch. Mit jedem Schritt, dem sie Crazy-Heart näher kam, fühlte sie sich unbehaglicher. Crazy-Heart stand mit nach unten gezogenen Schultern an der Hauswand gelehnt, er war ein attraktiver Mann, doch sein Blick war wirr, die Augen hatten etwas Fixierendes und Starres. Unmerklich wurden Karos Schritte immer langsamer. Als sie nicht mehr weit von ihm entfernt war, schrie ihr Bauchgefühl innerlich laut heraus, dass sie diesen Mann nicht treffen sollte! Die Ausstrahlung, die von diesem Mann ausging, war unheimlich, fast psychopathisch. Blitzgedanken schossen in Bruchteilen von Sekunden durch Karos Kopf, sie erinnerte sich daran, dass er von ihr kein Foto gesehen hatte, sie also nicht erkennen würde. Weiter kamen ihr Gedankenfetzen, dass es sehr unhöflich war, jemanden einfach stehen zu lassen ohne ihm abzusagen, doch dann war sie schon einfach an ihm vorbei gelaufen. Die ganze unbehagliche Situation hatte dazu geführt, dass Karos Gesicht knallrot angelaufen war. Sie war nervös, unsicher und fühlte sich wie ein kleines Kind, das etwas getan hatte, was die Mutter streng getadelt hätte. Schnurstracks steuerte sie das nächste Modegeschäft an, um sich dort hinter einem großen Kleiderdrehständer zu verstecken, um tief Luft zu holen und um wieder einen klaren Kopf zu bekommen. Was war das denn? fragte sie sich selbst und wunderte sich, dass ihr nie zuvor ein Mensch bewusst begegnet war, der solch eine negative Aura um sich hatte, und dass sie nie zuvor so deutlich eine Aura eines anderen Menschen gespürt hatte.

Karo guckte sich die Angebote in dem Modeladen an, ohne diese wirklich wahr zu nehmen und beruhigte sich langsam. Auch ließ ihr schlechtes Gewissen nach, Crazy-Heart stehen gelassen zu haben. Nach einer halben Stunde verließ sie das Geschäft, schaute auf der Straße in Richtung Bistro und stellte erleichtert fest, dass ihre Verabredung nicht mehr wartete, und fuhr auf direktem Weg zurück in das Internetcafe. Dort loggte sie sich erneut in ihr Profil ein, und suchte umgehend den Button, den man drücken musste, um sein Profil unwiderruflich zu löschen und verließ das Internetcafe erst, als sie diesen gefunden hatte und sich ganz ganz sicher war, dass ihre Abmeldung erfolgreich war. Die Suche nach ihrem Mann über das Internet hatte sich für sie ein für allemal erledigt!

Karo stand am Herd in ihrer Küche und rührte gedankenversunken in ihrer Sauce Bolognese. Das Nudelwasser begann gerade zu kochen und Karo ließ die letzten Wochen gedanklich Revue passieren. Sie wollte gerade die Nudeln in den Topf geben, als es an ihrer Haustür klingelte. Sie stellte die Tüte zur Seite, drehte die Flamme kleiner und öffnete. Sie sah einer freundlich ausschauenden Postbotin mit feuerroten Haaren in die Augen, die höflich fragte, ob Karo ein Paket für die Nachbarin annehmen könnte. Als Karo mit dem Päckchen in der Hand ihre Wohnungstür schloss, bedauerte sie, dass die Lieferung nicht für sie selber war, denn sie liebte Überraschungen! Sie stellte das Paket im Flur ab, ging zurück zu ihrem Nudeltopf und genauso heiß wie das Wasser war, fiel ihr siedend heiß ein, dass in ihrer Schublade noch ein unbeantworteter Brief auf ihre damalige Zeitungsannonce lag. Mit schnellen Schritten ging sie zu der Schublade, in der sie die gesamten Briefe verstaut hatte und wühlte nach dem Umschlag von Holger, der sich mit Setcards bei ihr damals beworben hatte. Sie las sich das Schreiben von Holger noch einmal zu ihrer Erinnerung durch und noch immer stellte sie sich die Frage, ob sie sich mit seiner Suche nach einer adäquaten Partnerin identifizieren konnte. Doch was hatte sie zu verlieren? Die vergangenen Erfahrungen hatten sie gelehrt, dass die Chemie zwischen zwei Menschen passen musste, und dieses bekam man nur bei einem persönlichen Treffen und längerem Kennenlernen heraus.

Nachdem sie ihre Spaghetti gegessen und das dreckige Geschirr in die Spülmaschine geräumt hatte, nahm sie kurzerhand ihr Telefon und wählte die in Holgers Brief genannte Telefonnummer.

»Von Eberstein, guten Tag« meldete sich eine männliche Stimme.

»Hallo, hier spricht Karo. Ist dort Holger?«

»Mit wem bin ich bitte verbunden«, fragte die männliche Stimme in einem gepflegten Hochdeutsch. Karo erklärte wer sie war, und bereits während diesen Worten haderte sie mit sich, ob es gut war, ihn angerufen zu haben. Dieser Mann hörte sich alleine durch seine Wortwahl und Stimmlage so vornehm und überheblich an, dass Karo ernsthaft überlegte, das ganze Unterfangen direkt abzubrechen.

»Ich bin hoch erfreut, von Ihnen zu hören, gnädiges Fräulein! Es liegt zwischen meinem Brief an Sie und Ihrer Rückmeldung ein beachtliches Zeitfenster! Das hält uns hoffentlich nicht davon ab, dem ganzen positiv entgegen zu blicken!«

»Ähm, ja, entschuldigen Sie bitte, dass ich mich erst jetzt bei Ihnen melde. Leider war ich bisher zeitlich nicht in der Lage dazu«, antwortete Karo und ärgerte sich ein wenig über sich selbst, dass sie sich bei diesem fremden Mann entschuldigte. War es nicht ihre Entscheidung, wann und ob sie sich meldete?

»Es freut mich wirklich, wirklich sehr von Ihnen zu hören!« wiederholte sich Holger.

Noch immer etwas verkrampft ging das Gespräch weiter. Nach einigen Minuten lockerte sich die Anspannung und das Telefonat konnte aus Karos Sicht als normal eingestuft werden. Holger war eindeutig ein besserer Redner als Zuhörer! Das bemerkte Karo sehr schnell, denn Holger berichtete ihr in schillernden Farben aus seinem Leben.

»Möchten Sie sich mit mir treffen?« überfiel Holger plötzlich ganz direkt Karo, und unterbrach mit dieser Frage seine eigenen Erzählungen.

»Oh, sehr gerne«, antwortete Karo perplex und wohlerzogen.

»Wie wäre es gleich morgen? Ich denke, wir haben genug Zeit verloren!« wollte er wissen, wobei er Uhrzeit und Name der angesagtesten Bar der Stadt nannte. Karo stimmte überrumpelt zu und war froh, als das Gespräch beendet war.

Den ganzen Tag fragte sie sich immer wieder, ob sie die Verabredung mit Holger absagen sollte. War nicht jetzt schon absehbar, dass sie nicht zueinander passten? Der Herr von Eberstein war nicht ihre Liga, da war sie sich ziemlich sicher. Letztendlich beschloss sie, das Date wahrzunehmen. Es war ihr sehr unangenehm, dem Herrn von Eberstein einen Korb zu geben und sie hätte nicht wirklich gewusst, was sie zu ihrer Entschuldigung hätte vorbringen sollen. Sie würde zu der Verabredung gehen und wenn es -wie bereits erlebt- ganz schlimm kam, würde sie das Date beenden.

Karo zog ihren eleganten schwarzen Hosenanzug an und holte ihre echte Perlenkette aus ihrem Schmuckkästchen, welche sie nur zu bestimmten Anlässen trug. Um bei Holger eine adäquate Partnerin sein zu können, ging sie davon aus, entsprechend gekleidet sein zu müssen. Immerhin war der erste Eindruck entscheidend.

Holger hatte mit seinen Setcards nicht übertrieben! Er sah wirklich verdammt gut aus und Karo zweifelte nicht an der Tatsache, dass er ein viel gebuchtes Model war. Selbstbewusst ging Karo auf Holger zu und streckte ihm ihre rechte Hand entgegen: »Hallo, ich bin Karo. Wollen wir nicht lieber zum Du wechseln? Das Sie empfinde ich so unpersönlich.«

»Sehr gerne«, kam es von Holger, und während er Karos Handschlag erwiderte, machte er eine kleine, angedeutete Verbeugung.

»Holger, Maria, Konrad von Eberstein. Benannt nach meinem Urgroßvater, Großvater und dem Herrn Papa«, stellte Holger sich vor und Karo bedankte sich im stillen Stoßgebet, dass Holgers »Herr Papa« einen modernen Vornamen hatte. Ob der Papa aufgrund seines stink normalen Vornamens wohl nur ein angeheirateter von Eberstein war? Aber was interessierte sie die Familiengeschichte. Vielmehr wollte sie erst einmal den Mann kennen lernen, der vor ihr stand!

Es bestätigte sich ihre Vorahnung. Ohne sie zu fragen bestellte er für sie und für sich einen coolen Cocktail, und dazu wünschte er mit ihr an der Bar zu sitzen und nicht an einem Tisch. Wie Karo schnell feststellte, hatte das zur Folge, dass man sich beim reden nicht wirklich ansehen brauchte. Holger erzählte und erzählte und erzähle und erzählte und sein Blick dabei ging stumpf gerade aus in Richtung Barkeeper. Während er über sein glanzvolles, ach so erlebnisreiches Leben sinnierte, überlegte Karo ernsthaft, die Bar still und heimlich zu verlassen. Sie war sich sicher, dass Holger erst nach geraumer Zeit bemerken würde, dass der Stuhl neben ihm leer war. Karo fühlte sich ganz furchtbar in dieser Situation und dachte bei sich, dass Holger so viel redete, dass er ihr nicht einmal die Gelegenheit gab, sich kurz einzuklinken, um ihm sagen zu können, dass sie das Date gerne beenden möchte. Sie musste kurz über ihre Gedanken laut auflachen, doch selbst das bemerkte Holger in seinem Redeschwall nicht. Nach einer weiteren halben Stunde war es Karo definitiv zu öde, ihre Lebenszeit länger neben diesem selbstverliebten Schönling zu verbringen. Während Holger weiter von sich und seiner Welt erzählte, tippte Karo heimlich, obwohl Holger es wahrscheinlich nicht mitbekommen hätte, wenn sie es offensichtlich und direkt vor seiner Nase tat, Nele eine SMS mit der Bitte, sie kurz auf ihrem Handy anzurufen. Zum Glück reagierte die Freundin nach nur wenigen Minuten auf die Nachricht und rief sie an. Der Klingelton von Pipi Langstrumpf lies für einen kurzen Moment tatsächlich Holgers Redefluss verstummen. Karo ging an ihr Handy, während sie sich mit Gestik und einer entsprechenden Handbewegung dafür entschuldigte, dass sie kurz dem Herrn Hohenstein unaufmerksam gegenüber sein würde und verließ die Bar. Vor der Tür erzählte sie Nele kurz von ihrer Not, und die Freundin, die sonst immer sehr korrekt im Leben war, gab ihr lachend den Rat, gar nicht mehr in die Bar zurück zu gehen. Und das tat Karo dann auch! Noch den Klingelton im Kopf ging sie mit erhobenen Hauptes in ihrem schönen Anzug zu ihrem Auto und fuhr vor sich hinträllernd nach hause, »hey Pipi Langstrumpf, ja sie macht was ihr gefällt!«

Den ganzen Sonntag verbrachte Karo ausschließlich im Bett und lenkte sich mit einem spannenden Buch ab. Ihr Telefon klingelte kein einziges Mal, was ihr ganz Recht war. Sie hatte keine Lust überhaupt mit irgendwem zu sprechen. Auch nicht mit Nele oder Pia, auch nicht mit ihrer Mutter und erst recht nicht mit Steffen. Dieses Problem erledigte sich allerdings von alleine, denn Steffen dachte anscheinend nicht im Traum daran, sich bei ihr noch einmal zu melden. Das würde sie ihm auch noch zutrauen, ja, das würde zu ihm passen, ein Anruf mit der Frage, warum sie sich beim letzten Treffen so zickig verhalten hatte. Karo blieb sich selber treu, Morgen war der Tag gekommen, um endgültig ein Reisebüro aufzusuchen. Und die letzten Tage bis zum 15. April würde sie es, mit Ausnahme von ihrem Chef und Sven, versuchen zu vermeiden, überhaupt mit einem Mann zu reden. Das Vertrauen in die Männerwelt war für sie vorerst auf das Übelste zerstört.
Einen ganz kurzen Moment spielte Karo mit dem Gedanken, einfach mal so, ganz belanglos und ohne jegliche Hintergedanken, Sebastian anzurufen. Ja doch, sie hatte den Gedanken nur ganz ganz kurz, natürlich würde sie ihn nicht wirklich anrufen. Ihr war leider selber nur all zu gut bewusst, dass es wenig Sinn machte, alte Beziehungskisten wieder aufleben zu lassen und außerdem gehörten

bekanntlich zwei Personen dazu, die hieran Interesse haben mussten. Und von Sebastian hatte sie nun schon seit über zwei Jahren nichts mehr gehört. Doch dann ließ sie der Gedanke nicht mehr los, ihn doch anzurufen. Bei der ernsthaften Überlegung daran wurde ihr übel vor Aufregung! Trotz der langen vergangenen Zeit wurde sie noch immer nervös und ihr Magen drehte sich vor Angst, nur bei der Vorstellung daran, mit Sebastian Kontakt zu haben!

Mit zitternden Fingern wählte sie seine Nummer, die sie noch immer auswendig konnte. Sie wusste nicht, ob er in seiner alten Wohnung noch lebte, oder ob diese Telefonnummer vielleicht gar nicht mehr vergeben war. Nach dem vierten Freizeichen wollte sie den Hörer bereits wieder auflegen, als sich eine ihr sehr vertraute Männerstimme meldete:

»Woltmann« kam es von Sebastian. Karos Kehle war wie zugeschnürt und sie fühlte sich, als wäre ihr gesamtes Blut aus dem Kopf gewichen und würde sich ausschließlich in ihren Beinen stauen.

»Hallo Sebastian, Karo hier« brachte sie mit zögerlicher Stimme heraus.

»Hallo Karo, na das ist ja eine Überraschung! Ich freue mich von dir zu hören! Wie geht es dir, was machst du so?«

Karo konnte an Sebastians Stimme merken, dass er sich ehrlich darüber freute, von ihr zu hören.

»Mir geht es gut, ich wollte mich einfach mal wieder melden und fragen, wie es dir so geht.«

»Bei mir läuft alles bestens! Mein Studium habe ich letztes Jahr endlich abgeschlossen und hatte sehr viel Glück bei der Jobsuche. Ich habe direkt eine super gute Stelle gefunden, bei der mir die Arbeit nicht nur Spaß macht, sondern die auch noch sehr gut bezahlt wird« erzählte er ihr, wobei seine Stimme immer mehr alte Erinnerungen in Karo wach rief.

»Aber jetzt erzähl du, Karo! Was treibst du schönes, was machst du so?« wollte er mit ernstgemeintem Interesse wissen. Karo berichtete ihm, wie es ihr beruflich und privat erging und sie erzählte ihm, während sie innerlich immer ruhiger wurde, dass sie bis heute in dem Friseursalon arbeitete und sich in ihrem Berufsleben nicht viel verändert hatte, es ihr und ihren Eltern gut gehe, und dass sie seit kurzer Zeit ein Katzenfindelkind als ihr eigenes benennen durfte.

»Das hört sich alles gut an!« bemerkte Sebastian und fragte sie dann: »Bist du mal wieder in München? Dann komm mich doch mal besuchen! Oder ich komme zu dir! Wir haben uns eine Ewigkeit nicht mehr gesehen!«

Karo verarbeitete gerade die Information, als sie plötzlich im Hintergrund Babygeschrei vernahm.

»Hast du Besuch?« fragte Karo.

»Besuch? Nein, mein Sohnemann weint. Das hört gleich auf, Sandy ist bei ihm.«

Sandy?

»Du hast ein Kind? Das wusste ich nicht. Bist du mit deiner damaligen Freundin noch zusammen und ist das Kind von ihr?« fragte Karo ganz direkt. Freudestrahlend erzählte ihr Sebastian, dass Sandy, Karos damalige, direkte Nachfolgerin, nach acht Monaten Beziehung bereits schwanger wurde und dass das natürlich nicht geplant gewesen war. Jetzt wäre er mit Sandy seit einem halben Jahr verheiratet und er könnte sich ein Leben ohne die beiden nicht mehr vorstellen.«

Das hatte gesessen! Das Blut aus Karos Beinen schoss innerhalb von einer gefühlten Sekunde komplett in ihren Kopf. Ihr Magen fühlte sich wie ein großer Felsklumpen an. Sie rang innerlich nach Fassung, gratulierte Sebastian zu seinem Nachwuchs, wünschte ihm alles Gute und beendete schnellstmöglich so das Gespräch, dass Sebastian nicht merkte, wie sehr sie geschockt war. Als Karo aufgelegt hatte, musste sie sich erst einmal sammeln. Ihr war schlecht. All die Zeit hatte sie täglich an ihn gedacht, hatte sich in ihren Träumen vorgestellt, wie er eines Tages vor ihr stehen würde und ihr sagte, dass es der größte Fehler seines Lebens war, sich damals von ihr getrennt zu haben. Sie hatte ernsthaft gehofft, von ihm zu hören, dass er sie noch immer liebte, und zwar so sehr, wie er nie eine andere Frau jemals geliebt hatte. Wie naiv sie doch war! Sebastian dachte in keiner Weise an sie und lebte ein glückliches Familienleben! Ohne sie! Und dann kam auch noch so blöd von ihm, dass er sie gerne wiedersehen würde! Wie dämlich war das ganze hier gerade? Tränen standen in Karos Augen, doch sie kullerten nicht ihre Wangen herunter. Nur ihre

Augen waren davon gefüllt. Mit einem Tränenschleier stand sie von der Couch auf und ging wie mechanisch zu ihrer Glasvitrine, in der ihre Gläser und Alkoholflaschen standen. Sie schenkte sich ein großes Glas Whisky ein, obwohl sie gar keinen Whisky mochte. Sie guckte sich die braun schimmernde Flüssigkeit im Glas an und hatte den tiefen Wunsch, mit sich selbst einen feierlichen Eid zu schließen, dass das Thema Sebastian nun endgültig abgeschlossen ist und er in ihrem Leben keinen Platz mehr hatte und spürte dabei, dass sie es auch von ihrem Innersten heraus wollte! Es war die Stunde gekommen, in welcher sie Sebastian endlich loslassen musste, und zwar komplett! Sie schadete sich selbst, wenn sie nicht mit der Vergangenheit abschloss! Und ihr wurde mit einem Schlag bewusst, dass sie die ganze lange Zeit alleine Verstecken gespielt hatte, und niemand da war, der sie suchte. Sie schwor sich, dass sie mit dem Whisky, den sie gleich trinken würde, Sebastian mit herunterspülen und vergessen würde. Sie umklammerte das Trinkglas, sinnierte noch ein, zwei Minuten vor sich hin und kippte dann mit einem großen Zug den Alkohol ihre Kehle herunter. Sie musste sich schütteln, und sie spürte, wie sie innerlich aufatmete. Es war längst überfällig, Sebastian loszulassen und der Anruf bei ihm hatte ihr gut getan! Der Anruf war sehr wichtig für ihr weiteres Leben! Ohne ihn!

In einer Woche lief die Wettfrist ab! Karo wunderte sich schon die ganze Zeit, dass weder Pia noch Nele sich nach einem Zwischenstand bei ihr erkundigt hatten. Mag sein, dass es an Neles und ihrem Telefonat lag, in dem Nele sich nach dem Stand der Dinge erkundigt hatte. Beide Freundinnen hatten sehr wohl mitbekommen, wie schwer es für Karo war, einen in Frage kommenden Anwerber zu finden! Mittlerweile war Karo alles egal, was mit dieser Wette zu tun hatte! Viel zu oft hatte sie sich vorgenommen, im Reisebüro den Urlaub zu buchen, um ihre nichts bringende Suche nach Mr. Right einstellen zu können. Immer wieder hatte ihre Hoffnung gesiegt, ihn doch noch zu finden. Und immer wieder wurde sie eins aufs andere enttäuscht! Doch nun war sie so weit! Morgen Abend, nachdem sie im Reisebüro gewesen war, würde sie ihre Freundinnen zusammen trommeln und ihnen ihre Kapitulation mitteilen!

Es war Montag. Da der Friseursalon einer der wenigen war, der auch an Montagen geöffnet hatte, war es Karo nur in der Mittagspause möglich, ein Reisebüro aufzusuchen. Zum Glück gab es eins in unmittelbarer Nähe. Zuerst wollte sie mit viel Mühe aus dem Telefonbuch die verschiedensten Reisebüros abklappern, um ein günstiges und doch gutes Angebot ausfindig zu machen, hierzu hatte sie in ihrer jetzigen Verfassung jedoch keinen Elan. Karo stolperte in das nächst liegende Reisebüro und ließ sich Angebote erstellen. Die Angestellte war sehr freundlich, nach kurzer Schilderung ihrer Vorstellung und in Anbetracht der Tatsache, dass sie nur die knapp bemessene Mittagspause zur Verfügung hatte, bot ihr die Dame an, ihr mehrere Angebote heraus zu suchen und ihr diese mit dem Computer auszudrucken. Heute Abend nach Ladenschluss könnte sie die Unterlagen abholen und in Ruhe zu Hause studieren. Das hörte sich gut an, und so sollte es gemacht werden.

Drei Reiseangebote hatte Karo auf ihrem Wohnzimmertisch vor sich ausgebreitet. Zur Auswahl standen Fuerteventura, Gran Canaria und Mallorca. Das Preis-Leistungsverhältnis schien ihr auf den ersten Blick bei allen Angeboten angemessen, obwohl eine Reise für zwei Personen ihren Geldbeutel erheblich schröpfen würde, doch da musste sie jetzt durch. Wenn sie so dämlich war, diese Wette einzugehen, dann musste sie jetzt auch mit allen Konsequenzen dafür einstehen. Mallorca kam für sie als Reiseziel nicht in Frage. In den Sommervormonaten April, Mai, war es dort ihrer Ansicht nach oftmals noch nicht warm genug, da waren die Kanarischen Inseln bei weitem interessanter. Beide Angebote, sowohl Fuerteventura als auch Gran Canaria hörten sich gut an! Auf beiden Inseln war sie selbst noch nicht gewesen, so dass sie hiervon ihre Entscheidung nicht abhängig machen konnte. Auf beiden Angeboten war das Hotel abgebildet. Es handelte sich um Drei-Sterne-Hotels mit Halbpension, die Zimmer verfügten über Balkon oder Terrasse. Karo kam für wenige Sekunden ins Träumen, als sie sich die Strandbilder und die direkt am Meer gelegenen Hotels ansah. Es wäre wirklich zu schön gewesen, wenn sie anstelle von ihren Freundinnen die Reise mit ihrem neuen Freund hätte antreten können. Aber aus und vorbei war der Traum, und so tendierte sie, eigentlich ohne jegliche Begründung sondern rein nach ihrem Bauchgefühl, für das Angebot Fuerteventura. Vielleicht gab der hübsche, braungebrannte Animateur, der am riesigen Swimmingpool bei der Wassergymnastik abgebildet war, den Ausschlag für ihre Entscheidung. Karo holte ihren Taschenrechner, ging noch einmal die Preislisten durch und besiegelte dann ihre Wahl. Morgen würde sie die Reise buchen, oder vielmehr zuerst einmal reservieren lassen. Sie würde Pia und Nele nur einen Gutschein über die Reise schenken, denn natürlich mussten die beiden zuerst mit ihren Arbeitgebern besprechen, ob sie Urlaub bekommen konnten. Wenn ja, dann brauchten sie nur noch ins Reisebüro zu gehen, letztendlich die Reise zu bestätigen und dort Karos Adresse als Rechnungsanschrift angeben.

Die Dame vom Reisebüro war erneut sehr freundlich und entgegenkommend. Sie teilte Karo am nächsten Tag mit, dass sie eigentlich nur einen Tag ein Reiseangebot reservieren konnte. Nachdem Karo ihr offen und ehrlich die Geschichte der Wette erzählt hatte, zeigte sie sich dahingehend hilfsbereit, dass sie Karo zum einen beruhigte, indem sie ihr erklärte, dass in den Vorsommermonaten selten, um fast zu sagen nie, die Hotels komplett ausgebucht wären. Zum anderen sagte sie lächelnd, dass sie manchmal zaubern könne, auch wenn es nicht zu ihren beruflichen Aufgaben gehörte, und sie das Angebot von Fuerteventura drei Tage lang reservieren könnte. Länger würde sie es beim besten Willen nicht hinbekommen! Karo war damit zu frieden. Innerhalb von drei Tagen musste es Pia und Nele möglich sein, ihren Urlaub in der Firma abstimmen zu können! Sie ging noch schnell in den Schreibwarenladen, um eine Gutscheinkarte zu kaufen. Karo hatte vor, aus dem Reiseprospekt das Hotel und Bilder von der Insel auszuschneiden und in die Karte einzukleben, darunter würde sie einen Spruch schreiben, der ungefähr so lauten würde: Ihr habt gewonnen, ich bekenne mich schuldig! Ich bin Single! Viel Spaß im Urlaub. Naja, oder so ähnlich. Über den Spruch würde sie sich erst heute Abend nach Feierabend Gedanken machen.

Ja, und dann war endlich der lang befürchtete 15. April gekommen. Nele und Pia klingelten Punkt acht Uhr abends an Karos Tür.

»Okay, ihr beiden, was wollen wir lange drum herum reden? Ihr habt die Wette gewonnen, ich kann euch keinen festen Freund präsentieren!«, eröffnete Karo direkt die Gesprächsrunde und überreichte den beiden den Umschlag mit dem

Reisegutschein. Pia öffnete diesen und antwortete: »Hey Karo, das war doch nicht so ernst gemeint mit der Wette, die Reise ist viel zu teuer. Komm, vergessen wir die ganze Sache.«

»Ja, genau! Vergessen wir das einfach!«, pflichtete nun auch noch Nele bei!

Vergessen? Wie vergessen? Waren die beiden verrückt?

Karo war entsetzt! Irritiert guckte sie ihre Freundinnen an.

»Ich habe mich angestrengt, verabredet, gemacht und getan obwohl ich die Wette schlicht und ergreifend hätte vergessen können? Das hätte ich früher wissen müssen, dann wäre mir einiges erspart geblieben! Ich glaube, ihr spinnt wohl, ihr Pappnasen!« kam es mit Nachdruck von ihr.

»Hey, Karo. So haben wir es doch gar nicht gemeint«, lenkte Nele ein.

»Ich habe die Sache mit der Wette ernst genommen, und so wird die Wettschuld nun als Abschluss des Ganzen eingelöst! Hättet ihr mir etwa auch keine Reise für zwei Personen geschenkt, wenn ich gewonnen hätte?« fragte sie.

»Klar hätten wir!«, kam es synchron von den Freundinnen. »Aber wir sind zu zweit und durch zwei geteilt ist der Wetteinsatz bei weitem günstiger, als für dich alleine« mischte sich Nele ein.

Für Karo gab es da gar nichts zu diskutieren, Wettschulden waren Ehrenschulden!

Nach zwei geschlagenen Stunden fanden sich Nele und Pia endlich damit ab, dass sie in der glücklichen

Lage waren, in kürzester Zeit eine Woche auf der sonnigen Insel Fuerteventura verbringen zu dürfen. Da das Reiseangebot nur kurze Zeit reserviert war, bat Karo ihre Freundinnen, die Reise umgehend zu bestätigen, sobald sie die Zusagen von ihren Chefs für den Urlaub erhalten hatten. Die beiden nickten zustimmend und wollten nicht mehr allzu lange warten, den Trip in den Süden zu starten, natürlich erst nach Karos Geburtstag, denn der stand in gut einer Woche vor der Tür, und wie jedes Jahr fand eine Party statt. Glücklicherweise fiel dieses Jahr Karos Geburtstag auf einen Samstag, so dass sie direkt an diesem Tag ihr Älterwerden feiern konnte. Bewaffnet mit Papier und Stift notierten die Freundinnen alles, was für die Party benötigt wurde und was es zu organisieren gab, angefangen von der Gästeliste bis hin zum leiblichen Wohl. Nele hatte für graphisches Gestalten Talent in die Wiege gelegt bekommen, und so übernahm sie wie jedes Jahr die Herstellung der Einladungskarten und Karo war froh, sich um diesen Part nicht kümmern zu müssen.

»Nele, bitte beeile dich mit dem Wegschicken der Karten. Ich bin dieses Jahr verdammt spät dran, am besten rufe ich die Gäste vorab schon mal an, damit sie sich für den Samstag nichts anderes vornehmen!«

»Ja, mach das! Es wäre wirklich schade, wenn wir drei alleine feiern müssen«, frotzelte Nele.

»Wenn dann zu viert, Kai kommt auf alle Fälle«, fügte Pia trocken hinzu.

Inzwischen machte sich Karo Gedanken darüber, wen sie alles auf ihre Gästeliste setzen sollte.

»Ob ich Johannes und Hansi einladen soll? Und vielleicht Steffen?«

Als Karo den Namen Steffen ausgesprochen hatte, protestierten Pia und Nele wie abgesprochen zeitgleich lautstark los. Steffen sollte auf gar keinen Fall eingeladen werden, die beiden fragten sie mit völlig entgeisterten Gesichtern, wie Karo nach seinem Fehlverhalten überhaupt noch auf diese Idee kommen konnte!? Sie hatten natürlich Recht, wie Karo schnell einsah. Was war mit Johannes und Hansi? Auch da waren sich die beiden einig.

»Johannes und Hansi kannst du ruhig einladen« meinte Pia.

»Was du von den beiden erzählt hast, wird Johannes deinen Geburtstag sowieso verschlafen, und Hansi wird wegen seiner Freundin erst gar nicht kommen.«

Nele nickte dabei die ganze Zeit zustimmend und hob ihren rechten Daumen kichernd in die Höhe.

»Ihr wisst ja mal wieder alles im Voraus« bemerkte Karo ein wenig beleidigt und schrieb Johannes und Hansi auf ihre Gästeliste.

Es war schon reichlich spät, bis die Vorbereitungen soweit abgeschlossen waren. Die Gästeliste stand, die Musik war ausgewählt und das Essensbuffet war ordentlich, mit notwendiger Einkaufsliste, aufgeschrieben.

»Lasst uns zum Ende kommen, es ist schon spät«, kam es müde von Nele.

»Ja, ich muss jetzt auch ins Bett. Der Wecker kennt morgen früh kein Erbarmen!«, stimmte Pia zu.

»Ich danke euch! Ihr wart mir wie immer eine große Hilfe!«, bedankte sich Karo und begleitete ihre Freundinnen zur Haustür.

»Vergesst nicht, euren Urlaub morgen abzuklären!«, gab sie den beiden noch mit auf den Weg.

»Machen wir«, gähnte Nele, und stiefelte mit Pia die Treppenstufen hinunter.

Karo machte sich auch direkt fürs Bett fertig. Auch sie musste morgen früh zeitig raus. Sie war nur froh, dass ihre Geburtstagsvorbereitungen soweit erledigt waren, und sehr erleichtert darüber, dass ihre zwanghafte Männersuche endlich ein Ende hatte!

Heute war Karos Geburtstag, der 21. April, jetzt war sie ganze 35 Jahre alt. Obwohl Karo an ihrem Geburtstag nicht in den Friseursalon musste, hatte sie ihren Wecker auf neun Uhr morgens gestellt. Heute Abend hatte sie das Haus voller Gäste, und es gab bis dahin noch einiges vorzubereiten.

Sie ging kurz ins Badezimmer und machte sich danach sofort an die Arbeit in der Küche! Zum Glück unterstützte ihre Mutter sie jedes Jahr mit selbstgemachten Salaten, die von ihren Gästen immer in den höchsten Tönen gelobt wurden. Sie selbst brauchte deshalb nicht mehr allzu viel tun!

Karo zog sich eine Kochschürze mit dem Motiv einer attraktiven, üppigen, nackten Blondine an. Ein Mitbringsel von Marc, das immer wieder zum Lachen animierte. Gedanken versunken schlug sie ihr Rezeptbuch auf und bereitete die Bowle vor, die bis heute Abend durchziehen sollte. Zwar hatte Pia zu ihr gesagt, dass sie bei einer Bowle nichts verkehrt machen-, und einfach zusammen mixen könnte, was ihr in den Kopf kam, doch darauf wollte Karo sich lieber nicht verlassen und hielt sich strikt ans Rezept. Im Anschluss knetete sie Gewürze und fein gehackte Zwiebeln unter einen Berg Hackfleisch, welchen sie noch mit Pfeffer und Salz abschmeckte, um danach einen süßen Mettigel zu formen. Zwei schwarze Oliven setzte sie als Augen ein. Salzstangen dienten als Stacheln und Bart. Karo drückte dem Igel ein Pfefferkorn als Nase ins Gesicht und ritzte eine Kerbe als Mund. Sie war entzückt! Der Igel schien sie anzulächeln und Karo war mit ihrer Arbeit sehr zufrieden!

Als letztes machte sie noch den Tomatensalat. Dafür schnitt sie aus Unmengen von Tomaten zuerst einmal die Stielansätze heraus. Danach begann sie, die Tomaten in schmale Ecken zu schneiden. Während sie das tat, und sich die Schüssel immer mehr mit kreuz und quer liegenden Tomatenstückchen füllte, sinnierte sie darüber nach, dass die Tomatenstücke sie an ihr Chaos der letzten drei Monate erinnerte. Was hatte sie sich mit der Männersuche nur angetan? Von einer Pleite in die nächste war sie gerutscht, ihr ganzes Leben hatte sich auf die Suche nach einem Mann konzentriert! Wahnsinn, wie gut, dass das ein Ende hatte, dachte Karo und rührte das Salatdressing unter die Tomaten!

Langsam verspürte sie Hunger. Das Frühstück wollte sie heute ausfallen lassen, denn sie freute sich auf das Essen bei ihren Eltern! Seit sie einen eigenen Hausstand gegründet hatte, war es Usus geworden, dass sie zum Mittagessen zu ihren Eltern fuhr! Als Geburtstagskind durfte sie sich das Mittagessen natürlich aussuchen, das ihre Mutter jedes Mal mit viel Liebe zubereitete. Meistens wünschte sich Karo, wie auch heute, Hühnerfrikassee mit vielen Champignons, Reis und Salat. Sie liebte Hühnerfrikassee, war aber selber viel zu bequem, es für sich alleine zuzubereiten. Karo bewunderte ihre Mutter, mit welcher Hingabe und Mühe sie das gekochte Huhn auseinander nahm. Da war sie sehr pingelig, nur schneeweißes Fleisch durfte in den Topf. Und so saß ihre Mutter wohl eine Ewigkeit vor dem Huhn, damit Karo auf ihrem Teller auch ja kein kleinstes Stückchen braunes Fleisch vor fand. Karo freute sich riesig auf das Essen! Wie sie ihre Mutter kannte, zauberte sie garantiert auch noch einen wahnsinnig leckeren Nachtisch, so dass sie total überfressen und fast bewegungsunfähig nachmittags zurück in ihre Wohnung kommen würde. Und so trat es auch ein. Eine Himbeer-Sahne-Creme-Rolle wurde von ihr nach dem Hauptgericht serviert. Bei diesem Essen hatte Karo mehr Kalorien zu sich genommen als sie es sonst in einer ganzen Woche tat, aber das spielte heute keine Rolle, an ihrem Geburtstag wurde nicht auf Kalorien geachtet.

»Karolein, ich habe dir wie besprochen einen Bauernsalat, einen Kartoffel-, einen Nudelsalat, kleine Frikadellen und Käsespieße gemacht. Steht alles im Keller. Vergiss es bloß nicht, nachher mitzunehmen!«

»Das ist total lieb von dir, tausend Dank dafür!«

Karo nahm ihre Mutter in den Arm und drückte ihr einen Kuss auf die Wange.

»Mein Gott, ich kann gar nicht glauben, wie groß du inzwischen bist! Vor 35 Jahren warst du noch so...«

Karos Mutter hielt beide Handflächen ein kleines Stückchen auseinander.

»Na komm, Mama, ganz so klein war ich bestimmt nicht!«, lächelte Karo.

»Doch, so klein warst du! Und so niedlich! Meine Güte, wie die Jahre vergehen..« sinnierte ihre Mutter sentimental.

»Sag Karo, hast du Klaus zu deiner Party eingeladen? Das will ich doch schwer hoffen!«, kam es plötzlich sehr befehlend und gar nicht mehr liebevoll von ihr.

»Mama!«, war das einzige, was Karo dazu zu sagen hatte.

Und so machte sie sich am Nachmittag, gestopft wie ein Thanksgiving-Truthan und mit diversen Schüsseln unter dem Arm auf den Weg nach Hause.

Langsam musste sie sich ein wenig beeilen, Pia würde gleich bei ihr sein, sie wollten zusammen Getränke holen. Beim Gedanken an das schwere Tragen der Getränkekisten vermisste Karo mal wieder einen Mann an ihrer Seite, der dieses übernehmen könnte. Doch kein Murren und Knurren nützte etwas, das Getränkeschleppen blieb an den Frauen hängen. Aber das würden Pia und sie schon hin bekommen!

Eine Stunde, bevor die Party offiziell anfing, waren die Freundinnen soweit mit allen Vorbereitungen fertig. Nele war mittlerweile auch eingetrudelt, und hatte sich an das Dekorieren der Wohnung gemacht, kreuz und quer hingen bunte Girlanden und Luftballons, überall standen Süßigkeiten und Knabbereien in Schüsselchen herum. Das kalte Buffet hatten sie in der Küche aufgebaut, Gläser standen parat, Getränke standen im Kühlschrank und in der mit kaltem Wasser gefüllten Badewanne. Soweit war wirklich alles fertig.

Als Nele beim Aufblasen ein Luftballon zerplatzte und Karo ein Sektglas auf den Boden fiel, hatte Casimir sich so sehr erschreckt, dass er mit einem riesigen Satz unter dem Sofa verschwunden war. So kannte Karo ihn gar nicht! Alles Betteln und gutes Zureden nützte nichts, um ihn wieder hervor zu locken. Er guckte so verängstigt, dass die drei Freundinnen kurzer Hand die Couch vorrückten und ihn einfangen mussten.

»Karo, das macht keinen Sinn!« kam es von Nele. »Wenn nachher die ganze Wohnung mit Leuten und Radau voll ist, bekommt Casimir einen Herzinfarkt! Das kannst du dem Tier nicht antun!«

»Kannst du ihn nicht zu deiner Mutter bringen?«, fragte Pia.

»Ich rufe sie an. Das wird für Casimir wohl das Beste sein!«

Eine viertel Stunde später fuhr Pia das Kätzchen zu Karos Eltern, während Karo und Nele die letzten Handgriffe in der Wohnung vornahmen.

Langsam wurde Karo richtig neugierig, wer heute alles von ihren geladenen Gästen erscheinen würde. Von den meisten hatte sie eine Zusage erhalten, doch weder Hansi noch Johannes hatten sich auf ihre Einladung gemeldet. Die Einladungskarte an Johannes hatte Nele ihm mit der Post zugeschickt, die Einladung an Hansi erfolgte per SMS auf sein Handy, wie auch sonst, denn von Hansi hatte sie nur die Handynummer, und die Einladungskarte im Eiscafe Italia vorbei bringen, dazu hätte sie niemals den Mut aufgebracht. Da war eine SMS zu schicken bei weitem einfacher, nur auf senden drücken und abwarten was passierte.

Es klingelte an der Tür und Marc kam mit einem großen, bunten Blumenstrauß.

»Meine Kleine!«, begrüßte er Karo und drückte sie feste an sich. »35, man kann es kaum glauben!« Dabei hielt er sie eine Armeslänge von sich weg und musterte sie ausgiebig.

»Suchst du Augenfalten?«, lachte Karo und schob Marc in die Wohnung. Kaum war er eingetreten, klingelten die nächsten Gäste, jetzt ging es Schlag auf Schlag. Michaela war gekommen, welche Karo lange nicht gesehen hatte, die letzte Zeit bestand aus einer reinen Telefonfreundschaft, so auch bei Maren, die seitdem ihre Zwillinge auf der Welt waren, kaum noch Zeit für anderes fand. Inzwischen war auch Pia von Karos Mutter zurück, Kai klingelte nur wenige Minuten später. Die Wohnung füllte sich zunehmend. Marc fungierte als Discjockey und sorgte mit peppiger Musik für eine gute Stimmung. Die ersten Gäste fingen an, sich über das Buffet in der Küche herzumachen, andere wiederum entkorkten die Sektflaschen und tranken Cocktails. Die Stimmung wurde immer ausgelassener und die Musik immer lauter! Im Wohnzimmer fingen einige an, Flaschendrehen wie in der Jugendzeit zu spielen, andere waren dabei, mit einem Luftballon zwischen die Stirn geklemmt, Blues zu tanzen. Überall wurde geredet und laut gelacht. Marc hatte inzwischen einen gewissen Alkoholpegel erreicht. Wie jedes Jahr ging er mit einer Wodkaflasche von einer hübschen Frau zur nächsten: »Komm, trink mit mir!« kam es freudestrahlend, wobei er zwei Pinnchen füllte. Obwohl die meisten Gäste sich untereinander gut kannten, und jede mindestens schon zehn mal in ihrem Leben mit Marc Brüderschaft getrunken hatte, machten alle den Spaß mit und stießen, mit einem nicht fehlen durftenden Schmatzer mit ihm an. Die Stimmung war auf ihrem Höhepunkt, als es erneut an der Tür klingelte.

»Hey, Johannes!«, machte Karo ihm erstaunt die Tür auf. »Komm rein, schön dass du da bist!«

»Herzlichen Glückwunsch, Süße!«

Johannes stand mit einer Flasche Sekt unter dem Arm und einem breiten Grinsen auf den Lippen auf der Fußmatte. Wer hätte damit gerechnet? Irgendwie hatte sich Karo gewünscht, dass er kommen würde, aber auf gar keinen Fall hatte sie ernsthaft mit seinem Erscheinen gerechnet. Sie stellte Johannes den anderen vor. Sofort kam von Nele der blöde Spruch: »Tja, Karo, egal was heute noch passiert, die Wette ist abgelaufen!«

Johannes sowie die anderen, die in unmittelbarer Nähe herum standen, guckten ganz verdutzt. Natürlich konnten sie mit der Aussage von Nele nichts anfangen, aber das war auch gut so. Karo zog Johannes am Arm mit in die Küche zum Buffet, bevor er noch auf die Idee kam, sich danach zu erkundigen, von was für einer Wette gerade die Rede war.

Plötzlich rief Pia laut nach ihrer Freundin: »Karo, komm mal ins Wohnzimmer, du bekommst jetzt dein Geburtstagsgeschenk.«

Na, da war sie ja mal gespannt, was sich die beiden dieses Jahr für sie hatten einfallen lassen. Letztes Jahr bekam Karo eine Zehnerkarte für das Solarium und eine Eintrittskarte für ein Konzert. Also ab ins Wohnzimmer zum Auspacken. Marc hatte die Lautstärke der Musik ein wenig herunter gedreht, alle standen erwartungsvoll im Kreis und beobachteten, wie Pia und Nele Karo in die Mitte zogen, und ihr einen apfelgrünen Umschlag in Klarsichtfolie, versehen mit einer riesigen grün-weißen Schleife, übergaben. Umzingelt von allen Gästen merkte Karo, wie die Spannung in ihr stieg. Alle Augen waren auf sie gerichtet.

Ein Umschlag? Also wieder ein Gutschein, dachte sie bei sich. Eigentlich machte Karo ihre Geschenke lieber auf, wenn sie ganz alleine war, da sie das Öffnen viel mehr genießen konnte, wenn keine erwartungsvollen Gesichter sie dabei beobachteten. Doch das war heute nicht möglich! Marc fing an, »aufmachen, aufmachen« zu rufen, und alle ihre Freunde stimmten in den Chor mit ein. Also zog sie vorsichtig an der riesigen Schleife. Die Klarsichtfolie fiel herunter und Karo hielt den Umschlag in ihren Händen. Jetzt war sie aber sehr neugierig, was da wohl drinnen war. Als sie den Umschlag öffnete, dachte sie, ihren Augen nicht trauen zu können. Mit allem hätte sie gerechnet, aber nicht mit dem, was ihr entgegen prangte. Es war tatsächlich ein Reisegutschein, und zwar nach Fuerteventura! Eine Woche im Vier-Sternehotel, direkte Strandlage, all inklusive. Auf dem Gutschein hatte Nele in Schönschrift einen lieben Geburtstagsgruß vermerkt, und einige Freunde hatten die Karte mit unterschrieben.

»Wir haben uns gedacht, wir schenken lieber dir eine Reise zum Geburtstag, anstelle dass Nele und ich selber fahren« kam es von Pia. »Wir haben alle zusammengelegt, und nun heißt es für dich, ab in die Sonne«, sagte Nele und strahlte dabei über ihr ganzes Gesicht.

»Ihr seid verrückt!« war das einzige, wozu Karo im Moment fähig war, von sich zu geben.

Sie bedankte sich mit stürmischen Umarmungen, wobei sie mit Tränen der Rührung und Freude kämpfen musste.

»Ich brauch etwas zu trinken«, sagte sie und entfloh der Gästemenge mit schnellem Schritt in Richtung Küche. Sie nahm eine eiskalte Wodkaflasche aus dem Eisfach und schenkte sich ein. Johannes und Pia waren ihr gefolgt.

»Hey, du willst doch jetzt nicht allen ernstes alleine trinken?«, fragte Johannes, während Pia bereits zwei weitere Gläser zum Einschenken parat gestellt hatte.

»Das ist wirklich ein tolles Geschenk« kam es knapp von Johannes.

»Wer fährt denn mit dir nach Fuerteventura?« wollte er wissen.

»Niemand« kam sofort ein energischer Einwurf von Pia. »Karo fährt dort alleine hin und erholt sich in aller Ruhe von uns allen, und besonders ein Mann fährt garantiert nicht mit!«

Sie ließ den verdutzt guckenden Johannes stehen. Karo freute sich unsagbar über die Reise. Mehrere Jahre war sie nicht mehr am Strand und am Meer gewesen, und auf Sonne pur freute sie sich am meisten!

»Oh Mama mia, ich habe schon etwas Bammel, ganz alleine unterwegs zu sein«, merkte Karo in leisem Ton an.

»Nix da«, kam es sofort bestimmend von Pia. »Das ist dein Urlaub, und den sollst du ohne einen Mann im Schlepptau genießen!«

»Ich dachte gar nicht an einen Mann! Vielmehr dachte ich an dich und an Nele!« grinste Karo ihre Freundin und den immer noch fragend dreinschauenden Johannes an.

»Hhmm, wir wären gerne mitgekommen. Aber ich habe keinen Urlaub bekommen und um ehrlich zu sein, plant Nele gerade einen Kurztrip nach Venedig mit ihrem Angelo. Seine Frau ist demnächst von ihrer Arbeit aus auf Schulung, und da nutzen die beiden die Gunst der Stunde. Und zwei Urlaube kann sich Nele im Moment finanziell nicht leisten!«

»Ganz schön dreist von den beiden, einen Liebesurlaub zu machen, während die nichtsahnende Ehefrau in einem Konferenzraum sitzt«, sinnierte Karo.

»Ich sehe das auch so. Aber du kennst Nele...! Wir können die Tage ja noch einmal an ihr Gewissen appellieren. Aber bringen wird es wohl wenig!«

»Ja, lass uns es trotzdem versuchen«, seufzte Karo auf und war zuerst darüber schockiert, doch im nächsten Moment amüsiert, dass Johannes mit weit geöffnetem Mund und mit weit geöffneten Augen das Gespräch der beiden haarklein mit angehört hatte.

»Coole Sache« meinte er. »Ist diese Nele auch hier? Und auch ihr Geliebter? Zeigt mir die doch mal. Diese Frau muss ich sehen...«

Lachend zogen Karo und Pia Johannes aus der Küche zurück ins Wohnzimmer.

Sobald Karo bei der Vorstellung, alleine zu verreisen, mulmige Gedanken in den Kopf kamen, verdrängte sie diese so gut es ihr gelang. Diese Woche wollte sie einfach nur genießen! Sie würde nur Sachen machen, wozu sie wirklich Lust hatte.

Und sie würde eine ganze Woche lang nicht an den Friseursalon denken! Nicht im geringsten wäre sie auf die Idee gekommen, als Johannes die Frage in den Raum warf, wer denn mit ihr fuhr, dass sie es schön gefunden hätte, wenn er sie begleiten würde. Nein, wirklich nicht! Johannes stellte sie sich als Reisebegleitung als richtigen Langweiler vor. Den ganzen Tag im Hotelbett verbringen, zwischendurch ein wenig Ablenkung und Spaß mit einem kurzen Nümmerchen mit ihr, abends ans Buffet, an die Bar und wieder zurück ins Hotelbett. Irgendwie war der Glanz, den Johannes anfänglich auf Karo ausgestrahlt hatte, verloren gegangen. Diese Reise würde eine Urlaubswoche werden, die nur für sie alleine war. Und sie freute sich wahnsinnig darauf!

Karo konnte es immer noch nicht glauben, ein so tolles Geburtstagsgeschenk bekommen zu haben. Nun stand sie in ihrem Schlafzimmer, der Koffer lag geöffnet auf ihrem Bett. Noch einmal ging sie alle Dinge die sie mit in den Urlaub nehmen wollte, anhand ihrer gefertigten Liste durch. Eigentlich dürfte sie nichts vergessen haben. Das war in Anbetracht des ziemlich voll gepackten Koffers auch eher unwahrscheinlich. Es war wohl ein typisches Frauenphänomen! Eine Woche Urlaub bedeutete, den gesamten Inhalt des Kleiderschrankes einzupacken. Man musste ja schließlich für jeden Anlass, jede Wetterlage, das richtige im Gepäck dabei haben. Apropos Wetter, ganze 26 Grad Celsius erwarteten Karo laut dem Wetterbericht auf Fuerteventura, da machte das Reisen gleich doppelt Spaß. Während sich alle anderen bei typisch unberechenbarem Aprilwetter mit Regen und vereinzelten Sonnenstrahlen begnügen mussten, flog sie der Sonne entgegen, herrlich! Für sie war einer der aufregendsten Urlaubstage der Anreisetag. In gut einer halben Stunde würde Pia sie abholen, um sie zum Flughafen zu bringen.

Casimir hatte sie bereits heute Morgen ihrer Mutter für eine einwöchige Adoptionszeit übergeben. Sehr begeistert schien sie nicht darüber zu sein, denn Casimir war mitten in seinem jugendlichen Flegelalter und stellte immer noch mit großer Begeisterung das eine und das andere in der Wohnung an. Da musste Karos Mutter jetzt durch! Immerhin hatte sie es geschafft, Karo groß zu ziehen, da würde sie die eine Woche mit einem Kätzchen doch locker bewerkstelligen! So, schnell noch die Kosmetikartikel einpacken, ups, jetzt hätte sie fast ihre Zahnbürste stehen gelassen! Mit dem Kulturbeutel waren die Kapazitäten ihres Koffers restlos erschöpft. Karo ließ den Kofferdeckel nach unten fallen und drückte beide Hälften fest aufeinander. Fehlanzeige! Die silbernen Schnappverschlüsse waren mindestens zehn Zentimeter von einander entfernt. Den Kofferdeckel wieder nach oben klappend, verstaute sie den Inhalt in anderer Position, mit den Strümpfen stopfte sie die Zwischenräume aus. Deckel wieder zu, immer noch keine Chance, dass die Schnappverschlüsse schließen konnten. Aber der Abstand der Verschlüsse hatte sich auf schätzungsweise fünfeinhalb Zentimeter verringert. Also das ganze noch einmal! Karo konnte ihren Kofferinhalt verschieben, verrücken, umschichten, falten und drücken wie sie wollte, der Koffer war und blieb definitiv zu voll. Natürlich war kein einziges Kleidungsstück entbehrlich, alles musste mit in den Urlaub.

Wie gerufen klingelte es an ihrer Tür, Pia war glücklicherweise ein paar Minuten früher als verabredet gekommen.

»Dich schickt der Himmel« waren Karos erste Worte an sie. »Der blöde Koffer geht nicht zu.«

»Zeig mal her, das kriegen wir schon« entgegnete Pia und ging schnurstracks an ihr vorbei in Richtung Schlafzimmer. Es war wirklich schön, wenn man eine so praktisch veranlagte Freundin hatte. Karo konnte gar nicht so schnell gucken, wie sich Pia mit einem Hechtsprung, eigentlich sah es mehr aus wie ein Elchsprung, auf ihren Koffer schwang. Sie thronte in voller Lebensgröße auf dem Koffer und sie dachte nur, wenn das ihr armer Koffer nur überleben mag. Er überlebte es! Mit Pias Gewicht auf ihm ließen sich ohne jeglichen Widerstand die Silberscharniere verschließen. Das wäre geschafft! Karo überkam eine plötzliche Wehmut.

»Irgendwie wäre es ja schon schöner gewesen, mit Dir und Nele in den Urlaub zu fahren, so ganz alleine ist es doch ein komisches Gefühl!«

»Ach Karo, jetzt genieße deinen Urlaub und mache dir keine negativen Gedanken. Du sollst dich mal so richtig von allem und von jedem erholen. Eine ganze Woche keine nervigen Kunden auf der Arbeit, keine nervenden Männer und keine nervenden Freundinnen.«

»Du nervst mich nicht« kam es kleinlaut zurück, wobei sie Pia mit herzzerreißendem Blick ansah.

»Karo, hast du Angst alleine zu verreisen? An deinem Geburtstag hast du dich doch noch tierisch über den Urlaub gefreut?« wollte Pia wissen.

»Klar habe ich mich gefreut, ich freue mich auch jetzt noch, nur ist es nun kurz vor Reisebeginn doch ein komisches Gefühl, ganz alleine wegzufahren. Ich war noch nie alleine im Urlaub.«

»Eben« kam es nüchtern von Pia. »Deshalb kannst du jetzt das ganze im Vorfeld auch gar nicht beurteilen, stell dich nicht so an Karo. Du bist in einer Woche schon wieder hier« teilte ihr Pia nicht gerade mitfühlend mit und schnappte sich ihren Koffer.

»Komm jetzt, wir müssen zum Flughafen.«

»Warte Pia, ich geh noch mal auf Toilette! Stell dir doch mal vor, ich müsste am Flughafen! Was mache ich dann mit meinem Koffer? Ich bin ja ganz alleine und habe niemanden, der dann auf ihn aufpassen kann. Und mit in die Toilettenkabine kann ich ihn ja schlecht nehmen. Glaube auch kaum, dass er mit rein passt...«, sorgte sich Karo wieder viel zu viel. Als sie zum Klo ging, ließ sie die Badezimmertür offen und rief zu ihrer Freundin: »Ich habe schreckliche Angst, dass ich am Flughafen auf den Kanaren das Band nicht finde, auf dem mein Koffer seine Runden dreht und sehnsüchtig darauf wartet, von mir abgeholt zu werden!«

»Mensch Karo, glaub mir, du bist definitiv nicht zu blöd, Flugnummern von großen Anschlagtafeln abzulesen und entsprechend zu wissen, wo du hin musst! Entspann dich!«

»Du hast gut reden«, meckerte Karo, während sie die Knöpfe ihrer Jeans zumachte und bereits wieder im Flur herum tänzelte.

»Soll ich den Schal noch mitnehmen? Im Flieger kann es durch die Klimaanlage kalt werden!«

»Nein, den brauchst du nicht. Und jetzt entspann dich wirklich, Karo! Wenn du so weiter machst, kollabierst du am Ende noch und kannst gar nicht fliegen!« sagte Pia und lächelte ihre Freundin aufmunternd an.

»So schlimm fände ich die Vorstellung im Moment gar nicht!«, kam es von Karo.

»Jetzt mach mal einen Punkt Karo, und steigere dich in deine Angst nicht so rein! Los jetzt, nimm dein Handgepäck!«, und mit diesen Worten griff sie nach dem großen Koffer und ging zielstrebig zur Haustür.

»Warte, ich guck nur noch ganz kurz, ob ich den Herd ausgestellt habe«, trällerte Karo.

»Hast du den heute überhaupt schon angehabt?« fragte Pia erstaunt und Karo verneinte verlegen.

Fünf Minuten später saß Karo neben Pia in deren Auto und es ging Richtung Flughafen. Inzwischen war sie so nervös, dass sie ihrer Freundin absolut dankbar dafür war, dass sie sie nicht einfach nur am Flughafen ablud. Sie fuhren das Auto ins Parkhaus und Pia kam mit zu dem Abflugschalter. Eine lange Warteschlange hatte sich dort gebildet.

»Also Karo, ich bleibe gerne noch einen Moment bei dir, aber allzu lange kann ich nicht mehr warten. Das Parkhaus ist ziemlich teuer und Kai wartet auch zu Hause auf mich!«

»Ja klar, Pia, das verstehe ich doch. Ich danke dir tausendmal, dass du mich zum Flughafen gebracht hast.«

Es folgte eine ausgedehnte Verabschiedung mit vielen guten Ratschlägen und Ermahnungen, wie Karo ihren Urlaub gestalten, und worauf sie alles achten sollte. Pia winkte ihr ein letztes Mal am Ausgang zu, dann war sie weg, und Karo war alleine.

Erst in diesem Augenblick, als Pia gegangen war, wurde ihr richtig bewusst, auf was sie sich hier eingelassen hatte. Natürlich, eine Woche Urlaub am Meer war gigantisch und sie freute sich auch total darauf, aber ganz alleine, also mutterseelen alleine, nur auf sich selbst gestellt, kein Ansprechpartner, kein vertrautes Gesicht, absolut niemand war bei ihr! Das war härter als sie erwartet hatte! Es blieben ihr nur zwei Möglichkeiten, entweder sie ließ es zu, dass ihr erhöhter Herzschlag sich noch mehr steigerte, wurde noch unsicherer als sie es sowieso schon war, oder sie riss sich zusammen und sah dem ganzen positiv entgegen. Was sollte ihr denn passieren, fragte sie sich, um sich selber zu beruhigen. In Fuerteventura angekommen würde eine Reisebegleitung ihr den Weg zu dem Transferbus weisen, dann würde sie bis vor die Tür ihres Hotels gefahren werden Den Weg zur Rezeption würde sie wohl gerade noch alleine finden, man würde ihr ein Zimmer zuteilen und dann müsste sie nur noch dieses in der großen Hotelanlage suchen. Danach hatte sie es eigentlich geschafft. Von ihrem Zimmer aus brauchte sie theoretisch nur zum Frühstücks- und Abendbuffet gehen. Alles andere könnte sie, falls es ihr aus irgendwelchen Gründen ganz ganz schlecht ginge, einfach bleiben lassen. Nach einer Woche würde sie dann wieder nach Hause fahren, und ihre Freundinnen würden am Flughafen bereits auf sie warten. Wovor also hatte sie Angst? Ihr konnte wirklich nichts passieren! Das sagte sie sich die ganze Zeit, während sie sich schrittweise dem Flughafenschalter näherte. Hoffentlich würde sie keinen Fehler beim Einchecken machen, kamen ihr schon wieder negative Gedanken, als sie endlich an der Reihe war. Geschafft. Es war ganz einfach! Karo lief der Menschentraube nach und fand sofort das Gate, an dem ihre Maschine startete. Sie setzte sich auf einen der vielen Plastikstühle in der Wartezone und sah sich um, und tatsächlich, nicht nur sie, sondern auch andere Mitreisende standen oder saßen alleine. Sie war nicht der einzige Mensch auf dieser Erde, der ganz alleine war, auch wenn sie sich im Moment so fühlte. Die Wartezeit überbrückte

Karo mit Lesen. Nele hatte ihr gestern noch einen lustigen Roman für ihr Reisegepäck vorbei gebracht. Das war wirklich lieb von ihr.

Endlich wurde die Flugnummer per Lautsprecher ausgerufen, wieder stand Karo in einer langen Schlange und betrachtete die Leute, die mit ihr nach Fuerteventura fliegen würden. Die meisten von ihnen waren einige Jahre älter als sie, vereinzelt waren Leute ihrer Altersklasse dabei, und Familien mit kleinen Kindern, die noch nicht schulpflichtig waren. Karo atmete erleichtert auf, als sie endlich auf ihrem Sitz saß und den Sicherheitsgurt fest zog. Zum Glück hatte sie einen Fensterplatz bekommen. Neben ihr nahm eine leicht korpulente Dame, weitaus älter als sie selbst, den Sitz ein. Sie nickte Karo freundlich zu, als sie es sich bequem machte.
Endlich setzte sich das Flugzeug in Bewegung und es ging rückwärts auf die Rollbahn. Das Flugzeug begab sich in die richtige Position und dann startete es mit einer wahnsinnigen Geschwindigkeit. Karo wurde leicht in ihre Rückenlehne des Sitzes gedrückt und realisierte nun endgültig, dass ihre Reise in den Süden begonnen hatte. »Juchu Urlaub, ich freue mich!«, sagte Karo zu sich selbst und beschloss, diese Reise zu genießen und das Beste aus ihr zu machen. Ob nun alleine oder zu zweit, was machte das schon für einen Unterschied?!

Der Flug verlief angenehm ruhig. Es dauerte nicht lange und die Stewardessen fuhren mit ihren

Getränkewagen durch die engen Gänge. Karo bestellte sich einen Tomatensaft, die Dame neben ihr nahm das gleiche und so kamen sie miteinander ins Gespräch. Sie erzählte, dass sie zum neunten Mal auf die Insel flog, und dass es für sie kein schöneres Urlaubsziel als Fuerteventura geben würde. Auch sie flog alleine, sie war seit einigen Jahren verwitwet. Auch sie hatte sich am Anfang sehr schwer damit getan, alleine in den Urlaub zu fahren, doch wenn man einmal diese Hemmschwelle überwunden hätte, so würde man beim nächsten Urlaub schon gar kein Problem mehr darin sehen, teilte sie Karo aufmunternd mit.

»Um ehrlich zu sein, habe ich immer noch Angst vor der Woche, die vor mir liegt! Sicher lernt man immer Leute kennen. Aber alleine ist man ja irgendwie trotzdem! Und es ist doch viel schöner, nicht alleine zu sein«, bemerkte Karo.

»Ach, so ein hübsches Mädchen wie Sie es sind, ist doch niemals lange alleine. Da würde ich mir eher Sorgen machen, dass Ihnen zu viele hinterherlaufen. Besonders die spanischen Hotelangestellten« fügte sie hinzu und lachte hell auf. Außerdem beruhigte sie Karo mit den Worten, dass das ganze Hotel doch voll mit Leuten sei, man also nie wirklich alleine wäre!

Als »hübsches Mädchen« bezeichnet zu werden, schmeichelte Karo. Immerhin war sie nicht mehr die Jüngste, wenn gleich sie gegen ihre Sitznachbarin natürlich einige Jahre weniger zu verbuchen hatte. Die beiden Frauen lächelten sich an.

Karos Sitznachbarin wühlte in ihrer braunen Lederhandtasche und fischte ihre Reiseunterlagen hervor, die sie sich durch las. Karo schielte herüber und entdeckte einen Hotelnamen, der ihr bekannt vorkam.

»Ferro Beach?« fragte sie ihre Nachbarin. »Ich glaube, in dem Hotel wohne ich auch!«

»Na das wäre doch sehr schön, wenn wir das selbe Hotel gebucht hätten«, antwortete die ältere Dame freundlich. Auch Karo kramte in ihrer Tasche nach ihrem Reisegutschein. Und tatsächlich, auch auf ihrem Zettel prangte in großen, weinroten Buchstaben: »Hotel Ferro Beach-Resort.«

Jetzt ging es Karo wirklich gut, alle Ängste und Sorgen waren dahin. Wenn auch ein wenig älter als sie selbst, so hatte sie in dieser sympathischen Frau eine nette Urlaubsbekanntschaft gefunden, und das bereits im Flugzeug! Jetzt konnte wirklich nichts mehr schief gehen, Karo fühlte sich rundum sicher und konnte es kaum erwarten, dass sie die Urlaubsinsel endlich anflogen.

»Ich bin Frau Helius«, stellte sich die Dame Karo vor und reichte ihr dabei die Hand.

»Sehr erfreut, Karo Sommer«, antwortete Karo und meinte in diesem Moment nichts ernster, als das was sie gerade gesagt hatte. Sie war sehr erfreut, Frau Helius kennen gelernt zu haben!

Der Kapitän unterbrach ihr angeregtes Gespräch mit einer Durchsage: »Liebe Passagiere, in wenigen Minuten werden wir auf der schönen Sonneninsel

222

Fuerteventura landen. Es erwartet sie eine Außentemperatur von 26 Grad Celsius. Wir hoffen, Sie hatten einen angenehmen Flug und würden uns freuen, Sie erneut an Bord unserer Fluggesellschaft begrüßen zu dürfen.« Dann wiederholte er das Ganze auf Englisch und sie flogen eine Rechtskurve in Richtung Flughafen Fuerteventura.

Als Karo aus dem Flugzeug ausstieg kam es ihr vor, als würde sie übergangslos in ein Treibhaus eintreten. Eine warme, schwüle Luft umgab sie, die Sonne strahlte von einem wolkenlosen Himmel. Sie zog ihre Jacke aus und wickelte sie um die Taille. Es war ein absoluter Hochgenuss, nur mit Pullover oder T-Shirt bekleidet herumlaufen zu können, zumal man sich nur wenige Stunden zuvor mit dicker Jacke gegen das nass kalte Wetter geschützt hatte, obwohl es schon Anfang Mai war! Der Sommer ließ in Deutschland dieses Jahr auf sich warten! Gemeinsam mit Frau Helius ging Karo zu dem Förderband, auf dem die ersten Koffer bereits transportiert wurden.

»Jetzt heißt es warten!«, kam es ungeduldig von Karo. Sie hasste es generell, auf etwas warten zu müssen. Frau Helius bemerkte ihre Ungeduld.

»Genau in diesem Moment sind einige Männer damit beschäftigt, das ganze Reisegepäck mit Transportwagen vom Flugzeug in den Flughafen und dann auf dieses Förderband zu bugsieren. Bei dieser Hitze ist das keine beneidenswerte Arbeit!«

Karo schämte sich für ihre unbedachte Quengelei, atmete tief durch und entspannte sich. Frau Helius hatte Recht, und ob sie sich nun aufregte oder nicht, dadurch kam ihr Koffer auch nicht schneller.

»Da kommt mein Koffer!« entfuhr es Frau Helius plötzlich. »Ich habe irgendwann einmal fünf »Ein Herz für Kinder-Aufkleber« auf ihn gebappt. So kann ich ihn immer gleich erkennen!«

Lachend packte Karo den Koffer am Griff und wuchtete ihn vom Band. »Das ist eine sehr gute Idee! Ich glaube, da hinten kommt auch mein Koffer...«

Sie holte einen Gepäckwagen, belud diesen mit ihrem und dem Koffer von Frau Helius, auf welchem die Aufkleber ordentlich in einer Reihe aufgeklebt waren, und zusammen zogen sie los Richtung Ausgang. Dort wurden sie von einer attraktiven Reisebegleiterin bereits erwartet. Sie schwenkte ein großes Schild mit dem Namen des Reiseveranstalters über ihrem Kopf hin und her. Die Namen von Frau Helius und von Karo wurden auf einer Liste als »am Urlaubsort angekommen« abgehakt.

»Bitte gehen Sie zum Bus mit der Nummer 412. Wenn Sie aus dem Hauptausgang heraus kommen, gleich scharf links, cirka 300 Meter. Dort steht Ihr Bus, der sie in Ihr Hotel bringt« lächelte die Angestellte, während eine nicht unbeachtliche Zahnlücke zwischen ihren Schneidezähnen sichtbar wurde. Als die beiden den zugewiesenen Bus erreicht hatten, stieg Frau Helius sofort ein und organisierte zwei Sitzplätze, während Karo dem

Busfahrer das Gepäck zum Verstauen übergab und im Anschluss den Gepäckwagen zurück brachte.

Erneutes Warten begann. Der Reisebus füllte sich Stück für Stück, und noch immer fehlten einige Mitreisende. Diese standen vermutlich immer noch am Kofferband und warteten. Endlich ging es los. Die nette Reisebegleitung stieg als letzte zu und während sich der Bus in Bewegung setzte, wurden die Gäste mit einer Ansprache durch das Bordmikrofon auf der Insel willkommen geheißen. Jetzt begann für Karo ein neuer spannender Reiseabschnitt. Jedes mal wenn der Bus vor einer Hotelanlage anhielt, wurde der Name des Hotels vorgelesen und einige Gäste erhoben sich von ihren Plätzen, weil sie ihr Urlaubsziel erreicht hatten. Die Spannung auf das eigene Hotel stieg. Das erste Hotel welches angefahren wurde, lag weit entfernt vom Strand in einem Pinienwald, auch die äußere Fassade des Hotels machte nicht wirklich einen guten Eindruck. Mit leicht nach unten gezogenen Mundwinkeln verließen die jeweiligen Urlaubsgäste den Bus, während sich die anderen mit erleichtertem Aufatmen in ihren Sitzen zurück lehnten. Karo wusste nicht, ob es anderen Menschen auch so ging, und ihr war auch bewusst, dass es nicht besonders nett war, aber sie wurde, ehrlich zugegeben, fast ein wenig schadenfroh. Warum hatten sich die Leute auch das Reiseprospekt und die Hotelbeschreibung nicht genauer durchgelesen? Das hatten sie nun davon! In der Hoffnung, dass auf Frau Helius und sie das schönste Hotel von allen wartete, fuhren sie weiter. Karo konnte sich ihrer Sache ja schon ziemlich sicher sein, da Frau Helius ihr ausführlich von der Hotelanlage berichtet hatte. Sie fuhren noch einige weitere Hotels an, bis sie endlich zu ihrem kamen. Karo schätzte, in Anbetracht der noch verbliebenen Personen im Reisebus, dass nach ihnen nur noch ein Hotel angefahren wurde. Und dann tauchte der große, wie auf dem Hotelvordruck in weinrot gehaltene Schriftzug »Ferro-Beach-Resort« auf! Der Bus stoppte vor der großen Empfangshalle und die Gäste verließen am Fahrer vorbei das Gefährt.

»Frau Helius, sehen Sie nur!«

Entzückt zeigte Karo durch die große Panoramascheibe in Richtung Meer, das in einem tiefen Blau, durch Palmen verdeckt, zu erspähen war. Frau Helius freute sich über die glücklich strahlenden Augen von Karo.

»Der Strand ist nur einen Katzensprung vom Hotel entfernt. So bald wir unsere Zimmer haben, können wir hingehen!«

Karo merkte bereits wieder, wie sie ungeduldig wurde. Am liebsten hätte sie ihren Koffer an Ort und Stelle stehen gelassen, und wäre sofort zum Wasser gelaufen. Natürlich ging das nicht und sie zwang sich zur Ruhe.

Insgesamt stiegen sechs Personen am Ferro-Beach aus. Zwei ältere Ehepaare, Frau Helius und sie selber. Der Busfahrer hatte inzwischen alle Koffer aus dem großen Kofferraum herausgeholt und ordentlich vor dem Hoteleingang aufgereiht. Sie schnappten sich ihr Gepäck und gingen zur Rezeption. Nach dem alle Formalitäten erledigt waren, hielten beide Frauen ihre Zimmerschlüssel mit einem riesigen, messingfarbenen Anhänger in ihren Händen.

»Ich habe Zimmernummer 333« kam es von Karo.

»Sehr schön, dann können unsere Zimmer nicht allzu weit entfernt sein. Ich habe Zimmernummer 339!«

Mehr Glück konnte man gar nicht haben, die Zimmer lagen also nicht weit auseinander. Zielstrebig schritt Frau Helius voran. Da sie sich auf der Hotelanlage sehr gut auskannte, musste Karo ihr nur unauffällig zu ihrem Zimmer folgen.

Um zu den Zimmern zu gelangen, mussten sie den riesigen Pool überqueren. Über dem Pool ragte eine große Holzbrücke, mit rotem Geländer. Es war für die bereits anwesenden Hotelgäste bestimmt ein lustiger Anblick, Karo und Frau Helius über diese Holzbrücke laufen gehen zu sehen. Alle Gäste lagen mit Badehose bekleidet auf ihren weißen Sonnenliegen rund um den Pool, einige Leute plantschten vergnügt im Wasser. Frau Helius und Karo hatten noch immer ihre dicken Klamotten an, dazu waren sie mit ihren Koffern und Taschen bepackt wie zwei Schleppesel. Die Hotelgäste am Pool, die sie nun schmunzelnd beobachteten, waren vor wenigen Tagen selbst über die Holzbrücke zu ihrem Hotelzimmer gelaufen, und außerdem kam noch erschwerend hinzu, dass für viele bestimmt der Urlaub schon fast zu Ende war. Für Frau Helius und Karo begann er gerade erst und die innere Freude wurde immer größer!

Das Zimmer war schlicht und sehr ordentlich. Wie in südlichen Ländern meist üblich, bestand das Bettzeug aus nur einem weißen, frisch gestärkten Leinentuch. Möbliert war das Zimmer außer dem Doppelbett mit einer kleinen gemütlichen Sitzecke, bestehend aus Couch, zwei Sesseln und einem Tisch. Neben einem großen Kleiderschrank gab es noch eine Anrichte, auf der ein Fernseher stand. Das Bad war geräumig, über dem Waschbecken befand sich ein riesiger Spiegel. Da Karos Zimmer im Erdgeschoss lag hatte sie vor dem Eingangsbereich eine kleine Terrasse. Alles war in einem sehr gepflegten Zustand, was sie sehr beruhigte und zufrieden stellte. Karo fand es grauenhaft, wenn man in einem ungepflegten Hotelzimmer mit unsauberen Betten nächtigen musste, das konnte ihr die größte Urlaubslaune vermiesen, aber zum Glück schien auf den ersten Blick die Hotelanlage sehr schön zu sein.

Frau Helius klopfte an Karos Zimmertür und diese bat sie herein.

»Und, haben Sie schon ausgepackt?« wollte sie wissen. »Schönes Zimmer! Meines ist Ihrem sehr ähnlich. Ich denke, hier kann man sich wohl fühlen! Wir haben noch ein wenig Zeit, bis es Abendessen gibt!«, teilte Frau Helius mit.

»Ich freue mich schon wahnsinnig auf das Essen! Mein Magen knurrt schon, so einen großen Hunger habe ich!«

»Ein Weilchen müssen Sie sich noch gedulden«, sagte Frau Helius mit Blick auf die Uhr. »Haben Sie schon ihre Uhr umgestellt? Hier gilt die westeuropäische Zeit! Wir müssen unsere Uhren um eine Stunde zurück stellen!«, setzte Frau Helius Karo in Kenntnis.

»Oh, danke schön! Das habe ich noch nicht gemacht!«, antwortete Karo, und drehte an ihrer Uhr.

»Möchten Sie bis zum Essen ein wenig über die Anlage bummeln?« Karo freute sich sehr, dass Frau Helius, die sich hier bestens auskannte, ihr alles zeigen würde!

Zuvor hatten sich die beiden natürlich von ihren Winterklamotten befreit und standen sich nun in Shorts und T-Shirt gegenüber. Karo konnte sich beim Anblick von Frau Helius ein Schmunzeln nicht verkneifen.

»Ja Kindchen, lachen Sie nur, in Ihrem Alter habe ich das auch noch nicht gebraucht, aber mittlerweile muss ich mich vor den Sonnenstrahlen schützen« kam es von Frau Helius, während sie sich demonstrativ ihre graue Baseballkappe, bestickt mit Ernie und Bert aus der Sesamstraße, noch tiefer als sie zuvor schon saß, ins Gesicht zog. Es war wirklich ein ulkiger Anblick, eine so betagte Dame mit dieser jugendlichen, fast kindlichen Baseballkappe zu sehen. Aber auf der anderen Seite war es auch lustig und unterstrich den lebensfrohen Charakter von Frau Helius.

Das Reiseprospekt hatte nicht zu viel versprochen, die Hotelanlage war wirklich wunderschön und ließ keine Wünsche offen. Es gab zwei riesige Swimmingpools, die sich in die schöne Gartenanlage integrierten. Neben der großen Poolbar gab es noch viele weitere Ausschänke, an denen bunte Cocktails und andere Getränke über die Theke geschoben wurden. Karo kam es so vor, als könnte man an wahnsinnig vielen Ecken etwas zu trinken bekommen. Wo sie hinblickte saßen Leute mit Gläsern in der Hand und ließen es sich gut gehen!

Weiter verfügte die Anlage über einen kleinen Minigolfplatz, mehrere Tenniscourts, Bogenschießstand, Clubdiscothek, Freilicht-Aerobicbereich und einem klimatisierten Fitness-Studio. Das komplette Hotelareal war mit farbenfrohen Blumen und mit mächtigen Palmen bepflanzt. Der Anblick der Palmen versetzte Karo in absolute Urlaubsstimmung, Palmen waren für sie der unmittelbare Überbringer von Sonne, Strand und Urlaubsgefühlen!

Die beiden setzten sich an die Poolbar und entschieden sich für einen Cocktail. Ein freundlicher Kellner servierte ihnen kurz darauf zwei exotisch aussehende, und mit reichlich Obst, Fähnchen und Glitterstrohhalmen verzierte Gläser: »Senoritas, bitte sehr! Zwei schöne Cocktails für zwei sehr schöne Frauen.«

»Sehen Sie, Kindchen, was habe ich Ihnen gesagt?« murmelte Frau Helius leise. »Auf Sie muss ich aufpassen!«, zwinkerte sie Karo zu.

»Wir passen gegenseitig auf uns auf!« antwortete Karo lachend. Die Gläser klirrten leise aneinander und die beiden stießen auf den vor ihnen liegenden Urlaub an!

Als die Gläser leer waren, beschlossen sie, noch kurz zum Meer zu gehen. Keine hundert Meter mussten sie laufen, um den hoteleigenen Strandabschnitt zu erreichen.

»Oh ist das herrlich!«, entfuhr es Karo, als sie auf das blau silbrige Wasser schaute, dessen kleine Wellen am feinen Sandstrand ausliefen. Sie bückte sich und zog ihre Schuhe aus. Frau Helius tat es ihr gleich. Weiter krempelte sie ihre wadenlange Hose bis zu den Knien hoch, und so marschierten sie einige Meter in das kühle Nass.

»Uuuiii, kalt!« rief Karo und Frau Helius lachte herzlich.

»Ja, Kindchen, das Wasser ist um diese Jahreszeit noch etwas kühl. Aber wir werden uns daran gewöhnen!«

Die beiden liefen noch ein wenig am Strand entlang und beobachteten, wie die meisten Badegäste ihre Sachen zusammen räumten und den Strand verließen.

»Es ist Abendessenszeit!« bemerkte Frau Helius.

»Dann sollten wir auch ins Hotel zurückgehen. Ich verhungere gleich!«

Sie machten sich auf den Weg in ihre Zimmer, um sich für das Abendessen umzuziehen.

Das Abendbuffet im Speisesaal war eine Wucht! Es gab eine reichliche Auswahl an Köstlichkeiten, angefangen mit verschiedenen Vorsuppen, gemischten Salaten, Fleisch, Fisch, Käse- und Wurstplatten, Beilagen, Soßen bis hin zu dem sehr verlockenden Dessertbuffet, welches mit Kuchen, Gebäck, Eis, Sahnecremes und vielem anderen zum Schlemmen einlud. Den einzelnen Gästen wurde kein fester Tisch im Speisesaal zugewiesen, so dass Karo mit Frau Helius frei den Platz auswählen und zusammen sitzen konnte. Sie saßen sich an einem geräumigen Tisch für vier Personen gegenüber, als plötzlich zwei Männer fragten, ob an ihrem Tisch noch Platz sei.

»Ja aber natürlich, setzen Sie sich« erwiderte Frau Helius umgehend und rückte ihr Salatschüsselchen etwas näher an sich heran, um Platz zu machen, während sich Karo umschaute und feststellte, dass sich der Speisesaal inzwischen stark gefüllt hatte. Sie konnte keinen freien Tisch erspähen und schloss daraus, dass das Hotel, trotz der frühen Jahreszeit, ziemlich ausgebucht zu sein schien. Mit ihrer lockeren und zugänglichen Art suchte Frau Helius sogleich das Gespräch mit den neuen Tischnachbarn.

»Sind Sie schon länger hier? Wir sind heute erst angekommen!«

»Vier Tage sind von unserem Urlaub leider schon vorbei. Die Zeit verrennt nur so!« antwortete der eine der beiden Männer.

»Ja, so ist das leider immer im Urlaub! Schwups ist die Woche rum und man muss wieder nach Hause. Aber jetzt wollen wir nicht an die Abreise denken!«

»Genau!« stimmte der andere fröhlich zu.

»Sie bleiben nur eine Woche? Wir haben vierzehn Tage gebucht.«

»Ja, wir bleiben nur eine Woche«, antwortete Frau Helius, während sie Karo freundlich zunickte. Wie selbstverständlich redete Frau Helius von einem »wir«, als würde sie mit ihr fest zusammen gehören. Für Karo fühlte sich das gut an und es gab ihr Sicherheit!

Frau Helius erhob ihr Glas: »Wenn wir schon in netter Runde zusammen sitzen, möchte ich mich gerne vorstellen. Ich bin Doris!«

»Oh, angenehm. Timo!«

»Peter« kam es von dem anderen Mann, der ebenfalls sein Glas zur Mitte hob.

»Karo« fügte diese hinzu, während ihr bewusst wurde, dass sie bis jetzt noch gar nichts gesagt hatte. Sie bewunderte, wie aufgeschlossen diese ältere Dame gegenüber ihren Mitmenschen war. Ganz im Gegenteil zu ihr. Sie hätte gut und gerne auf die Anwesenheit der beiden Männer verzichten können! Karo freute sich sehr, dass sie zum »du« übergegangen waren! Das machte den Umgang miteinander viel persönlicher.

»Warst du schon einmal in diesem Hotel?« richtete Timo seine Frage direkt an Karo.

»Nein, ich bin zum ersten Mal hier.«

»Es wird dir gefallen! Das Hotel ist wirklich gut!«

Karo nickte zustimmend, und langsam taute das Eis zwischen ihnen. Die vier ließen sich das Essen schmecken, und plauderten in netter Runde. Es stellte sich heraus, dass Peter und Timo aus der gleichen Stadt wie Karo kamen, so dass nicht lange nach neuen Gesprächsthemen gesucht werden musste. Karo verspeiste gerade ihr Dessert, bestehend aus verschiedenen Eissorten, kombiniert mit einem frisch zubereiteten Fruchtcocktail, inklusive Schlagsahne, als Timo fragte: »Was habt ihr heute Abend noch vor?«

Mit ratloser Miene musste sie ihn angeschaut haben, denn Frau Helius, also Doris, übernahm für sie das Wort. »Was machen denn die beiden Herren heute Abend noch?« erforschte sie ganz keck. Karo war Doris dankbar für ihre Frage, was hätte sie auch sagen sollen, sie war gerade vor ein paar Stunden angekommen, und musste sich doch erst einmal zurechtfinden.

»Also wir gehen in die Clubdisco, die haben hier einen coolen DJ, da geht richtig die Post ab. Kommst du auch?«

Peter sah Karo fragend an.

»Mal sehen, ich werde jetzt erst in aller Ruhe meine restlichen Sachen aus dem Koffer auspacken« kam es kurz von ihr zurück. Nicht schon wieder, dachte sie sich leise. Sie hatte sich doch fest vorgenommen,

234

sich von dem Geschöpf »Mann« zu erholen! Und nun das. Dazu kam noch, dass weder Peter noch Timo ihrem Typ entsprachen. Timo war höchstens genauso groß wie sie, wenn nicht sogar kleiner. Und er hatte einen runden Bauch, der auf sehr viele zuvor getrunkene Biere schließen ließ, außerdem hatte er fast eine Halbglatze. Karo konnte mit dieser Frisur gar nichts anfangen. Die letzten braunen Haare umsäumten Timos Kopf wie eine Girlande. Warum ließ er sich keine Glatze schneiden? Wenn die Natur oder die Erbanlagen es schon vorsahen, dass die Haare lichter wurden, dann war eine Glatze ihrer Ansicht nach bei weitem cooler als solch ein Kränzchen. Und eine Glatze machte einen Mann schon wieder interessant!

Peter war für Karo auch kein optisches Highlight. Zwar war er groß gewachsen, und hatte auch keinen Flugzeuglandeplatz auf seinem Kopf. Dafür wucherten seine straßenköter blonden Haare! Von einem Haarschnitt konnte keine Rede sein! Die Haare waren kurz und knapp beschrieben einfach nur ungepflegt. Seine Haarspitzen reichten bis über die Hälfte seiner Ohren, im Nacken fingen die Haare an, sich zu kräuseln. Bei diesen Wettertemperaturen war das besonders unangenehm, weil sie schweißdurchnässt waren. Erschwerend kam bei Peter noch der vorhandene Oberlippenbart hinzu. Berufsbedingt hätte Karo am liebsten noch direkt am Essenstisch ihr Handwerkszeug in Form von Haarschere und Rasierer gezückt und bei ihm Hand angelegt. Nein, also Timo und Peter waren wirklich keine Männer, nach denen sie sich umdrehen würde.

Karo schlenderte mit Doris zurück zu ihrem Hotelzimmer.

»Was machen wir denn heute Abend, Kindchen?« fragte Doris.

»Keine Ahnung, wollen wir gleich heute am ersten Abend etwas unternehmen, oder wollen wir den Urlaub ruhig angehen lassen?« wollte Karo wissen.

»Ruhig angehen lassen?« wiederholte diese die Worte. »Du weißt doch, wie schnell so eine Urlaubswoche vorbei ist, natürlich machen wir heute Abend etwas! Warum gehen wir nicht in die Clubdisco, wie Timo und Peter es vorgeschlagen haben? Wenn wir genug haben, können wir immer noch ins Bett gehen!«

»Du würdest mit in die Clubdisco gehen?« fragte Karo Doris ganz erstaunt.

»Ja Kindchen, warum denn nicht?« kam es wie selbstverständlich von Doris. »Denkst du etwa, ich bin zu alt dafür?«, lachte sie schallend. »Das haben unsere zwei Tischnachbarn wohl auch gedacht, immerhin haben sie nur dich gefragt, ob du mit in die Disco kommst, mich haben sie außer Acht gelassen.«

»Ja super, nein natürlich bist du nicht zu alt« erwiderte Karo freudestrahlend, weil sie hiermit gar nicht gerechnet hatte.

»Ach Doris, was bin ich froh, dass ich dich kennen gelernt habe! Komm, lass uns in aller Ruhe auf unsere Zimmer gehen, und uns ausgehfein machen.«
»Ja, Kindchen, so machen wir es« kam die Antwort aus einem strahlenden Gesicht und sie einigten sich, dass Doris um halb zehn Uhr Karo von ihrem Zimmer abholen würde.

Doris war wirklich eine tolle Frau. Schick zurechtgemacht, mit schwarzer dreiviertel Hose, silberner Bluse und silbernen Sandaletten, holte sie Karo pünktlich wie vereinbart ab. Sie selber trug ein langes weißes Sommerkleid mit einer dunklen Strickjacke, abends konnte es doch ziemlich frisch werden.
»Oh Doris, du siehst umwerfend aus!« entfuhr es Karo.
»Danke schön, das ist aber lieb von dir!« freute sich Doris. Das Kompliment kann ich aber nur zurückgeben. Das weiße Kleid steht dir ausgezeichnet!«
Karo hakte sich bei Doris unter und sie zogen gut gelaunt los.

Schon von weitem dröhnte ihnen die Musik entgegen. Die Diskothek war, obwohl es noch nicht allzu spät war, bereits gut besucht. Die beiden waren gerade dabei, sich an einen kleinen Tisch zu setzen, als auch schon Timo neben ihnen stand.

»Hallo, schön, dass ihr gekommen seid, setzt euch doch zu uns!« forderte er sie auf und sie nahmen diese Einladung an.

Die Tanzfläche füllte sich von Minute zu Minute. Peter hatte im Speisesaal nicht zu viel versprochen, der DJ war wirklich gut und sorgte mit seiner Musikauswahl für eine super gute Stimmung. Plötzlich ergriff Doris Timos Arm: »Hast du Lust zu tanzen?«

Timo guckte im ersten Moment etwas verdutzt, aber im nächsten stand er schon mit Doris auf der Tanzfläche und im flotten Discoschritt fegten die beiden über das Parkett. Karo bewunderte Doris, sie war so lebensfroh, locker und unkompliziert! Sie selber musste sich erst ein wenig Mut antrinken, um sich auf die Tanzfläche zu wagen. Doris hingegen jagte über die Tanzfläche wie ein junges Schulmädchen. Timo und sie amüsierten sich köstlich. Peter, der ebenfalls wie Karo die ganze Zeit den beiden beim Tanzen zugesehen hatte, beugte sich zu Karo: »Möchtest du tanzen?«, fragte er höflich.

»Oh nein, bitte sei mir nicht böse. Im Moment möchte ich nicht, vielleicht später, okay?« Sie bestellte sich einen weiteren Cocktail. Peter erzählte ihr von den bereits zuvor auf der Insel verbrachten Urlaubstagen. Timo und er hatten eine Windsurfschnupperstunde mitgemacht.

»Das sieht so einfach aus, wenn man den Surfern zusieht. Das ist es aber überhaupt nicht!«

»Das glaube ich gerne«, pflichtete Karo ihm bei.

»Zum Ende der Stunde ist es mir gelungen, auf dem Brett stehen zu bleiben. Mir kam es vor, als hätte ich ewig lange gestanden, und hätte dabei den halben atlantischen Ozean durchquert. In Wahrheit war es wohl weniger als eine halbe Minute, und an zurück gelegter Strecke wohl weniger als zwei Meter« grinste er Karo an.

Peter war ein Mensch, dem das Erzählen gut lag, nicht nur einmal musste Karo über seine Schilderungen lachen. Er war ihr, trotz seines ihr nicht zusagendem Äußeren, sehr sympathisch, er war lebensfroh und witzig. Karo sah die ganze Sache locker, ihren Traummann suchte sie nicht mehr, sie wollte sich hier nur erholen. Also nahm sie es so, wie es kam. Und nun unterhielt sie sich mit einem schnurrbärtigen, haarschnittlosen Mann und amüsierte sich köstlich. Doris und Timo wollten gar nicht mehr von der Tanzfläche herunter, sie durchtanzten einen Song nach dem anderen. Erneut fragte Peter sie, ob sie nun auch einmal tanzen wollte. Karo willigte zögernd ein und schon packte sie Peter mit seinen starken Armen und führte sie sicher über das Parkett. Karo fing an, den Alkohol zu merken, richtig schummerig wurde ihr bei den Drehungen. Sie zog Peter etwas zu sich herunter und flüsterte ihm ins Ohr: »Dreh bitte nicht so viel. Mir wird ganz schwindelig und ich verliere die Orientierung!«

Er nickte ihr grinsend zu, nahm sie noch fester in seine Arme und tanzte noch gefühlvoller als zuvor mit ihr. Selten hatte sie einen Tänzer erlebt, der so eine Wärme und Geborgenheit alleine durch die Armhaltung ausstrahlte.

Noch bis in den frühen Morgen saßen die vier zusammen und genossen die erste Urlaubsnacht, bis Doris aufstand.

»So, Kinderchen, die Oma geht jetzt ins Bett, ich habe genug für heute.«

»Warte, ich komme mit, auch ich bin müde« antwortete Karo und erhob sich ebenfalls von ihrem Stuhl. Sie verabschiedeten sich von Peter und Timo und machten sich auf den Weg in ihre Betten. Doris begleitete Karo noch zu ihrem Zimmer, sie musste ja ein paar Meter weiter laufen, bis sie ihres erreichte.

»Gute Nacht Karo, schlaf gut, das war ein sehr schöner Abend, nicht wahr?«

»Ja, das war er, schlaf du auch gut, Doris« erwiderte Karo und beeilte sich, in ihr Bett zu kommen. Sie war hundemüde und ging nach einer kurzen Katzenwäsche sofort in ihr Bett, deckte sich mit dem dünnen Leinentuch zu und empfand ein absolutes Wohlgefühl. Sie war zu müde, um noch irgendwelche Gedanken fassen zu können und schlief glücklich ein.

Doris und Karo lagen auf ihren Liegen am Pool und genossen die Sonnenstrahlen. Es war herrlich, die heiße Sonne auf dem Körper zu spüren, mit dem Gedanken an ein nass kaltes Deutschland. Da kamen einem die Sonnenstrahlen besonders kostbar vor!

Die Urlaubstage vergingen wie im Flug, die beiden verstanden sich bestens, seit dem ersten Moment ihres Kennenlernens, auch wenn Doris all abendlich ein wenig mit ihren Fragen nervte: »Kindchen, welcher von den beiden Männern sagt dir mehr zu? Ich finde, du würdest sowohl mit Timo als auch mit Peter ein schönes Paar abgeben.«

Karo lachte: »Keiner von Beiden! Auch wenn du mich noch hundert Mal danach fragst«, fügte sie schmunzelnd hinzu. »Peter und Timo sind wirklich furchtbar nett, aber mehr als Freundschaft kann ich mir beim bestem Willen nicht vorstellen!«

Doris schüttelte unmerklich den Kopf. Auch eine Augenbraue wurde nach Karos Geschmack ein wenig zu hoch gezogen. Karo lachte auf: »Du bist einfach klasse, Doris! Und da ich dich so gern habe, nehme ich dir auch nicht übel, dass du mich verkuppeln möchtest! Aber glaube mir, deine Bemühungen sind zwecklos!«

Peter und Timo waren inzwischen zu ihren beständigen Wegbegleitern geworden, gerade standen die beiden an der Poolbar und orderten Cocktails für alle vier. Das war sehr aufmerksam und Karo genoss das Dasein als Frau in vollen Zügen. Die Frau lag faul in der Sonne, während sich der Mann um das leibliche Wohl sorgte, so ließ es sich leben! Peter und Timo kümmerten sich wirklich rührend um Doris und Karo! Und sie machten es gerne! Sie verbrachten die Tage nun fast ausschließlich zu viert, und Peter und Timo waren wirklich liebe nette Männer, da konnte Karo nichts gegen sagen. Peter kam auf sie zu und drückte ihr einen orange leuchtenden Cocktail in die Hand und ließ sich neben ihr auf seinem Sonnenstuhl nieder: »Würde es dir etwas ausmachen, mir den Rücken einzucremen?« Natürlich machte sie das, wobei Karo feststellte, dass Peter einen gut geformten Körper hatte. Wie sagte man so schön? Sein Rücken hatte Andeutungen einer so genannten V-Form.

»Machst du Bodybuilding oder so etwas in der Art? Dein Rücken ist ganz schön muskulös!«

»Vielen dank für die Blumen«, antwortete Peter. »Ich habe früher sehr viel Fitness und Muskeltraining gemacht. Damit ist es im Moment leider vorbei. Vor einem Jahr hatte ich einen schweren Motorradunfall. Ein Fahranfänger hat mich nicht gesehen und ist volle Kanone in mich hinein gerauscht. Ja, das war keine so schöne Zeit. Vier Monate habe ich im Krankenhaus gelegen. Ich glaube, an mir war so ziemlich alles gebrochen, was man sich nur brechen kann! Erst seit kurzem durfte ich wieder mit leichtem Sport angefangen! Meine jetzigen Muskeln sind somit nur ein kläglicher Überrest von einst! Aber jetzt arbeite ich wieder daran.« Er lächelte Karo an.

»Oh, da hast du ja ganz schön harte Zeiten hinter dir!« sagte Karo.

»Das Leben ist kein Ponyhof. Ich bin froh, dass ich noch lebe – und dass ich laufen kann! Es hätte alles bei weitem schlimmer kommen können. Lass uns lieber das Thema wechseln. Der Tag ist für diese alte Geschichte viel zu schön!«

Karo bewunderte seinen Optimismus. Mit Grauen erinnerte sie sich daran, wie sie wegen einem Bänderriss ganze fünf Wochen nicht richtig laufen konnte und wie ungeduldig sie damals war. Wie schlimm musste es erst sein, ganze vier Monate in einem Krankenhaus liegen zu müssen?

»Habt ihr Lust, morgen mit Motorrollern die Insel zu erkunden?« fragte Timo.

Nicht anders zu erwarten, war Doris die erste, die lauthals ihre Begeisterung zum Ausdruck brachte.

»Klasse, na klar sind wir dabei, nicht wahr, Kindchen?« kam es von ihr. Was sollte Karo da noch entgegen setzen? Die Sache war gebongt.

»Ich möchte aber lieber keinen eigenen Roller fahren, wenn das möglich ist. Lieber wäre es mir, bei einem von euch als Beifahrer mitzufahren!?« stellte Doris die Frage in die Runde.

»Das geht mir ehrlich gesagt genau so! Ich bin noch nie Roller, Vespa, Motorrad oder ähnliches gefahren. Und um ehrlich zu sein, habe ich da ein wenig Schiss vor!«

Timo und Peter grinsten von einem Ohr zum anderen, als sie von ihren Bedenken hörten, hatten aber überhaupt kein Problem damit, ihrem Anliegen nachzukommen. Die beiden Männer erhoben sich: »Gut, dann gehen wir jetzt gleich zum Vespaverleih und reservieren für morgen! Wäre schade, wenn morgen früh alle Motorroller verliehen wären!«

Karo und Doris sahen den beiden nach, wie sie in Richtung Hotelhauptausgang Richtung City verschwanden, und rekelten sich gemütlich auf ihren Sonnenliegen.

»Die beiden sind wirkliche Schätze, Kindchen« kam es von Doris.

»Ja das stimmt! Schön, dass wir sie gleich am ersten Urlaubstag kennen gelernt haben« antwortete Karo.

»Sag mal, Karo, bei wem fährst du denn morgen mit auf dem Roller? Bei Peter oder bei Timo?«

»Das ist mir völlig egal, such du dir aus, bei wem du lieber mitfahren möchtest.«

»Es ist dir egal? Na gut, ich mag beide Männer sehr gerne, aber ich glaube, du magst den Peter einen Tick lieber als den Timo, deshalb fahre ich bei Timo mit« strahlte Doris Karo an. Karo ließ die Bemerkung von Doris unkommentiert stehen und drehte sich auf den Bauch, um sich den Rücken von der Sonne bräunen zu lassen.

Erst einmal wurde anständig gefrühstückt. Frisch gestärkt wollten sie dann die Rollertour in die Prärie starten. Das Frühstücksbuffet war wie jeden morgen gigantisch, Karo war sich sicher, unter Garantie einige Kilos schon zugelegt zu haben, doch das schreckte sie nicht ab, sich den Lachs, Rühreier mit Speck, Toast, Tomatensaft und frisch zubereiteten Obstsalat schmecken zu lassen.

Während Doris und Karo noch die letzten Leckerbissen zu sich nahmen, waren Timo und Peter schon vorgelaufen, um die Vespas zu holen. Eine viertel Stunde später standen die beiden Frauen vor dem Hoteleingang und warteten auf sie, und da kamen sie auch schon angebraust. Peter und Karo hatten eine schwarze, Timo und Doris eine grüne Vespa, sie sahen richtig drollig aus. Peter reichte Karo den Motorradhelm. Ganz ehrlich zugegeben, hatte sie als überzeugte Autofahrerin zuvor noch niemals solch einen Helm aufgehabt. »Uuuah, hoffentlich ersticke ich nicht!« beschlich Karo ein ungutes Gefühl, während sie ungehört zu Doris herüber sah. Doris grinste sie durch das geöffnete Visier ihres knallroten Helmes an. Mein Gott, konnte es wirklich wahr sein? Ständig und überall hatte Doris die Nase vorn. Hut ab vor dieser Frau dachte sich Karo und stülpte sich den Helm über den Kopf, und siehe da, sie konnte atmen!

Peter und Karo fuhren hinter den anderen beiden. Zuerst einmal mussten sie durch das belebte Touristenzentrum, in welchem die auch noch so kleinste und überflüssigste Ampelanlage auf rot geschaltet war. Die Luft war stickig und schneidig. Karo hielt sich mit ihrer ganzen Kraft an Peters Taille fest und hatte tierische Angst davor, dass sie beim Anfahren rücklings herunterfallen würde. Doch ganz im Gegenteil, vielmehr machte ihr die Fluchtbewegung nach vorne zu schaffen! Bei jedem Anfahren schlug ihr Kopf, zum Glück geschützt durch den monströsen Helm, gegen den von Peter. Sie konnte sich nicht erklären, worin die Ursache lag, und obwohl sie sich mehr als bemühte, gelang es ihr nicht, dieses abzustellen. Bei jedem Anfahren schlugen ihre Köpfe aneinander. »Hahaha, ist dein

Kopf zu schwer?« lachte Peter und sie gackerten um die Wette. Auch beim Beschleunigen während der Fahrt passierte das Malheur, ständig und immer wieder donnerte ihr Schädel gegen Peter, der so darüber lachen musste, dass er zunehmend Schlangenlinien fuhr. Sie benahmen sich ausgelassen wie Teenager!

»Mir geht es gut! Dir auch?« rief Peter lauthals ganz unvermittelt zu Karo.

»Ja, mir geht es auch gut!« antwortete diese und fühlte sich rund um wohl.

Nach einiger Zeit erreichten sie eine verwaiste Landstraße. Oh, so verwaist war sie dann doch nicht. Man dachte an nichts böses, als urplötzlich ein alter LKW, beladen mit Obst und Gemüse, an ihnen vorbei zischte. Dabei hupte der LKW-Fahrer so laut und durchdringend, dass Karo dachte, sie haut es vom Sitz herunter. Der Lastwagen hinterließ eine dichte Staubwolke, dass Karo nun doch ernsthaft besorgt war, wenigstens daran zu ersticken, wenn sie schon der Helm wider Erwarten Luft bekommen ließ. Dass die Südländer ohne ihre geliebte Hupe nicht in der Lage waren ein Kraftfahrzeug zu bewegen, wird ihr für immer ein Rätsel bleiben. Aber eines war sicher, Blinkerverschleiss existierte in dieser Gegend auf keinen Fall, diese Arbeit übernahm ausschließlich die Hupe.

Karo genoss die Fahrt in vollen Zügen. Sie fuhren durch ein Waldgebiet, in welchem die Grillen so laut zirpten, dass fast das Geknatter des Motorrollers überstimmt wurde. Sicherlich nahmen viele Urlauber dieses Naturschauspiel gar nicht wahr. Einer Städterin wie Karo gab dieses fremde Ohrgeräusch jedoch ein absolutes Urlaubsgefühl. Sie wunderte sich sehr, als Peter sich ein wenig zu ihr umdrehte und ihr zurief: »Wahnsinn, wie laut die Grillen sind! Was für ein Konzert! Einfach gigantisch!«

Peter schien ein Mann zu sein, der ebenfalls auf Details im Leben achtete.

»Guck mal, wie schön der Strandflieder blüht! Trotz des salzhaltigen Bodens gedeiht er prächtig!«, rief er ihr laut nach hinten und Karo wunderte sich schon wieder, dass ein Mann wusste, was Strandflieder war!

»Halt bitte mal an!«, schrie sie plötzlich unerwartet, und Peter bremste den Roller umgehend ab. »Da steht ein Zitronenbaum! Auf dieser Insel gibt es nur ganz selten einen!« bemerkte Karo und stieg ab, um direkt auf den Baum am Wegesrand zuzulaufen. Peter folgte ihr.

»Ich liebe Zitronenbäume!« teilte sie ihm mit. »Ich möchte Ableger mit nach Hause nehmen, um selbst ein Bäumchen aus den Kernen zu züchten! Es ist so ein herrlicher, intensiver Duft, wenn man ein Zitronenblatt zwischen den Fingern zerreibt. Weißt du das?« guckte sie Peter fragend an. Lächelnd antwortete er: »Ja, das weiß ich. Auf meinem Balkon steht auch ein Zitronenbaum. Allerdings nicht selbstgezüchtet«, fügte er noch hinzu und half Karo, an die oben hängenden Zitronen heran zu kommen.

Die beiden gaben Vollgas, um Doris und Timo einzuholen.

Nach einer guten Stunde Fahrt waren die Vier in einer absolut abgelegenen Gegend angekommen. Sie befuhren ein steiniges Gebiet, von weitem konnte man das dunkelblaue Meer sehen, das in der Sonne glitzerte. Karo tippte Peter an die Schulter: »Bist du so lieb, und fährst ein bisschen langsamer? Die Aussicht ist so wunderschön, ich kann mich gar nicht satt sehen!«

Dadurch, dass Peter das Tempo etwas zurück nahm, vergrößerte sich der Abstand zu Doris und Timo, die nun schon ein paar hundert Meter vor ihnen waren. Sie konnten erkennen, dass die beiden unter einem riesigen Baum anhielten. Als sie ebenfalls die Stelle erreichten, hatte Doris schon ein großes Tuch ausgebreitet und hierauf Wasserflaschen, Kuchen und frisches Obst verteilt.

»Da seid ihr ja endlich. Zeit für ein zweites Frühstück«, empfing sie Karo und Peter strahlend. Das war wieder einmal eine typische Überraschung seitens Doris, wie hatte sie das denn jetzt wieder angestellt? Eindeutig identifizierte Karo den Kuchen und das Obst vom Frühstücksbuffet. »Ich glaube es nicht! Doris, wie hast du es geschafft, all das Essen aus dem Speisesaal zu schmuggeln? Du bist wirklich eine Wucht! Überall laufen Kellner herum und an allen Wänden im Restaurant hängen Schilder mit der Aufschrift »Bitte kein Essen mit nach draußen nehmen«, und du verlässt vollbeladen den Raum?!« grinste Karo breit über ihr ganzes Gesicht. Alle lachten schallend los und jeder griff beherzt zu. Karo biss in ein Stück Marmorkuchen: »Mmmmh, lecker, genau das was ich jetzt brauche!« Auch die anderen ließen sich das Picknick im Schatten des Baumes schmecken. Anschließend streckten sich alle Vier im Gras aus und starrten in die meterhohe Baumkrone.

»Seid alle mal ganz leise!« forderte Timo die anderen auf. »Hört ihr das?«

»Was?« wollte Karo wissen. »Ich höre nichts!«

»Ich auch nicht«, bemerkte Peter. Alle lauschten angestrengt.

»Seht ihr«, unterbrach Timo die Stille. »Man hört nichts! Absolut nichts! Dieser Ort ist fast gespenstisch, so ruhig ist es hier!«

»Ich finde es sehr idyllisch, wann hat man im Leben schon mal die Möglichkeit, an so einem einsamen Ort zu sein?« sagte Doris genießerisch und streckte und reckte sich genüsslich.

Kein Auto, kein Lkw, kein Motorrad, keine anderen Menschen, kein Vogel, nicht einmal eine Grille war zu hören. Sie waren weit weg von der Zivilisation, mitten im Herzen der schönen Natur von Fuerteventura. Es schien auch niemand hier zu wohnen, denn ein Haus hatte man schon lange nicht mehr auf der Fahrt gesehen. Es war einfach nur herrlich, Entspannung pur! Alle vier blieben noch eine ganze Weile schweigend nebeneinander liegen, bis Karo die Stille unterbrach: »Was haltet ihr davon, wenn wir jetzt weiter Richtung Meer fahren? Bei der Hitze tut eine Abkühlung gut. Und vielleicht finden wir eine besonders schöne Bucht!«

»Gute Idee« räusperte sich Peter verschlafen. »Ich könnte jetzt auch sehr gut einen Sprung ins Meer vertragen!«

»Dann lasst uns los«, ergänzte Doris, während sie bereits anfing, die kleine Tafelrunde säuberlich aufzuräumen. Die anderen packten mit an, sammelten den Müll in der kleinen Tüte, in der vorher das Obst war, legten die Decke zusammen und Karo strich mit ihrem Fuß in großen Schritten über die platt gelegenen Grashalme, um diese wieder aufzurichten.

»Was machst du da?« wollte Timo wissen.

»Das hier ist so ein schönes Plätzchen, ich möchte nicht, dass wir etwas kaputt hinterlassen!«

»Du bist lustig, Karo!« entgegnete Timo. »Glaub mir, die Natur richtet die Grashalme ganz von alleine wieder auf!«

Karo sah in drei breit grinsende Gesichter und fühlte sich ein wenig ausgelacht. Etwas schmollend nahm sie zur Kenntnis, dass alles aufgeräumt war, und der schattige Platz unter dem mächtigen Baum aussah, als hätten hier zu keiner Zeit vier Urlauber ein Picknick veranstaltet!

»Zufrieden?« fragte Peter, der immer noch lachen musste.

»Ja« antwortete Karo trocken und stieg mit einem Ruck zu Peter auf den Motorroller.

Doris saß schon wie ein perfekter Sozius bei Timo auf dem Rücksitz. Die beiden brausten bereits davon, als Peter immer noch damit beschäftigt war, den Roller in Gang zu bringen.

»Gibt es Probleme?« fragte Karo ihn, während sie ihm wieder einmal mit ihrem Helm gegen seinen schlug. Peter prustete los und sie stimmte mit ein. Peter war wirklich ein netter, fröhlicher Mann mit dem man viel Spaß haben konnte, und durch den heutigen Ausflug war er ihr noch ein Stückchen sympathischer geworden. Humor war für sie eines der wichtigsten Charaktereigenschaften, über die ein Mann verfügen sollte, und dieses Kriterium erfüllte Peter. Es machte Spaß in seiner Gesellschaft zu sein!

»Ja, irgendwie scheint unser Kleiner die Sonne nicht gut vertragen zu haben, oder ich bin zu unfähig, ihn auf Trab zu bringen« antwortete Peter, während er erneut den Anlasser startete. Außer einem Jaulen des Motors geschah nichts, der Roller wollte nicht anspringen.

»Das ist ja blöd« entfuhr es Karo. Inzwischen hatten Timo und Doris bemerkt, dass die beiden ein Problem hatten und drehten eine schnittige Kurve. Doris machte eine perfekte Figur dabei, wie ein Rucksack hing sie an Timo und die beiden kamen zurück gefahren. Das ganze war leider keine Lappalie. Doris und Karo, frauentypisch natürlich sowieso keine Ahnung von Technik habend, suchten wieder unter dem großen Baum Schatten, während die beiden Männer den kleinen Roller untersuchten wie ein Doktor seinen Patienten. Wirklich wahr, man konnte sagen, dass sie direkt liebevoll mit dem Gefährt umgingen. Das war eine interessante Feststellung, bei Gegenständen mit Motor wurden Männerhände zärtlich und einfühlsam. Karos

Gedanken schweiften ab, sie musste plötzlich an Sebastian denken. Niemals würde sie den Tag vergessen, als sie damals mit ihm vom Einkaufen zurückkam. Sein Motorrad, ein vor Chrom blitzendes Etwas mit viel zu vielen PS stand wie immer auf dem Privatparkplatz vor dem Haus. Sebastian und sie schlenderten gerade auf den Parkplatz zu, als ein Platzregen einsetzte. Karo öffnete ihren Schirm, als Sebastian ihr diesen aus der Hand riss, zu seinem Motorrad rannte und den Schirm schützend darüber hielt. Nass wie ein Pudel erlaubte Karo sich die Frage, was diese Aktion zu bedeuten hatte. Selbst regennass antwortete Sebastian ziemlich kurz angebunden, dass es schlecht für das Motorrad sei, wenn es nass werden würde, danach müsste man eine Ewigkeit mit Putzen verbringen! Na klasse! Na danke auch! Vielleicht stimmte es ja wirklich, dass Männer ihre Motorräder oder ihre Autos weit aus mehr liebten, als ihre Frauen. Natürlich auf eine andere Art und Weise, immerhin taugte so ein Blechding ja nicht zum sexuellen Verkehr, aber wenn dieser Punkt nicht wäre, also Karo würde ihre Hand nicht dafür ins Feuer legen, dass die fahrbaren Unterteile nicht in Liebesdingen den Vorzug vor den Weibsbildern bekommen würden!

Timo riss Karo aus ihren Gedanken durch einen lauten fluchenden Aufschrei: »Verdammter Mist! Das hat uns jetzt gerade noch gefehlt. Hier in dieser Einöde springt das Ding nicht mehr an. Das darf doch echt nicht wahr sein! Was haben die uns für einen Schrott ausgeliehen!«

Das schwarze Rollerchen hatte den Geist aufgegeben, die beiden Männer kapitulierten.

»Was machen wir denn jetzt?« fragte Doris ganz besorgt und blickte zu einer achselzuckenden Karo.

»Nach Hause laufen können wir nicht. Dafür ist der Weg viel zu weit!«

Nach langem Diskutieren entschlossen sie sich dafür, dass Doris und Timo zurück fuhren, um in irgendeiner Form Hilfe zu holen. Sie wollten sich vom Vermieter der Motorroller das Firmenauto mitsamt dem Anhänger ausleihen und Karo und Peter abholen. Eine andere Alternative hatten sie nicht. Der schwarze Roller glänzte in der Sonne und fast schien es so, als wären seine Scheinwerfer traurig nach unten gesenkt. Nun gut, alles Jammern nützte nichts, sie konnten froh sein, dass sie zu viert unterwegs waren. Nicht auszumalen, wie Peter und Karo hier alleine mit einem verreckten Motorroller je hätten aus dieser Einsamkeit entrinnen können. Praktisch veranlagt wie Doris von Natur aus war, packte sie die halb leeren Wasserflaschen aus ihrem Rucksack aus.

»Es wird ein Weilchen dauern, bis wir zurück sind, und wir wollen ja nicht, dass ihr bei der Hitze verdurstet« sagte sie, und stellte die Flaschen unter den Baum in den Schatten.

»Danke dir, du bist ein Schatz« sagte Peter zu Doris und breitete die Decke wieder an der gleichen Stelle aus, an der sie vorher gelegen hatte.

»Du kannst später die Grashalme wieder hochbiegen« prustete er in Karos Richtung.

»Sehr witzig, Peter! Und hör auf so dämlich zu lachen!«

In einer riesigen Staubwolke sahen Peter und Karo die beiden von dannen ziehen und setzten sich unter den Baum. Es war wirklich schade, dass der schöne Ausflug auf diese Weise beendet wurde. Was ein Glück hatte trotz der Situation auch Peter seinen Humor nicht verloren. Er fing guter Dinge an, Karo einen Witz nach dem anderen zu erzählen, und diese bog sich vor Lachen. Peter konnte herrlich Witze erzählen, leider war Karo diese Eigenschaft nicht in die Wiege gelegt worden. Sie versuchte ihm gleich zu tun und bemühte sich kläglich, ihren Lieblingswitz zu erzählen, doch selbst bei diesem schaffte sie es, die Pointe zu versauen. Peter lachte hierüber mehr, als über den eigentlichen Witz. Na prima, so hatte sie ihr Ziel ja doch nicht verfehlt. Über folgenden Witz von Peter musste sie am meisten lachen: >>Ein Mann läuft durch die Wüste, er ist fast dem Verdursten nahe, als er einen Brunnen findet. Jedoch ist der Brunnen so tief, dass der Mann nicht erkennen kann, ob sich Wasser in diesem befindet. Zum Glück liegt neben dem Brunnen ein sehr großer Stein. Praktisch, dachte sich der Mann, ich werfe einfach den Stein in den Brunnen, dann werde ich ja merken, ob Wasser in ihm ist. Gesagt getan, der Mann wuchtete mit all seiner letzten Kraft den großen Stein über den

Brunnenrand. Nur wenige Sekunden später schoss wie von der Tarantel gestochen ein Schaf an ihm vorbei und sprang direkt in den Brunnen. Huch, was war denn das jetzt? fragte sich der Mann, als kurz darauf ein Hirte vorbei kam. Aufgebracht fragte der Hirte den Mann, ob er sein Schaf gesehen hätte. Sein Schaf? Ja, antwortete der Mann. Gerade eben kam hier mit hoher Geschwindigkeit ein Schaf angeschossen, mit einem riesigen Satz sprang das Schaf in den Brunnen. In den Brunnen ist mein Schaf gesprungen? fragte der Hirte. Wie geht denn das? Mein Schaf war doch mit einem Seil an einem großen Stein festgebunden...<<

Obwohl Peter und Karo sich angeregt unterhielten, zog sich die Wartezeit doch sehr in die Länge. Die Wasserflaschen waren fast geleert, und trotz dem sie sich im Schatten aufhielten, war die Hitze erdrückend.

»Ich glaube, ich habe schon einen leichten Sonnenbrand«, sagte Karo, während sie sich vorsichtig über ihre Schienbeine strich.

»Die UV-Strahlen sind leider auch im Schatten! Möchtest du dir mein Hemd über die Beine legen?«

»Das ist ja lieb von dir! Aber es geht so! Ich schlage ein Stück der Decke um!«

»Ich habe glücklicher Weise eine recht robuste Haut und vertrage die Sonne sehr gut. Wie gesagt, wenn du mein Hemd brauchst, sag bescheid. Ich gebe es dir sehr gerne!«

Die beiden rückten mit ihrer Decke noch näher an den Baumstamm, um jeden Schattenwinkel auszunutzen.

Nach einiger Zeit waren Peter und sie in ein tief schürfendes Gespräch verwickelt, unterhielten sich über Gott und die Welt, über Männer und Frauen. Irgendwann erzählten sie sich von ihren ehemaligen Liebschaften. Ausgiebig erzählte Karo ihm von ihrer großen Liebe Sebastian und fand in Peter einen guten Zuhörer. Auch Peter erzählte ohne jegliche Scheu von seiner letzten Beziehung. Sie hieß Anke, war zwei Jahre jünger als er. Er hatte sie damals durch Zufall beim Einkaufen im Supermarkt kennen gelernt. Wie es das Klischee verspricht, war Anke ihm mit ihrem Einkaufswagen in die Fersen gefahren. Zur Entschuldigung hatte sie ihn auf einen Kaffee eingeladen, und so begann die Geschichte mit ihnen. Wäre Karo nicht absolut von Peters Ehrlichkeit überzeugt, so hätte sie niemals im Leben geglaubt, dass es wirklich möglich ist, seinen Partner im Supermarkt, und dann auch noch durch das klassische »mit dem Einkaufswagen in die Hacken fahren«, kennen lernen zu können.

»Es ist unglaublich, was du mir gerade erzählst!«

»Da gebe ich dir Recht! Es hört sich wie aus einem billigen Drei-Groschen-Roman an. Es ist aber nichts als die Wahrheit, die ich erzähle!« bestätigte Peter grinsend.

Wenn es auch wie im Bilderbuch ähnlich mit Anke und Peter begonnen hatte, so endete es zwischen den beiden doch auf unschöne Weise. Das Ende jedoch hätte Karo jedem geglaubt, der es ihr erzählt hätte, denn das kam in der heutigen Gesellschaft leider nur allzu oft vor. Ein ganz normaler, typischer, alltäglicher Routinefall so zu sagen. Anke hatte Peter mit seinem besten Freund betrogen, und Peter hatte beide in Flagranti erwischt.

»Weißt du wie schrecklich das war? Ich wünsche niemandem, seine Partnerin mit einem anderen Mann im Bett zu erwischen! Mal ganz davon abgesehen, dass Anke noch so unverschämt war, es in unserem gemeinsamen Bett zu tun! Und dann siehst du auch noch deinen besten Freund, wie er sich mit deiner Freundin vergnügt. Das ist echt hart! Dir rutscht in solch einem Moment der Boden unter den Füßen weg!«

»Das glaube ich dir sofort«, kam es mitfühlend von Karo.

»Tja, so spielt das Leben. Mit einem Schlag verlierst du nicht nur deine Partnerin, sondern auch noch dazu deinen besten Kumpel! Wenn es irgendwie gekriselt hätte, und man irgendwie mit so etwas hätte rechnen können, dann wäre es vielleicht nicht so schlimm gewesen. Aber Anke und ich hatten eine harmonische Beziehung, und das über einige Jahre! Aber nicht, dass du mich falsch verstehst, ich bin den beiden überhaupt nicht böse oder feindlich gegenüber eingestellt! Für mich ist das ganze Vergangenheit und es ist gut, wie alles gekommen ist! Ich gönne den beiden ihr Glück!«

»Sind Anke und der Kumpel von dir denn noch zusammen?«

»Ja, das sind sie. Für die beiden hat sich das alles gelohnt, und war wohl der richtige Weg. Die beiden sind verheiratet und haben inzwischen eine einjährige Tochter. Weißt du, das blöde an so einer Sache ist, dass es noch weitere Kreise zieht. Mit meinem ehemals besten Freund hatte ich natürlich weitere gemeinsame Freunde, die wussten dann auch nicht richtig, wie sie sich verhalten- oder auf welche Seite sie sich schlagen sollten. So kam eines zum anderen. Mein alter Freundeskreis hat sich damals fast halbiert. Die Freunde, die geblieben sind, kann ich dafür als wirkliche Freunde bezeichnen. Also alles ist gut!«

»Also gut hört sich für mich anders an!«

»Das Schicksal meinte es damals zweimal mit mir böse! Kurz nach der Trennung von Anke kam dann noch der Motorradunfall. Ich hatte dir ja erzählt, dass ich lange Zeit im Krankenhaus lag. Aber seit kurzem geht es bei mir bergauf! Physisch und auch psychisch!« lächelte er Karo zu.

»Und neidlos muss ich zugeben, dass die Tochter der beiden so wahnsinnig süß ist... Ich habe sie letztens in der Stadt zusammen beim Einkaufen gesehen...«

»Oh, möchtest du auch einmal Kinder haben?« fragte Karo.

»Na klar, am besten eine ganze Fußballmannschaft! Aber erst einmal muss ich die richtige Frau finden, obwohl das ja manchmal schneller gehen kann, als man denkt!« Peter guckte Karo herausfordernd an. Diese legte sich auf den Rücken und antwortete mit

Blick in den Himmel: »Mir würde ein Kind reichen. Immerhin bin ich nicht mehr die jüngste. Aber ein Kind hätte ich schon gerne!«

»Dann greif zu! Die Männer liegen dir doch zu Füßen!«

»Alter Schmeichler«, sagte Karo.

»Jetzt mal ganz im Ernst, Karo. Ich bin sehr froh darüber, eine so nette, lustige, attraktive und liebe Frau wie dich kennen gelernt zu haben« kam es plötzlich ganz unerwartet von Peter, wobei er Karo zärtlich über den Arm strich. Sie wusste nicht, wie sie mit dieser Situation umgehen sollte, ganz verwirrt und unsicher stammelte sie etwas wie »ja, ich bin auch froh, so nette Urlaubsbekanntschaften geschlossen zu haben. Besonders die Bekanntschaft mit Doris finde ich toll.«

Etwas verdutzt, oder war es ein enttäuschter Blick, schaute Peter sie an. »Bitte, bitte, jetzt keine Liebeserklärung!« betete Karo im Stillen! Auch wenn jetzt die halbe Welt sie als oberflächliche Zicke beschimpfen würde und wenn sie Peter noch so sympathisch fand, sie war einfach nicht in ihn verliebt! Die Optik musste bei dem Objekt ihrer Begierde auch stimmen, und Peter war nun mal von seiner äußeren Erscheinung nicht der Mann, der ihr gefiel. Peter gab trotz ihrer eisigen Antwort nicht auf: »Karo, du bist eine tolle Frau, ich habe dich richtig in mein Herz geschlossen. Ich glaube sogar, ich hab mich ein wenig in dich verliebt.« Karo wich seinem Blick aus und geriet leicht in Panik. Verdammt, lieber Gott oder Pia, oder sonst wer hilf!

Was sollte sie sagen? Peter, ich mag dich total gerne, aber leider entsprichst du vom Aussehen so gar nicht meinem Geschmack?

Nie hätte sie damit gerechnet, aber Pia oder der liebe Gott oder sonst wer hatte ihr Stoßgebet erhört. Durch lautes Hupen des Firmenwagens samt Anhänger wurde sie vor einer Antwort verschont. Karo sprang erleichtert auf und rief lauthals: »Schau Peter, da kommen Timo und Doris, Rettung in Sicht!«

Zum Glück wusste Peter nicht, dass ihr Ausspruch in diesem Moment doppeldeutig war!

Am nächsten Morgen saß Karo mit Doris auf deren Zimmerbalkon. Natürlich konnte sie nicht anders, als ihr von dem gestrigen Gespräch mit Peter zu erzählen.

»Kindchen, es kommt auf die inneren Werte des Menschen an, und so schlecht sieht der Peter doch gar nicht aus. Er hat einen guten Kern und ein liebenswertes Wesen, und das ist die Hauptsache!«

Auch noch andere Belehrungen wie >>von einem hübschen Teller isst man nicht alleine, und was hat man von einem rosigen Apfel, der innen faul ist<< musste Karo über sich ergehen lassen.

»Du hast ja tendenziell recht« stimmte sie Doris zu, »aber wie kann ein Mann heutzutage noch einen Schnurrbart tragen? Und wann bitte schön war Peter das letzte Mal beim Friseur?« erwiderte sie zu ihrer Verteidigung. Dass sie in der Nacht zuvor nicht einschlafen konnte, weil sie ständig an Peter denken musste, verschwieg sie. Doris schüttelte ihren von der Sonne indianerbraun gebrannten Kopf. »Kindchen, Kindchen, mit deiner Einstellung findest du nie deinen Seelenfrieden. Peter ist ein groß gewachsener Mann, guter Charakter, sichere Anstellung in seinem Beruf, der kann eine Familie ernähren. Und wenn er auch nicht wöchentlich zum Friseur geht, so ist er kein ungepflegter Mann. Seine Fingernägel und seine Fußnägel sind jedenfalls gepflegt, kurz und sauber. Das habe ich beobachtet!«

Karo musste herzhaft über die Aussage von Doris lachen, aber sie hatte Recht, Peter hatte extrem schöne Hände, inklusive seiner Fingernägel. Ob die Nägel allerdings von Peter aus sauber waren, oder durch den täglichen Sprung in den Swimmingpool, wollte sie dahin gestellt lassen. Aber nein, Unrecht wollte sie Peter nicht tun. Ungepflegt in Richtung Unsauber war Peter nicht, er war schlicht und ergreifend einfach nicht ihr Typ.

»Du solltest das Gespräch von gestern aber nicht einfach so stehen lassen, wenn ich dir das so sagen darf!«, kam es freundschaftlich von Doris. »Peter hat dir seine Gefühle gestanden und du hast nichts dazu gesagt. Du kannst dir sicherlich vorstellen, wie es ihm jetzt geht!«

»Ja, du hast Recht! Ich muss mit ihm reden, auch wenn ich es am liebsten aussitzen würde!«

»Das wäre nicht fair, Kindchen!«

»Ich weiß! Ich spreche später mit ihm! Versprochen!«

Doris nickte ihr wohlwollend zu.

Karo wechselte geschickt das Thema.

»Doris, sag mal, übermorgen ist unser Urlaub zu Ende, und wir haben noch keine einzige Postkarte geschrieben. Möchtest du auch welche verschicken?«

»Gut, dass du mich daran erinnerst! Meine Enkeltochter würde es mir niemals verzeihen, wenn Oma ihr keine Karte aus dem Urlaub schicken würde! Ganz stolz sammelt sie Postkarten aus nah und fern und hängt sie alle an ihre Kinderzimmertür.«

»Ach, wie niedlich. Na dann lass uns vorlaufen zu dem Strandladen! Wie alt ist deine Enkelin?«

»Ich brauche eine besonders hübsche Karte! Leonie ist vor kurzem sieben geworden. Am liebsten hat sie lustige Tiermotive.«

»Da finden wir bestimmt etwas Schönes!«

Die beiden machten sich auf den Weg.

Wie jedes Jahr war Karo mit sich im Unreinen darüber, ob sie gerne oder nur widerwillig Ansichtskarten schrieb. Auch wenn sie sich vornahm, im Urlaub einmal keine Karten zu verschicken, so tat sie es spätestens am letzten Urlaubstag doch. Dieses Mal war sie in der absoluten Schreibpflicht, immerhin musste sie all ihren Freunden, die ihr diese Reise geschenkt hatten, einen Urlaubsgruß schicken, das war das mindeste, was sie ihnen schuldig war. Außerdem musste sie noch ein kleines Mitbringsel für Pia und Nele besorgen, wenn sie denn etwas Passendes für sie finden würde.

Das alte Lebensgesetz machte auch vor ihnen nicht halt. Wenn man in einer Situation steckte, die grausig war, dann kam einem eine Minute Lebenszeit wie eine Ewigkeit vor. Wenn man eine schöne Zeit verlebte, dann verging sie wie im Flug. So wie jetzt, morgen Vormittag war Abreisetag und das Ende der Reise kam viel zu schnell!

»Ich will noch nicht nach Hause!« kam es trotzig von Karo.

»Ach Kindchen, du kannst doch noch so oft in deinem Leben verreisen«, versuchte Doris zu trösten.

»Hach«, seufzte Karo auf. »Ja, das schon. Aber hier, mit dir, in diesem Hotel, an diesem Ort... Es ist so schön, dass ich einfach nicht weg möchte!«

»Doris strich Karo über die Schulter: »Da gebe ich dir recht. Die Woche war wirklich wahnsinnig schön. Und einen großen Anteil daran trägt, dass ich dich kennenlernen- und mit dir die Tage zusammen verbringen durfte!«

Karo war ganz gerührt von Doris lieben Worten!

Die beiden beschlossen, den letzten Tag auf der Sonnenliege am Meer zu verbringen. Unter einem kleinen runden Strohdach mieteten sie vier Liegen, Timo und Peter wollten nachkommen. Es war ein schöner, sonniger letzter Urlaubstag, den Karo in vollen Zügen genießen wollte. Das

Unausgesprochene zwischen ihr und Peter belastete sie jedoch, und sie nahm sich fest vor, nach dem Abendessen mit ihm zu reden. Sie spielten Federball, tummelten sich auf der Luftmatratze im Wasser und sie spielten zu viert Mensch- Ärgere-Dich-Nicht in Miniaturausgabe, passend für jede Reisetasche. Auch wenn die Stimmung gut wie immer war, schwelte etwas zwischen Karo und Peter und alle vier fühlten die Spannung, wie vor einem Sommergewitter. Peters Blicke streiften Karo anders als sonst. Und sie überlegte die ganze Zeit krampfhaft, welche Worte sie später an ihn richten sollte, um ihn nicht zu sehr zu verletzen. Was ihr etwas merkwürdig vorkam war, dass Doris und Peter geheimnisvoll miteinander tuschelten. Was gab es denn da zu bereden, was nicht auch für Karos Ohren interessant gewesen wäre? Merkwürdig, aber nun gut, sie würde Doris nachher einfach darauf ansprechen, und sie würde ihr schon verraten, was es da so geheimnisvolles gab.

Leicht schläfrig kuschelte sich Karo auf ihrer Liege auf die Seite und blinzelte durch ihre fast geschlossenen Augen. Sie beobachtete eine dicke Frau mit einer weißen, blumenbestückten Badekappe, die ihrem ebenfalls dicken Mann den von der Sonne rot verbrannten Rücken eincremte. Der Wind trug leise französisch klingende Worte zu ihr herüber. »Schade, dass ich in der Schule nicht besser aufgepasst habe, dann könnte ich jetzt verstehen, worüber sich die beiden unterhalten!« kam ihr in den Sinn. Ihre Aufmerksamkeit wurde auf ein anderes Pärchen gelenkt. Die schlanke, groß gewachsene Frau lag seit längerer Zeit auf ihrer Liege, und schien selig zu schlafen. Bewegen tat sie sich jedenfalls nicht. Ihr machte die Sonne anscheinend wenig aus, denn ihr Körper hatte eine schöne, dunkelbraune Farbe angenommen, die ihren weißen Bikini leuchtend strahlend aussehen ließ. Karo beobachtete, wie ihr Partner an die Duschen lief, und kaltes Wasser in eine Plastiktüte abfüllte. Karo richtete sich auf ihrer Liege auf. Der Typ wird doch wohl nicht... Doch, er würde! Und wie! Mit einem großen Schwall kippte er der schlafenden Frau das Wasser auf den Rücken. Mit einem kreischenden Schrei schoss diese in die Höhe und fluchte lauthals wie ein Rohrspatz. Ihr Mann bekam eine Salve von Schimpfwörtern ab, die dieser laut lachend über sich ergehen ließ. »Schade, schon wieder Franzosen«, nahm Karo zur Kenntnis. Zu gerne hätte sie gehört, was die Frau ihrem Mann alles an den Kopf schmiss. Recht hatte sie, war ihr Empfinden, obwohl es auch lustig ausgesehen hatte, wie die Frau so schnell hochgesprungen war. Ihr Blick ging wieder in Richtung der Strandduschen. Sie beobachtete eine junge Frau, die mit ausgestreckten Armen, vorne übergebeugt, ihren kleinen Sohn abduschte. Karo schätzte den Jungen auf drei, höchstens vier Jahre. Diesmal waren es deutsche Urlauber, denn Karo konnte einige Wortfetzen aufschnappen: »Elias, an deinem rechten Bein hängt noch Matsche...« Der kleine Blondschopf ließ in aller Seelenruhe das Abduschen über sich ergehen. Obwohl das Wasser kalt war, muckte er nicht einmal auf. Karo beobachtete weiter, wie die Mutter seinen linken Arm unter die Dusche dirigierte und kräftig abrubbelte. Danach war noch einmal das rechte Bein dran, die Füße und zum Schluss seine Hände. »Jetzt zieh deine Schuhe an!«, forderte die Mutter ihr Kind auf und drückte ihm seine hellblauen Gummilatschen in die Hand. Mit einem schwungvollen Plumps setzte sich der Junge fröhlich in den Sand und war sehr bemüht, seine Schuhe an seine kleinen Füße zu bekommen. »Elias! Doch nicht in den Sand!« schrie die Frau laut aus, und stellte den Kleinen erneut unter die Dusche. Karo lachte schallend. »Wie putzig, habt ihr das gerade mitbekommen?« fragte sie die anderen. Gerührt von der naiven Unschuld eines Kindes erzählte sie den anderen, was sie gerade gesehen hatte. Alle mussten schmunzeln und suchten mit ihren Blicken das Mutter-Kind-Gespann. Die Mutter war gerade dabei, ihrem Jungen die Schuhe selbst anzuziehen. Stehend, versteht sich! Danach gingen sie Hand in Hand den Holzsteg entlang, der zur Straße führte.

»Süß die beiden«, bemerkte Peter und guckte noch ein Weilchen verträumt hinterher.

»So, ich habe genug für heute von der Sonne«, unterbrach Doris die Ruhe und stand von ihrer Liege auf.

»Es ist schon 17.00 Uhr«, merkte Karo an. »Mir reicht es auch!«

»Jungs, wir gehen jetzt auf unsere Zimmer und machen uns in aller Ruhe für unser letztes Abendessen fertig. Die Sonne hat mich sehr geschlaucht. Ich denke, ich werde mich ein halbes Stündchen hinlegen«, teilte Doris mit, während sie ihr lila farbenes Badelaken sorgfältig zusammenlegte.

»Ich werde jetzt ausgiebig duschen und langsam anfangen, meinen Koffer zu packen«, fügte Karo hinzu.

»Nach eurer Henkersmahlzeit feiern wir euren Abschied aber ausgiebig in der Hoteldisco, oder?« wollte Timo wissen.

»Selbstverständlich!« antworteten Karo und Doris mit lauter Stimme synchron, und alle vier mussten herzhaft lachen.

Morgen früh würde bestimmt alles in allgemeiner Abreisehektik untergehen. Doris und Karo mussten bis 11.30 Uhr ihre Zimmer geräumt haben, doch das war völlig ausreichend, da sie um 11.00 Uhr bereits mit dem Transferbus zum Flughafen gebracht wurden. Adressen hatte Karo sowohl schon mit Doris als auch mit Timo und Peter ausgetauscht. Dass sie sich alle wieder sehen würden, stand außer Frage!

Karo genoss ausgiebig die Dusche, und während der kühlend, erfrischende Wasserstrahl auf sie nieder prasselte, durchlebte sie die vergangenen Tage noch einmal im Geiste. Nicht ein einziges Mal hatte sie in der letzten Woche an zu Hause gedacht! Nicht an den Friseursalon, nicht an Johannes, an gar nichts! Sie lebte einfach im Hier und Jetzt!

Nach dem Duschen wickelte sie sich ein großes, weißes Handtuch zu einem Turban um ihre Haare und fing an, langsam ihren Koffer zu packen. Sie legte ihr schwarzes Minikleid mit der schwarzen durchsichtigen Bluse heraus, was sie sowohl zum letzten Abendbuffet als auch zum Abschiedfeiern in der Hoteldisco anziehen wollte. Für den morgigen Nachhauseflug legte sie sich Jeans, T-Shirt und die dicke Jacke zurecht, die sie bei ihrer Anreise angehabt hatte. Leicht seufzend betrachtete Karo die Jacke und bedauerte, dass sich der Urlaub so schnell dem Ende neigte. Dass das Wetter in Deutschland sich in der letzten Woche nicht verbessert hatte, machte ihr den Abschied nicht leichter.

Wie jeden Abend holte Doris Karo von ihrem Zimmer zum Abendessen ab. Und wie jeden Abend musste Karo schmunzeln, als sie Doris erblickte. Heute hatte sie eine mit Gold bestickte grüne Dreiviertelhose an, dazu im passenden Grün eine Bluse mit Goldkette. Ihre schwarzen Sandaletten waren ebenfalls mit goldenen Glitzersteinen besetzt. Sie sah einfach goldig aus, im wahrsten Sinne des Wortes.

»So, dann wollen wir mal! Ein letztes mal dieses tolle Abendessen!« kam es von Karo.

»Ja, zu Hause müssen wir uns leider wieder selbst versorgen. Aber was soll es?! Jeder Urlaub geht irgendwann zu Ende! Und morgen früh genießen wir noch einmal das leckere Frühstück!« entgegnete Doris optimistisch.

»Recht hast du«, pflichtete Karo ihr bei.

Im Speisesaal erblickten sie Timo an einem Tisch sitzend und steuerten auf ihn zu.

»Hi Timo, wo ist denn Peter?« wollte Karo wissen und blickte sich suchend um. »Der kommt gleich, er hat noch etwas zu erledigen« antwortete Timo. Karo hatte sich die Worte zurecht gelegt, die sie Peter nach dem Essen sagen wollte. Sie war jetzt schon froh, wenn sie das Gespräch hinter sich hatte!

Sie machten sich auf den Weg zu dem wie jeden Abend köstlich aufgebauten Buffet. Karo schlemmte sich durch frischen Fisch, grüne Bandnudeln in Sahnesoße, gebratene Garnelen, Calamaris bis hin zu Sahnetorte, Vanilleeis mit Himbeeren und zu guter letzt konnte sie den frischen Mangos und Feigen nicht widerstehen.

»Man bin ich froh, dass mein Kleid aus Stretch ist! Jeder Hosenknopf würde meterweit zum Nachbartisch springen, nach all dem, was ich verdrückt habe!« teilte Karo den anderen mit, und lehnte sich genüsslich in ihrem Stuhl zurück.

»Geht mir genauso«, antwortete Timo trocken. »Nur muss ich leider mit einem Knopf leben«, fügte er gequält hinzu. »Das Essen ist einfach zu gut. Wenn ich zu Hause bin, muss ich essenstechnisch ein wenig auf die Bremse treten!«

Karo nickte ihm anerkennend zu. Sie fand ja von Anfang an, dass sein Bauch viel zu dick war und bezweifelte heimlich, dass dieser im Urlaub erheblich an Umfang zugelegt hatte. Wie hieß es so schön? Man wird nicht zwischen Weihnachten und Silvester dick, sondern zwischen Silvester und Weihnachten! Aber wie auch immer, Karo dachte sich leise, dass sie es generell positiv fand, dass Timo sich wenigstens darüber bewusst war, ein wenig zu kräftig für seine Größe zu sein.

»Wo bleibt denn Peter?« fragte sie erneut bei Timo nach.

»Keine Ahnung, er wird schon noch kommen« kam als knappe Antwort. Etwas stutzig machte es sie, dass Doris in keiner Weise nach dem Verbleib von Peter fragte. Wusste Doris etwas, was sie selbst nicht wusste? Und warum fragte sie zweimal nach Peters Verbleib, wunderte sie sich über sich selbst. Sie beantwortete es sich damit, dass sie einfach das Gespräch mit ihm erledigt haben wollte. Dazu kam natürlich, dass sie die letzten Tage wie ein vierblättriges Kleeblatt zusammen gehockt hatten. Da war es einfach ein komisches Gefühl, wenn einer fehlte!

Gut gesättigt, nein, zu gut gesättigt, gingen die drei hinüber zur Hoteldisco. Zwar war es noch ein wenig zu früh, aber Musik wurde bereits jetzt schon gespielt, und leckere Cocktails konnte man immer trinken!

Sie betraten die Disco, die noch nicht allzu besucht war. Die drei guckten sich nach einer geeigneten Sitzgelegenheit um, als Karo an einem Tisch einsam und verlassen einen sehr attraktiven Mann entdeckte.

Gerade wunderte Karo sich, dass sie diesen Herrn noch nicht in den vergangenen Tagen erspäht hatte, als dieser ihr zuwinkte. Karo blickte sich erstaunt zu Timo und Doris um.

»Meint der uns?« fragte sie die beiden, während sie feststellte, dass keine anderen Hotelgäste hinter oder neben ihnen standen, die hätten gemeint sein können. Doris und Timo gingen zielstrebig auf den Mann am Tisch zu.

»Wo geht ihr hin?« fragte sie noch, während sie nichts verstehend den beiden hinterher trottete. Woher kannten Doris und Timo diesen Mann?

Als sie nah genug am Tisch waren, blieb Karo wie vom Blitz getroffen stehen! Peter! Sie glaubte ihren Augen nicht. Seine Haare waren kurz geschnitten, in seinen von Natur aus dunkelblonden Haaren waren feine blonde Strähnchen eingefärbt, sein Schnauzer war ab. Karo war baff, Peter war nicht wieder zu erkennen! Doris lächelte verschmitzt, und da konnte Karo eins und eins zusammen zählen. Sie nahm Doris zur Seite und fragte sie flüsternd:

»Damit hast du etwas zu tun! Da steckst du dahinter, stimmts?«

Doris lächelte verschwiegen. Aber es war offensichtlich, dass Doris ihre Finger im Spiel hatte. Sie hatte Peter darauf gebracht, einen Friseur aufzusuchen. Da hatte wohl jemand gute Fee gespielt! Verdattert setzte sich Karo an den Tisch und konnte ihren Blick nicht von Peter wenden.

»Meine Güte, du siehst toll aus!« entfuhr es ihr mit Augen so groß wie fliegende Untertassen. Es war unglaublich, wie ein neuer Haarschnitt und die Entfernung eines Oberlippenbarts einen Mann der art verändern konnten! Niemals hätte sie für möglich gehalten, dass bei Peter ein so schönes Gesicht zum Vorschein hätte kommen können. Die blonden Strähnchen standen ihm ausgezeichnet, seine tiefblauen Augen und seine sinnlichen Lippen kamen perfekt zur Geltung. Auch sein Outfit schien neu zu sein. Peter trug eine lange, beige Hose, dazu ein gestärktes schneeweißes Baumwollhemd, welches er lässig über der Hose trug. Sein muskulöser, braun gebrannter Oberkörper zeichnete sich darunter ab. Peter guckte sie mit einem verführerischen Lächeln an.

»Ich dachte, ich lass mal ein paar Haare am Urlaubsort.« Karo war noch zu geschockt, um ihm gescheit antworten zu können.

»Ich bin so baff!« stotterte sie und konnte ihre Augen nicht von ihm wenden. Geschmeichelt von so einer Reaktion merkte Peter, wie er leicht errötete und hoffte sehr, dass seine Sommerbräune nicht allzu viel davon preisgab. Karo beobachtete, wie Timo und Doris sich verschwörerische Blicke zuwarfen. Kurz darauf fragte Timo: »Gnädige Dame, wieder bereit für einen Ritt über das Parkett?« und Doris erhob sich gut gelaunt. Wie wild gewordene Tanzbären fegten sie eingespielt über die Fläche und rempelten so manchen Urlauber versehentlich an, denn inzwischen war die Disco gut gefüllt.

Karo hingegen saß immer noch ungläubig Peter gegenüber und konnte ihren Blick nicht von seinen schönen Augen wenden, die sie vielsagend ansahen. »Möchtest du tanzen?« fragte er sie leise, und sie nickte nur und erhob sich. Nichts wollte sie im Moment lieber, als ihm beim Tanzen ganz nah zu sein! Ihr Herz klopfte bei dem Gedanken daran, gleich in seinen Armen zu liegen. Doch sie sagte ihm nichts von ihren Gefühlen. Im Moment verstand sie sich selbst nicht und hatte das Gefühl, dass hier etwas passierte, bei dem sie als Außenstehende beobachtend zusah, aber nicht selber mitwirkte.

»Du riechst gut!« flüsterte Peter kaum hörbar, als er sie fest an sich zog und ihr einen zärtlichen Kuss auf ihr Haar gab. Karo lief ein Schauer der Erregung über den Rücken, noch immer schwieg sie, fühlte sich wie gelähmt und bekam keinen Ton aus ihrem trockenen Hals. Sie lehnte ihren Kopf an Peters Brust und sog seinen männlichen Moschusduft tief ein.

»Wollen wir zum Strand gehen?« fragte er sie irgendwann, und nun klopfte ihr Herz so laut, dass es schier unmöglich war, dass die anderen Discobesucher nicht das laute Hämmern hören mussten! Schnell ging Peter an die Bar und organisierte eine Flasche Rotwein. Dann nahm er Karo fest an die Hand und führte sie raus. Die beiden waren so auf sich fixiert, dass sie nichts mehr um sich herum wahrnahmen. Zärtlich legte Peter seinen Arm um Karos Schulter, und so schlenderten die beiden eng beieinander zum Strand hinunter.

Das Meer lag in der Dämmerung friedlich und wellenlos vor ihnen. Die Luft war salzig. Sie setzten sich auf einen kleinen Steg und schauten auf das Wasser, während Peter noch immer seinen Arm um Karo gelegt hatte.

Sie beide brauchten keine Worte. Sie spürten, was zwischen ihnen gerade begonnen hatte und Karo fühlte sich wie aus einer Geiselnahme befreit, als Peter endlich seine Hand in ihren Nacken legte, sich langsam zu ihr beugte und sie sanft küsste. Ein Schauer nach dem anderen jagte ihren Körper herunter und schoss wieder hinauf. Immer leidenschaftlicher wurden ihrer Küsse, und sie wollten sich nicht voneinander lösen.

»Ich glaube, wir sitzen schon Stunden hier«, kam es irgendwann leise von Karo.

»Na und! Von mir aus kann ich den Rest meines Lebens hier mit dir sitzen bleiben!« antwortete Peter liebevoll.

»Süß bist du«, entgegnete Karo und zog Peter zu sich, um einen weiteren Kuss von ihm zu bekommen.

»Schau mal«, unterbrach Karo plötzlich und deutete in den Himmel. Die beiden waren miteinander zu beschäftigt gewesen, um mitzubekommen, wie die Nacht hereingebrochen war. Der Himmel war voller Sterne, die vom Mondlicht zum funkeln gebracht wurden.

»So viele Sterne!« Karo schlug ihre Beine über die von Peter, und engumschlungen sahen sie in den Sternenhimmel.

»Ich glaube, ich bin der glücklichste Mensch der Welt«, flüsterte Peter ihr ins Ohr.

»Komm, küss mich«, gab sie ihm als Antwort.

»Eine Sternschnuppe, hast du sie gesehen?« rief Karo plötzlich. »Die war mega lang!« fügte sie hinzu.

»Ja, ich habe sie gesehen« antwortete Peter.

»Dann darfst du dir jetzt etwas wünschen!«

»Ich brauche mir nichts zu wünschen! Mein größter Wunsch ist bereits in Erfüllung gegangen!« sagte Peter, um sie erneut innig zu küssen.

»Herzlich willkommen!« Pia und Nele hielten ein großes Transparent mit fetten, bunten Buchstaben in die Höhe, als sie Karo durch den Flughafenzoll kommen sahen.

»Karooo, hier sind wir« rief Pia lauthals quer durch den Vorraum. Sie scherte sich nicht im Geringsten darum, dass sich gefühlte hundert Wartende zu ihr umdrehten. Karo winkte ihren Freundinnen zu und freute sich tierisch, sie wieder zu sehen! »Meine Güte, bist du braun geworden! Toll siehst du aus und wie du strahlst!«, bemerkte Nele.

Die drei fielen sich in die Arme und drückten sich lange.

»Darf ich euch Doris vorstellen? Doris, das sind meine beiden besten und liebsten Freundinnen Pia und Nele!« stellte Karo die beiden vor, die Doris zur Begrüßung die Hand reichten.

»Sehr erfreut, jetzt habe ich ein Bild zu den Erzählungen« kam es von Doris. Fragend blickten Pia und Nele die alte Dame an, als dieser von hinten ein Arm um die Taille gelegt wurde. Der Arm gehörte zu einer Frau, die bei weitem älter als Doris zu sein schien. Neben ihr stand ein gepflegter älterer Herr im grauen Anzug mit rot karierter Krawatte. Doris drehte sich um: »Helene, Walter, wie schön euch zu sehen! Prima, dass ihr mich gleich gefunden habt. Wisst ihr noch beim letzten Mal? Da haben wir uns verpasst und sind orientierungslos im Flughafen herum geirrt! Darf ich ebenfalls vorstellen? Helene, Walter, meine liebsten Nachbarn!«

Erneutes Händeschütteln begann und Karo sagte: »Ich freue mich, Sie kennen zu lernen. Jetzt bekommen die Erzählungen ein Bild für mich!«

»Ich erkläre euch alles später, Helenchen«, sagte Doris und fragte weiter: »Walterchen, wo hast du denn dein Auto geparkt?«

Doris und Karo verabschiedeten sich herzlich voneinander und machten sich dann in verschiedene Richtungen auf. Dass sie gute Freundinnen geworden waren und die Freundschaft pflegen würden, war beiden klar!

»Wer war das denn? Erzähl!« wollte Nele wissen.

»Und wie war dein Flug, wie war die Hotelanlage, wie war dein Zimmer, wie war der Strand...« überschlug sich Pia mit Fragen.

»Lasst mich doch erst einmal richtig ankommen«, lachte Karo. Ich erzähle euch gleich alles. Aber ganz in Ruhe! Ich werde kein Detail auslassen, versprochen! Ihr habt doch Zeit?«

»Na klar haben wir Zeit« kam es von den Freundinnen. »Und zwar eine ganze Menge Zeit! Wie Flitzebögen sind wir gespannt, wie deine Woche war und was du zu erzählen hast!«

»Gehen wir etwas essen? Ich habe Hunger!« fragte Karo.

»Was wären wir für Freundinnen, wenn wir damit nicht gerechnet hätten? Wir haben für dich gekocht und fahren zu Pia!« setzte Nele ihre Freundin in Kenntnis.

»Au fein, was gibt es denn gutes?« wollte Karo wissen, und die drei machten sich auf den Heimweg.

Als sie in Pias Küche um den runden Tisch saßen und ihre Teller mit dampfenden Spaghettis voll waren, stießen sie ihre Weingläser auf Karos Rückkehr zusammen. Karo fing an, ihre erlebte Urlaubswoche zu erzählen. Dabei ließ sie wie versprochen kein Detail aus. Angefangen von der Bekanntschaft mit Doris auf dem Hinflug, bis hin zu jedem einzeln verbrachten Urlaubstag schilderte sie so lebendig ihre Urlaubswoche, dass die beiden Freundinnen das Gefühl hatten, alles ganz genau vor ihrem geistigen Auge sehen zu können. Mit großen Augen und leicht geöffneten Mündern hingen sie an Karos Lippen, wie kleine Kinder ihren Müttern beim all abendlichen Märchenvorlesen. Keine Zwischenfragen, keine Unterbrechungen!

Natürlich war Peter das Happyend ihrer Erzählung! Karo holte tief Luft: »Ja, das wars. Das war mein ganzer toller Urlaub!«

Pia und Nele kamen langsam aus ihrer Benommenheit zurück in die Gegenwart. Karo hatte den beiden den Urlaub so bildlich und farbenfroh geschildert, dass beide gedanklich nach Fuerteventura geschossen wurden und das Gefühl hatten, alles persönlich miterlebt zu haben. Die beiden lächelten beseelt.

»Oh man Karo, du glaubst gar nicht, wie sehr ich mich für dich freue, und du hattest so eine Angst davor, alleine zu verreisen!« sagte Nele.

»Ich kann gar nicht glauben, was du alles erzählt- und erlebt hast!« freute sich Pia mit ihr. »Was wäre ich gerne in diesem Urlaub dabei gewesen!«

»Ich auch!« fügte Nele sofort hinzu.

»Doris haben wir ja vorhin kennen lernen dürfen. Wann stellst du uns denn Peter vor?« wollte Pia wissen.

»Ja ja ja ja«, fiel Nele mit ein. »Wir wollen ihn kennen lernen!«

»Den müssen wir uns erst einmal genau ansehen! Immerhin wolltest – oder solltest du einen männerlosen Urlaub verbringen, und dich von all den männlichen Chaoten erholen! Und dann lässt man dich einmal im Leben alleine verreisen, und schon kommst du als vergebene Frau nach Hause«, bemerkte Pia augenzwinkernd.

»Genau, den nehmen wir erst einmal unter die Lupe«, schloss sich Nele ihrer Freundin an.

Karo lachte laut auf.

»Er wird euch gefallen, glaubt mir!«

Sie wollte sich unbefangen auf Peter einlassen. Alle zuvor schlechten Erfahrungen mit Männern wollte sie vergessen, und nicht mit in die Beziehung zu Peter nehmen! Denn es war Peter, mit dem sie nun eine Zukunft begann, und kein Hansi, Johannes, Sebastian oder sonst ein anderer Mann! Es wäre unfair, vorbelastet einen Neuanfang einzugehen! Und was das Leben an Peters Seite mit ihr vorhatte, das wusste sie nicht. Und das wollte sie auch gar nicht wissen! Sie wollte es erleben!

Und wenn wir ehrlich sind: Wenn die Männer auch oft Probleme bescheren, und wenn Männer die Frauen nie richtig verstehen werden, ohne sie wäre das Leben nur halb so schön!

Und wer weiß, wenn sie noch viele gute, schlechte, witzige, unglaubwürdige und außergewöhnliche Dinge mit dem Geschöpf Mann erlebte, dann würde sie vielleicht irgendwann einmal ein Buch darüber schreiben.

ENDE

D.W.M.E.B.

Ich danke P. und K.